我魔慈悲，阿弥陀佛~

刹那者为一念，二十念为一瞬，二十瞬为一弹指，二十弹指为一罗预，二十罗预为一须臾，一日一夜为三十须臾。

——《僧祇律》

目录

六合山下一念慈悲，换来三界动荡。

东南西北、四维上下，十方世界，无量无边。

十方一念，不抵流年一寸。

佛问宁子鄢，可有悔意？

宁子鄢答，不悔。

化身为石。

楔　子

关于这块土地的传说有很多。

一万年前的洪荒之世，人与禽未别，三界六道的众生混杂而居。

第一次神魔之战后，人畜不分的洪荒历成为过去，十方世界进入了人神共存、妖精鬼怪昼伏夜行的六合历。

六合历一千三百七十二年，人间出现了十大神器，魔君率军从地底下一涌而出，三界大乱，第二次神魔之战爆发。

这一战持续了二十四年。

六合历一千三百九十六年，第二次神魔之战结束，十方世界，千疮百孔。

人间对抗魔君的盟主是六合仙山的仙长朔方，他此时已经一百五十七岁高龄，将魔君打回地下之后，用最后的力气在六合山上布下了结界。自此，人与魔相隔。

当所有人都长舒了一口气的时候，忽然有人来报："仙长，魔君的那个……那个女子，生下了一个孩子！"

所有人的脸色都为之一变。

朔方的目光沉了下来，道："纵然孩子的母亲是人，但终究还是魔君之子……留不得。"

众人下山，来到之前安置那女子的茅草屋，母子二人却已然离开。

朔方道："他们走不远，即刻分头去追！子鄢、宁微、宁铮。"

他身后的三个徒儿同时应答道："在。"

朔方吩咐道："你们带人，往东、西、南三个方向去找，一旦发现，立即处决！"

"是！"

宁子鄢带着十余个晚辈，一路往东而去。

她年方十五，却因为辈分高，且同辈的师兄师姐们又都丧命于战乱，倒成了朔方的首席大弟子。

春末夏初的时节，六合山下花木繁盛，若依照宁子鄢平日的性子，最好就是能躺在草地里，晒着阳光暖暖地睡上一觉。可眼下，她还有任务在身。这人间好不容易有了太平下来的希望，绝对不能留一个魔君的遗腹子！

宁子鄢这般想着，不由得加快了步伐。

跟在身后的小师弟突然喊道："师姐，这里有只鞋子！"

宁子鄢走过去，蹲下身一看，见是一只女子的绣鞋，沾着许多泥泞，应该是在仓促逃跑的时候落下的。

"少了只鞋子，应当走不远的，"另一个弟子说道，"师姐，我们加快脚程吧，尽量在天黑之前找到他们！"

宁子鄢站起身道："好。"

荒野上，枯藤杂乱无章地覆盖着地面，隐隐可见一行斑驳的血迹。

那是一个身着布衣、披着外袍的女子，只穿着一只鞋子，另一只脚已经磨出了水泡和鲜血，每走一步，地上就留下鲜红可怖的印子。女子在一路跋涉中乱了衣衫和鬓发，饶是如此，也没有遮挡住她秀丽的容貌和华贵的气质，她脸色苍白地看了看怀中的襁褓，道：“孩子，娘亲只能带你走到这里了。”

襁褓中的婴儿啃着手指。这一路上不停颠簸，他却一声都没有哭。此刻，他正用乌黑的眼睛看着自己的娘亲。

女子沙哑着声音道：“对不起孩子，你的爹爹死了，都没有来得及为你取一个名字，世人称他为魔，说他无恶不作，毁天灭地，可是他们都错了。娘亲马上也会离你而去，这世上将不会再有你的亲人。可是孩子，你要活下去。”

她掌中托着一颗红色的晶体颗粒，将其塞入了婴孩的嘴中，婴孩的脖颈中出现了一闪而逝的红莲图案。

“这是一颗种子。”女子轻抚婴孩的脸颊，“鸿蒙之初，善恶混沌，而今是非正邪看似泾渭分明，可何为善、何为恶，还不都是一部分人说了算的？这颗种子生于鸿蒙，至真至纯，无情无念。他们既然自命为善，那就看看这颗种子在人世间最终会长成什么样子吧。”

她说罢，将婴孩放在地上，脱下外袍盖在了襁褓之上。瞬间，婴孩与外袍消失了。

女子看着空无一物的地面，说道：“这是你爹爹最后留给我们的东西。你有了鸿蒙种子的保护，应当可以平安长大。娘亲不忍你爹爹独自孤零，下去陪他了。”

第一轮月色笼罩下来的时候，宁子鄢带着六合弟子找到了女子的尸体。她躺在藤蔓之间，面容安详。

宁子鄢走上前，看到她手中握着一把匕首，她的脖子上有一抹刀痕，鲜血流了遍地，已经干涸。

“竟然自杀了……”宁子鄢喃喃自语，“那么，那个孩子呢？”

有弟子提议道：“一定就在附近，我们分头去找！”

见宁子鄢没有反对的意思，众人分散开来，在周围寻找。

宁子鄢留在原地，静静地看着永远陷入沉睡的女子，她不明白，为什么这一刻女子是面带微笑的。

身旁的巨石之后突然传来一个轻微的声音，宁子鄢一怔，慢慢地往巨石背后走过去。

她看到一只手，婴儿的小手，努力地想要抓住什么东西。

宁子鄢顿时明白过来，原来那个婴孩是被他的母亲用隐身之物藏了起来，只是孩子自己顽皮，将手伸了出来。

宁子鄢蹲下身，鬼使神差地，伸手握住了那只小手，温暖的，柔软的，和世间任何一个小孩子的手一样。

“为什么要让我看见你啊……”她轻轻叹气，顺着小手，拉开了盖在孩子身上的外袍。

那孩子转着乌黑的双眼，看着宁子鄢，咯咯笑起来，又把自己的小手伸进了嘴里。

那一瞬间，宁子鄢松开了紧握着的剑柄。

她下不去手。

“如果魔在成魔之前是人，那为什么后来会变成魔呢？”宁子鄢看着孩子的眼睛，“我不杀你，但是要将你的魔性封印住，希望你日后成为一个好人。”

她抬手，在孩子的额头轻轻点下去，一道紫光转瞬即逝。

孩子懵懵懂懂地看着她，随即又笑起来。

宁子鄢从自己的褡裢中拿出两个包子，塞在了孩子手中，又将外袍给他严严实实地盖上了。

做完这些，她深吸口气，转过身，提起剑来，一刀刀割断了藤蔓，将女子的尸体包裹其中，埋于树底。

宁子鄢没有再去看那个孩子，所以也不会知道，他的脚底下长出了红莲的第一片花瓣。

第一章 六合仙山

六合历一千四百零八年，距离第二次神魔之战结束已经过了十二年。

人间慢慢恢复往日的宁静平和，但没有人忘记，六合山脚下还镇压着魔王的军队，如同世间的邪恶一样，他们无法被消除，只能被压制。

为了不让魔军复生，每三年都会有一支队伍前去山脚下镇守，他们的任务就是守护山下结界。

而人间立志修仙的凡人也多了起来，基本上都是涌入两大门派——六合仙山和瀛洲列岛。

六合仙山历史悠久，在第二次神魔大战中立下首功。可也就是因为这样，内损严重，人才凋零，就连掌门也只是一个没见过什么世面的年轻女子。

瀛洲列岛地处大陆之南的一片海域，分为十八个大岛、三十六个小岛，六个岛主各自分管三个大岛。据说，每座岛屿上都云雾弥漫、仙气缭绕，虽然距离中原路途遥远，却成了修仙者最向往的地方。

十二岁的方堑，此次的出行目的就是拜师修仙。

他要去的地方便是瀛洲列岛。

偏僻的山村酒肆中，几个素不相识的年轻人在谈论着。

一个书生模样的人问道："这里去瀛洲列岛还有多远啊？"

坐在他对面的人道："到瀛洲海域还有七八百里，至于到了海域，去岛上的路，可就难说了。"

"为何难说？"

"据说那瀛洲海域凶险万分，时而仙气环绕，时而瘴气密布，不懂仙法的人去啊，很多都是死在路上的。"

这么一说，那书生似乎有些胆怯了。

旁人笑话他，道："就你这胆子，还去修仙做什么？回家多读几年书，考功名去吧！"

书生窘迫道："谁……谁胆子小了！"

又有人怂恿，道："让店家再给你两碗酒吧，喝了酒就有胆子，遇到瘴气也不怕了！"

众人哄笑。

"真是荒唐。"坐在最远处的是一个贵公子打扮的人，此刻终于说话了，"瀛洲列岛上近些年莫说是死人了，分明连只小鸟都没死过。"

此人衣着华贵，面如冠玉，话语间还透着几分娇柔，虽是男子，举手投足间却魅气十足。

离他较近的一个年轻人问道："你知道得这么清楚，可是曾去过？"

男子轻轻笑道："何止去过。"却也不接着往下说了。

酒肆中央，一个十二三岁的少年突然对店家说道："再来三碗酒！”

所有人都朝他看过去，只见他独自占了一张桌子，桌上已经叠着厚厚一摞酒碗。

那书生赞叹道：“小兄弟，海量啊！”

少年对他拱拱手，道：“我叫方堑，也是要去瀛洲列岛拜师的，各位要是同路，就一起结个伴吧。”

“你要去瀛洲列岛拜师？”那华衣公子突然站起身来，“那就拜我为师吧！”

方堑道：“我是要去岛上拜岛主为师。”

“我就是岛主啊。”华衣公子走过去，“我叫颜玉，分管的是槐江岛、斜阳岛和定风岛。”

在座所有人都将信将疑地看着他。虽说此人气度不凡，但谁能想到，传说中隐居于海岛上的尊贵半仙会出现在这样一个简陋的酒肆中呢？

方堑道：“你如何证明？”

颜玉道：“你随我去了瀛洲，自然能证明。”

方堑对这个人的身份还是不能全信，但既然都说了要去瀛洲，一路同行又有何妨。他当即应道：“好，那我们这就赶路吧！”

他说完，一口气喝干了碗里的酒。

“好酒量，好酒量！”颜玉看着他大口喝酒的模样，畅快地笑起来，“不过去瀛洲之前，你要先陪我去另一个地方。”

方堑心中顿时就认定，这人是个骗子。

“你要我跟你去哪里？”

“六合山。”

方堑诧异道：“你不是瀛洲列岛的岛主吗？”

颜玉反问道：“有规定说瀛洲岛主不能去六合山？”

方堑怀疑起了这个人的身份，不打算再与他纠缠，说道：“要去你自己去，我可不去！”

“这可由不得你了！”颜玉说完，一把抓起了方堑。

方堑就这么被他轻轻松松地提了起来，顿时大惊，叫喊道：“你做什么，放手！快放手！”

下一瞬间，方堑就发现自己已经飘在空中了。他低头一看，自己和颜玉是踩在一个巨大的布袋子上。

酒肆中的众人这下都相信了，颜玉这般能耐，刚才说的必定不是谎话了，一个个争相求着要拜他为师。

颜玉并不理会，踩着布袋子和方堑远去了。

方堑看着地面离自己越来越远，吃惊地问道：“这是仙法？”

“半仙毕竟不是神仙，也没长翅膀，哪能说飞就飞？”颜玉指了指脚下的袋子，“这是乾坤袋，十大神器之一，有了它就等于有了通天的本领。”

方堑心中如惊涛骇浪席卷而过。他也听说过远古遗留下的几件神器，最出名的莫过于指天剑，被上一任六合仙长朔方用以击败了魔君，现在还是六合山的镇山之宝。

“你……你真的愿意收我为徒？”

颜玉道：“收就收了，又不是什么大事，我可是徒弟遍天下的。”

方堑万分激动，当即跪了下去，道：“师父在上，受徒儿一拜！”

他忘了自己还在半空中，脚下一滑，眼看着就要掉下去，好在颜玉出手及时，将他拉了回来。

“多谢师父。”方堑恨不得把这个新词挂在嘴上，隔了一会儿又问，“师父，我们真的要去六合仙山？”

颜玉道：“没错，是六合山，不是五合山，也不是七合山。”

“为什么啊？”

“去找人。”

“找什么人？”

“找……”颜玉看了他一眼，“你的话怎么这么多？”

方堑闭嘴了。

乾坤袋载着颜玉和方堑稳稳地落到了山脚下。

方堑看着高耸入云的山顶，问道：“我们为什么不直接上山去？”

颜玉道：“你以为这是随便什么山吗？登门造访，怎么着也得正门进去，和人家先打个招呼吧？”

方堑点点头，心想：师父真是个正人君子啊！

山下很快就来了两个小童，见到颜玉，非常恭敬。

“颜岛主远道而来，一路辛苦了，请随我们先去用饭吧。”

颜玉道：“不用不用，我直接上山就行了，找你们师祖有事呢。”

小童有些为难，道：“宁微师祖吩咐了，如果见着颜岛主来，就……”

“就什么？”

“就拒之门外。”

方堑又惊又怒，气道：“这算什么话！”

颜玉倒是半点不恼，只道：“宁微这就不对了，就你们两个，哪能拒得了我？”

小童道：“颜岛主请不要为难我们。”

“不为难不为难，你们不肯带路，我就自己上去了。”他说完，乾坤袋已经在脚下展开，“小徒弟，我们上山。”

二人踩着乾坤袋往山上飞去。

方堑问道：“师父，您刚才不是说，正人君子登门造访要从前门进去吗？”

颜玉侃侃道来：“正所谓，事缓则圆，急则生变。”

方堑点点头，觉得很有道理，心想：师父真是一个善于变通的人啊！

乾坤袋落到了山顶上，四周云雾环绕，气象非凡。

方堑一抬头，就看到前面矗立着四根高大的白色柱子，一块金色的匾额悬浮在空中，写着“六合长安”四个大字。

颜玉完全不把自己当作客人，大摇大摆地就往里面走去。

方堑立即跟上。

这六合山没有想象中的金碧辉煌、雕栏玉柱，但云起蒸腾下，怎么看都透着十足的仙气。

“师父，瀛洲列岛也像这里一样吗？”

颜玉道：“哪有这么寒酸？就拿我分管的三个岛屿来说吧，槐江岛草木丰盛，遍地的花鸟鱼虫；定风岛四季如春，最适合居住；至于斜阳岛，最特别之处在于可以同时看到太阳和月亮，一天还能看三次日出日落。”

方堑脸上露出无尽的向往，看着颜玉的目光几乎透出光来，他心想：这样的世外高人竟然能收我为徒，一定是我上辈子以一人之力横扫整个魔军才修来的福报啊！

方堑这般想着，已经跟随颜玉走到了大殿外。

看守殿门的小童看到二人，对着颜玉恭敬一揖，道：“颜岛主，殿内正在议事，宁微师祖让我转告您，请去厢房少坐片刻，他忙完后便去找您。”

颜玉道：“都知道我来了，也不出来招呼，摆好大的架子！”

小童面色讪讪，道：“颜岛主恕罪，今日真的是有大事要处理。”

“大事？”颜玉并不理会，径直往里走去，“我倒是好奇，你们这一年都长不出一根草来的六合山能有什么大事。”

小童大惊，忙去阻拦，道：“颜岛主，您真的不方便进去！”

可转眼之间，哪儿还有颜玉的影子，就连跟着他的傻小子方堑也已经不见了。

六合山正殿之内几乎集合了所有人。

正中央的掌门之位上，宁子鄢身着一件淡紫色的外袍，端端正正地坐在那里，注视着前方。

她的左右两边分别是两个师弟，宁微和宁铮。

自从朔方过世，手下的亲传弟子只留了这么三个，宁微和宁铮的年纪都长于宁子鄢，但宁子鄢是自小就跟着朔方长大的，所以位分上反而是最高的。

宁子鄢时年二十七岁，在寻常百姓眼里已经是很大的年纪，但在修仙者看来不过是个半大的孩子。她自从执掌了六合山以来，就常年在自己的凝合殿中修行，不太过问外界之事，这便引起了两位长老的不满，在他们看来，通晓人情的宁铮更适合坐掌门之位。

宁铮出身名门世家，总角之年拜入六合门下，少时便灵慧聪颖，为同辈中的佼佼者，而今更是练达老成，深得六合山上下人心。

两位长老都是朔方之上的至字辈的人，一名至水，一名至心，商议了许久之后，还是决定召开这一次的大会，意在更换掌门。

至水看着端坐在那里的神情淡淡好似在发呆的宁子鄢，叹了口气，说道：“六合山立派近千年，一直是仙道之统帅，可如今，眼看着就要被瀛洲列岛后来居上……”

“至水，”至心提醒他，“不是眼看着就要，而是已经。”

至水点点头，不得不承认这是事实，无奈道：“没错，现在的人想要修仙问道，首先考虑的已经不是六合山了。我和至心年纪大了，再这样下去，等到去见祖师爷的那日，真是无颜以对啊。”

宁子鄢看着二人，有些茫然，似乎听了许久也没听明白这二人想说些什么。

宁铮道：“二位长老切莫如此，你们身体安康才是六合山之福。”

至水道：“这掌门一日不换，我二人心中日夜烦忧，安不安康，只能另说了。”

宁子鄢愣了愣，才反应过来，原来他们是想换六合山的掌门。

她的日子素来过得平静，这样的事情还是头一回遇到，倒也不觉得生气，只是有些好奇，便问道：“长老觉得我做得不好，那是想换谁？”

至水和至心百般思忖，绕了半天，未曾想是绕到了一块棉花上，被宁子鄢这么直白又轻巧地一问，反而是有些尴尬了。

至水假意咳嗽了两声，道：“我们认为，无论从哪方面来看，都是宁铮更适合接管掌门之位。”

宁铮听了此话，心中如落下了一块石头，虽说这事情本就是两位长老和自己事先商量过的，但真正当着同门的面提出来，他还是觉得松了口气。在宁铮看来，宁子鄢是个简单到不需要花任何功夫就能对付的人，只要长老的话一出口，这掌门之位几乎就是他的了。

他正沾沾自喜，欲开口装个样子推脱两句，不料宁子鄢却在此时轻轻“哦”了一声。

众人都等着她继续往下说，却没有后话了。

就一个“哦”？不生气？也不反对？

大殿里一片静默。

半晌，宁铮开口说道：“二位长老厚爱了，宁铮自小长于六合，聆听师父教诲，大乱之时便发誓会至死捍卫六合，但掌门之位，毕竟是师父临终遗命，宁铮绝非不孝之人，又岂敢造次？”

至水说道："朔方当日肯定想不到六合山发展至今会是这般的境地，事急从权，哪有不孝之说？更何况，你对六合的付出，我们也都看在眼里，今年若非你从本家出资相助，山上这一年的开销都会成为问题。"

殿门口传来一个不太和谐的冷笑，微微讽刺道："原来是拿了人家的钱财，才要出此计谋，不知六合山掌门之位售价多少，让我也来出个价！"

此人正是颜玉，他避开守门小童，带着方堑直接入殿，已经在门口听了一会儿，只是因为殿内气氛紧张，没有人注意到他们。

一直坐着没有说话的宁微看到颜玉，不禁深深皱眉。

两位长老长年深居简出，自然不认识他，此刻又惊又怒。

至水质问道："你是何人？胆敢闯我六合重地，还在此口出狂言！"

"重地？重地能连几个把门的人都没有？看来宁铮给的钱还是不够嘛！"颜玉一边说着一边往里走去，看着宁铮问道，"你们家出了多少钱？我出双倍，掌门之位让给我算了。"

宁铮气得一手握住了拳头，正要发作，宁微已经站了起来。

宁微看着颜玉，沉声道："颜岛主，在下与你的私人恩怨，稍后自会清算，烦请先行离开。"

"颜岛主"三个字一出口，众人便都猜到了颜玉的身份，知道此人素来以不按常理办事出名，简而言之：难搞。

颜玉自顾自挑了个位子坐了下来，道："依我看啊，掌门之位不过小事，你我之间才是大事。不如这样，说个价格，我先帮你们把这小事情解决了，你好跟我去商量大事。"

至水一掌拍在了自己的椅子上，怒道："太荒唐了！"

宁微抿着唇，看着颜玉，却没有再说话。他一直是个闲散之人，时常四处游历，不太过问六合山上的事情，但现在两个长老联合宁铮想要逼退宁子鄢的形势，他还是看出来了。他知道宁子鄢的个性，说好听了是淡泊，说难听了就是木讷，但他对这个师姐素来还是尊敬的，所以长老和宁铮的谋划，他并不乐见其成。既然颜玉搅和进来了，那就干脆放任他把事情搅黄了。

颜玉见宁微这般态度，越发得寸进尺，直接跷起了二郎腿，道："宁铮刚才自己也说了，不想做这掌门之位，你们何必逼迫于他？"

宁铮睁大了眼睛，万万没想到，刚才的假意推脱倒成了颜玉反对自己的理由。

至心冷哼一声，说道："瀛洲列岛的岛主大驾光临，难道就是为了来管我们六合山的家事？"

颜玉道："你们的家事与我无关，但是这么多人欺负一个小姑娘，本岛主着实看不下去。"

方堑在心中暗叫：我师父真是太帅了！简直人中龙凤、风神秀彻！以后我跟着他，就能扫尽天下不平事！

他想着想着，愉悦的心情已经浮现到了脸上。

宁子鄢自颜玉他们踏入殿内的那一刻起就已经感觉到有一丝异样，此刻看到方堑，想到十二年前的那桩往事，心中一动。

方堑感觉到宁子鄢的目光，也直直地看了过去。

宁子鄢也不闪躲，似乎看方堑看得更仔细了。

方堑觉得这个掌门人也怪可怜的，看着就木愣愣的，难怪要被人欺负了。

两人对视了许久，终究还是方堑先收回了目光。

他抬手摸了摸自己的脸颊，确定脸上真的没沾什么东西。至于宁子鄢为什么总盯着自己，他只能想到也许是自己长得太好看了吧……

宁铮被颜玉气得恨不得要当场与他动手，但看着颜玉一副有恃无恐的样子，又担心自己不敌他，不敢轻易出手，只好对至水说道："我六合山的家事，自然是自家人来解决，既然颜岛主一定要来做这个见证，我们也不拦着。”

颜玉微微一笑，道：“这么快就袒露心迹了？一副全凭你做主的模样，问过你们掌门人的意见没有？”

“你……”宁铮看向宁子鄢，“师姐，那就任他如此，扰乱六合山的清净？”他的言下之意是想让宁子鄢出手了，若不出手，也坐实了宁子鄢放纵外人扰乱的名头。

宁子鄢出了半天神，这会儿被拉回局里，只好出面说话，道：“我觉得颜岛主说得有道理。”

颜玉对宁子鄢拱了拱手，大笑了几声。

六合众弟子虽然觉得这话听着有些不妥，但宁子鄢毕竟还是掌门，掌门说话，他人岂有反对的道理？

至水严厉地看着宁子鄢，道：“此话何意？”

其实，宁子鄢并没有驳斥长老和宁铮的意思，她的想法很简单：“长老们要改立掌门，如果只是因为缺钱，那解决了钱的问题，不就好了吗？”

至水怒道：“你说得倒是容易！”

宁微此时已经坐回到位子上，一直微微皱着的眉头终于松开了。他原本还担心长老们要抓着宁子鄢不理世事这一点不放，眼下却被三言两语偷换了概念。他对至水道：“长老，六合的危机当由大家一同解决。宁铮师弟出资一事，我之前不知道，现在既然知道了，那么他拿了多少，我和子鄢师姐便一样拿出多少，这样可合适？”

至水一时间愣住了，问道：“你们哪来的钱？”

宁微笑道：“我平素没什么爱好，就喜欢存钱，存了那么些年，倒是有不少积蓄，师姐若是不够，我也可以将她那份代出了。”

宁子鄢点点头，脸上依旧没有什么表情。

宁微有那么多钱，说出来是谁也不信的，但他既然这么说了，别人也不好当场反驳。

此时，至水也意识到，当着所有人的面来谈论这个话题实在不好看，但要把话题再拉回去，也已经不合适了。

他站起来，道："那就这么决定了。"说罢甩袖而去。

六合山的掌门之争最终因为颜玉的捣乱而以闹剧收场。

两个长老气得吹胡子瞪眼，宁铮表面平静，实则恨不得把颜玉一手撕了，而另一个当事人宁子鄢，心思却全然不在这上面。

她问颜玉："颜岛主，你身后这少年是何人？"

颜玉道："我新收的徒弟。"

"他资质很好吗？"

"修仙资质？看不出来。"颜玉笑眯眯地看着宁微，"喝酒的资质倒是极佳的，上回我和宁微比酒输了，这次专门找他报仇来的。"

方堑心中咯噔一下：原来师父收我为徒，是为着这个原因啊！

宁微刚松开不久的眉头又皱了起来。

宁子鄢道："那报完了仇，可否将这个徒弟让给我？"

方堑心中一急，恨不得代颜玉回答不行。谁知颜玉只是很随意地摆摆手，道："拿去吧拿去吧，我带着也累。"

方堑的心都快碎了，委屈地看着颜玉道："师父，您不能这样啊！"

颜玉摸摸方堑的头，道："做徒弟的是不是该听师父的话啊？"

方堑心中升起一丝希望，道："我听话！我一定很听您的话！"

颜玉点点头道："好，徒儿乖，那一会儿喝完酒，你就去好好做宁掌门的徒弟吧。你看，宁掌门长得那么好看，一定是个好人。"

"什么！"方堑这回是真的心碎了。

方堑从小就知道自己很能喝，却万万没想到，日后瀛洲列岛大名鼎鼎的岛主颜玉会因为这一点收他为徒，而目的，也只是为了和宁微比试一次。

俗话说，伤心之人容易醉。于是，原本千杯不醉的小小少年在六合山的小亭子里喝得烂醉。

他抱着酒坛子，看着相对而坐的颜玉和宁微，大哭起来："师父，师父，你不能不要我啊……"

颜玉觉得他烦，扔下他不管了，拉着脸色泛红的宁微飘然而去。

方堑知道自己被彻底抛弃了，只能继续哭，哭得肝肠寸断、伤心欲绝。

哭累了，他就抱着老树根倒下睡了。

迷迷糊糊间，有人把方堑抱了起来，暖暖的身体，鼻尖飘来一股淡淡的香气。

他把那人紧紧抱住，小声呢喃："师父……"

宁子鄢被酒气熏得皱了皱鼻子。她伸出两指，探了探方堑的额头，一个紫色的小点慢慢浮现，又很快消失。

宁子鄢可以确定，她没有认错，这正是十二年前在六合山下，因她的一念不忍而留下的孩子，魔君之子。

方堑的手抓住了宁子鄢的衣袖，嘟囔道："师父，别走啊。"

宁子鄢道："我不会走，我会一直看着你，你要是做坏事，我就杀了你。"

方堑无意识地打了个饱嗝。

酒气熏天。

宁子鄢差点就要把他扔到地上，想想还是算了，忍住了呼吸，将他往回抱。

宁微几乎是被颜玉强行拽进乾坤袋的。

宁微进去之后发现，这个看似小小的袋子，内里空间奇异，空间之大仿佛能容下万物。

眼前所见竟是一处看不到边的海域，海边有一竹筏。

宁微道："乾坤袋果然内有乾坤。"

"所以世人称之为'袋中天'嘛！"颜玉说着，拉宁微上了竹筏。

颜玉在竹筏上躺了下来，拍拍身边的位置，道："来来来，躺下看月亮。"

宁微在他身边坐下，抬头看去，巨大的月亮仿佛就挂在树上。

"哎，宁微，我发现从这个角度看，你的下巴特别好看。"

宁微转过头，没理他。

颜玉也不生气，笑呵呵道："我借你钱，你要怎么还我？"

宁微道："我跟你借钱了吗？"

颜玉道："你在大殿上那么有恃无恐地说了，可不就是料准了我有钱吗？"

宁微坚持说："我没有跟你要。"

"好嘛好嘛，是我硬要给你的，我钱太多了，花不完。"颜玉说着将头搁在宁微的腿上，"脖子累，正好缺个枕头。"

宁微觉得他一定是一开始就算计好的，可也拿他没办法，道："你什么时候可以矜持一点？"

"矜持？我已经很矜持了啊！倒是你，你什么时候可以怜香惜玉一点？"

"你满身酒气，还好意思说自己是香的？"

"好好好，我臭，我臭。"颜玉恬不知耻道，"我不要你还钱了，以身相许好不好……哎，枕头别走……"

"扑通"一声，颜玉掉到了水里。

"醒醒酒！"

方堑第二天醒来，头昏脑涨，分不清自己睡在了哪里。

这是一间不大的房子，但因为室内只有一张床、一个柜子和一张桌子，显得有些空荡荡的。

方堑爬起来，觉得浑身酸痛，伸了伸腰，推门出去。

外面是一个光秃秃的院子，中间一池清水，盛开着几朵莲花，有几条小鱼在里面游来游去。

方堑自言自语道："这样子还算有了点生气。"

院子对面，几步之遥，是另一个房间。

方堑见门微微开着，走过去推开一看，里面的陈设与刚才自己睡的房间一模一样，只是多了一个浴桶，里面的水还是热的。

"真好，正想洗个澡呢！"

方堑欣喜之下脱了衣服，就爬进浴桶，舒服地躺在里面。

还没舒服多久，房门就被推开了。

方堑吓了一跳，转头看去，见是宁子鄢，忙钻下水去，只留了一个头在外面。

"掌……掌门早！"

宁子鄢微微皱眉，道："我已经收了你为徒，今后叫我师父就好。"

方堑张了张嘴，还是从命了，道："师父在上，受徒儿一……我上去再拜。"

宁子鄢道："你出来。"

"我没穿衣服呢。"方堑尴尬地笑笑，"徒儿在洗澡呢，您不能让我光着身子起来啊。"

宁子鄢道："我没说不让你洗澡，但是你不该在我的浴桶里洗，出来。"

"可我不能光着身子……"

方堑还没说完，宁子鄢一挥手，放在桌子上的衣服"刷"地一下将方堑卷了起来，一股力量裹着他和衣服一同被扔在地上。

方堑被摔得浑身更疼了，刚想抱怨几句，宁子鄢又是一挥手，把他扔回了水里。

水花遍地。

她叹了口气，道："算了，都已经被你弄脏了。"

方堑看着湿哒哒的衣服，完全说不出话来。

宁子鄢道："一会儿把地擦干。以后这个浴桶给你，你下山去给我买一个新的。另外，以后每天去山腰的小溪打二十桶水上来。"

方堑顿时就傻眼了。半山腰？这么高的山，一个来回最快也要半个时辰！那他一整天还怎么做别的事情？

"二十桶……"方堑伸出自己的细胳膊，"师父，我还是个孩子啊！"

宁子鄢仿佛没听见，继续说道："你是安字辈的，为师为你取名安随遇，今后你就不要再用'方堑'这个名字了。"

"安随遇？"方堑十分不满，觉得这个名字比不上原来名字的霸气，"能换一个吗？随遇这也太随便了。"

宁子鄢面无表情地说道："你也可以叫安随便。"

"师父，师父啊……"

宁子鄢已经出门了。

安随遇很快就对六合山有了新的认知，从长老往下有四代人，论资排辈分别是至、宁、安、辰，当中跳过了已经在大战中全部战死的朔字辈。

宁字辈仅有三人，除了宁子鄢就是宁微和宁铮，宁字辈亲传的弟子为安字辈，再往下就是辰字辈以及没有正式入门的在家弟子。

这么算下来，安随遇稍稍心安，觉得自己怎么说也是掌门的亲传弟子，下面有很多辰字辈和没有入门的晚辈可以使唤。

但说到安字辈，安随遇就纳闷了，人家的名字是安之钊、安之榆、安之洵，安之烛，安之城……这一看就是按五行排的，说明师父在取名的时候还是认真思考过的，可为什么到了自己就这么随随便便？

安随遇觉得自己幼小的心灵受到了伤害，一整天都闷闷不乐。

而更加闷闷不乐的原因莫过于去半山腰打水。

刚开始的时候，安随遇提起两桶水，走几步就开始喘，更别提爬山。他经常走在路上就一个不小心摔个跟头，水打翻不算，还把自己摔得一身伤。可当他带着满身伤回去的时候，宁子鄢竟然毫不关心。二十桶水依旧一桶都不能少。

第一个月，安随遇的人生就是打水，从早上睁眼开始就是浑身酸痛无力，打水，打完水，继续浑身无力，此时天已经黑了，于是睡觉。循环往复。

第二个月，安随遇已经练出了一身肌肉，酸痛感渐渐消失，上下山的步伐也加快了。

第三个月、第四个月……

这种事情一般都是刚上山的小徒做的，为了锻炼基本的力量和耐心，做上三四个月就可以开始学习入门仙术了。

可到了安随遇，他不知道自己的尽头在哪里。

陪他一起打水的人，从辰玥到辰礼，又到辰兮真。

转眼，安随遇在六合山上已经大半年了。

可仙术是个什么东西？他完全不知道！

六合山的众人对他这个掌门亲传大弟子，从一开始的羡慕、尊敬，慢慢发展为同情、无视。

而最让安随遇伤心的莫过于宁子鄢冷漠的态度。

她对他说得最多的一句话是“今天的水打完了？”。

然后就没有然后了。

安随遇暗自腹诽：真是个冷面冷心的女魔头！

更多的时候，他喜欢跟池子里的小鱼们说悄悄话：“难道她收我为徒就是为了打水？我活着的意义就是打水？”

鱼儿们游来游去，不知忧愁。

安随遇决定，他要找宁子鄢好好谈一谈。

第二章 随遇而安

宁子鄢的生活很简单，每天傍晚准时失踪半个时辰，其他时间基本都在房里。没什么事情的话，她可以一个人在房间里一个月，偶尔开门看到安随遇，也不怎么说话。

安随遇觉得这个师父并不那么喜欢自己，不知道她当初为何执意要收自己为徒。难道是看出自己天资聪慧，适合修仙？想到这里，他开心了些。

这一次，安随遇抓到了机会，趁着自己打完水、宁子鄢吃完饭的机会，去敲她的门。

“进来。”还是那个仿佛一百年都不会变的冷淡声调。

安随遇决定用苦肉计，一进去就跪下了，哭丧着脸问道：“师父，我是不是做错什么了？”

宁子鄢道：“没有啊，你每天都能按时打完水，很好。”

安随遇看到了希望，忙问：“那你为什么不教我仙术？”

宁子鄢道：“你想学？”

安随遇心中腹诽一句：废话！嘴上无比真诚地说道："我不想学的话，为什么要留在这里啊？"

宁子鄢道："要学术，先得正心，为师是在磨练你的心智。"

安随遇道："徒儿的心智已经被磨砺得很好了！"

宁子鄢看着一脸认真的小徒弟，心中还是非常犹豫。她原本只是想把安随遇留在身边看管，让他平平凡凡过完这一生，但他立志要学习仙术，若自己不教他，他也总会想到别的办法。

宁子鄢决定，最后试探一次。她看着池中游鱼，说道："我明天早上想喝鱼汤，就用这池子里的鱼，做得好喝，我明天就开始教你。"

安随遇震惊地看着宁子鄢，难以置信地问道："这些鱼？这些不是你养的吗？你不是吃素吗？"

宁子鄢道："我养来就是为了吃的，前一年我在闭关，今天出关了，可以吃荤。"

安随遇急道："可是我每天都见到它们，和它们打招呼，我们是……是有感情的！"

"感情？你和鱼讲感情？"宁子鄢看着安随遇，"学仙术之前，七情六欲要先放下，你的感情要是太多，我教不了你。"

安随遇怔在原地，看着宁子鄢转身进屋、关门，心中起伏不定。

多年的愿望眼看就要实现，不能在这个时候放弃吧？不就是几条鱼嘛，我又不是没吃过鱼！

安随遇狠狠心，出去找了个网兜来，一兜下去，就捞起来一条红尾巴鱼。

他记得这条红尾巴，第一次给它们喂食的时候，第一个跳起来的就是它，每每安随遇走近，第一个游过来的也是它。

"好吧，不吃你。"安随遇把它放下了。

他兜起另一条，这回是条通体漆黑的鱼，安随遇还给他取过名字，就叫小黑。

小黑是安随遇看着长大的，刚来的时候它只有小指头大小，怎么看都是一副病恹恹的样子，好不容易长这么大，安随遇还是不忍心。

把小黑放回去后，安随遇干脆扔了网兜。

他气冲冲地回到自己房里，开始收拾东西。

安随遇气宁子鄢不近人情，也气自己优柔寡断，看着窗外的天色一点点暗下去，他觉得十分心酸，不由得抹了抹眼睛。

算了，此处不留爷，自有留爷处，大不了去瀛洲列岛找颜玉，那才是他心目中真正的师父呢！

安随遇下了这个决心后，就开始等天亮。

这一夜十分漫长，他很多次都迷迷糊糊地睡了过去，终于等到天边露出一丝光来，他从床上跳起来，拿着包袱就去敲宁子鄢的门。

“师父，徒儿来跟您告别了。我想了一晚上，觉得自己还是不适合留在六合山上。多谢您这大半年时间的照顾，但从今以后，我就不再是您的徒儿了！”

门内许久没有动静。

安随遇想：难不成还睡着？我刚才说话那么大声，总能把她吵醒的吧？

正在安随遇犹豫着是再说一遍还是转身就走的时候，门开了。

宁子鄢站在门口，看着衣服破破旧旧的安随遇，目光带上了几分柔和，道：“去换身衣服，今天开始，为师教你仙术。”

安随遇愣住了，张大眼睛看着宁子鄢，以为自己听错了。

宁子鄢道：“昨晚是对你的最后一次考验，验证你的善心。”

宁子鄢对安随遇的身世终究是心存芥蒂的，所以试探他能否对与自己相处了许久的小生命报以善心。如果他今天能为了修仙的目的杀生，他日也能为了别的事情杀人——这样的魔君后人，宁子鄢当然不敢留。

此刻，安随遇心中是欢喜的。他不会知道，如果今天早上他真的端了鱼汤给宁子鄢喝，宁子鄢会二话不说，立刻杀了他。他对鱼儿们的恻隐换回了自己的一条性命。

宁子鄢看着安随遇，认真道："随遇，为师对你没有别的要求，只希望你无论何时何地都要留着你的慈悲心，对任何生命都是。"

安随遇点点头，道："徒儿谨记。"

掌门的亲传弟子终于开始学仙术了，这让六合山上曾经对他嗤之以鼻的弟子们又纷纷靠了过来。

辰字辈的辰玥、辰礼和辰兮真因为与安随遇有着"挑水情谊"，安随遇与他们走得更为近一些。这三人都是安之城的弟子，而安之城又是宁微的弟子。他们比安随遇学得早，安随遇还要隔三差五地跟他们请教。

六合山上女孩子少，十个手指就能数过来，辰兮真是其中之一，她与安随遇同年，头上绑着双平髻，长得十分水灵。

这一日，辰兮真悄悄对安随遇道："你要多小心安之洵和安之烛两位师叔。"

安之洵和安之烛都是宁铮的弟子。

安随遇道："他们怎么了？"

辰兮真压低了声音，说道："之前两位长老想让掌门退位，改立宁铮师祖为掌门，但是计划失败，而今大半年过去，听传言说，他们又要有所动作。"

安随遇闻言大惊，道："他们会对我师父不利？"

这可是安随遇不愿见到的事情，虽说他对宁子鄢还没有什么师徒之情可言，但作为弟子，与师父一荣俱荣一损俱损，宁子鄢要是有什么事情，他也好不到哪里去。

辰兮真道："是两位师叔的弟子说话的时候，我不小心听到的，是真是假不知道，但你还是要多注意啊，就怕他们明着失败了，来暗的。”

安随遇想了想，道：“我要去告诉师父！”

辰兮真道：“你以为掌门人不知道？我一听说这事，就去禀告了师父，我师父自然会和宁微师祖说，但以掌门人的性子，这种话听与不听都没什么区别。”

安随遇一想到宁子鄢那万事不急、万事不惊的模样，心里就更急了，这样的人当初是怎么从神魔大战中活下来的啊？！

宁子鄢正在房内和宁微说话，话题不外乎掌门之事。

宁子鄢道：“两位长老既然都觉得我不适合做这个掌门，退位让贤又有何不可呢？”

宁微怒其不争，道：“什么贤与不贤？师父当年传位于你，难道不清楚我们各自的能力吗？难道没有预料到今日的局面吗？”

宁子鄢问：“那师父为什么要这么做？”

“师父当年将魔君镇压在六合山下，意图就已经很明显了，我们这一辈的任务，在守不在攻。”宁微道，“宁铮喜好结交，凡事总要以自己的意图为先；我是个闲散惯了的人，一直在山上待着也待不住；只有师姐你，答应了师父要守着魔军结界，就真的每天都会去查看。”

结界的入口在后山的一片竹林中，以指天剑镇守，除了宁子鄢，任何人一旦靠近，格杀勿论。

宁子鄢自从受了师命，每天都会去后山打坐半个时辰，心无旁骛，十多年来从未有过一日间断。光从这一点来看，宁微就对宁子鄢十分敬重。

宁子鄢道：“宁微，要不我把掌门之位传给你吧？后山之事，我会负责到底，但是山上的其他事务，日后你多费心。”

宁微急忙反对，道：“师姐，不管传不传掌门之位，日常那些琐事，我不都帮你处理了这么些年吗？再说了，宁微志不在此。”

宁子鄢道："那传给宁铮不是最好不过了吗？"

宁微道："他现在都容不得你了，日后真成了掌门，又岂能容？"

这下宁子鄢沉默了，她不知道这样的事情应当如何处理，只觉得人心实在是复杂难测。

两人正相对无言之际，安随遇回来了，敲开宁子鄢的门，见宁微在，礼貌地问了好。

宁微一看安随遇的衣袖和裤脚，对宁子鄢道："你这徒儿都长个子了，做师父的怎么不知道给他准备件合身的衣服？"

宁子鄢怔了怔，看看安随遇长手长脚的模样，才恍然意识到是自己失职了，应当为徒儿准备两件像样的衣服。

又过了几天，安随遇去跟宁子鄢问安的时候，就看到桌上放了一套干干净净的衣服。

安随遇顿时热泪盈眶，那仅存的一点师徒情分就在此刻冒了出来。他冲到宁子鄢面前，感动地说道："师父，我看到您亲手给我做的衣服了！谢谢师父！"

宁子鄢面色如常，淡淡说道："下山买的。"

安随遇无语。

一个月后，六合山传出消息，掌门宁子鄢再度闭关，将山上事务交给宁微和宁铮协同管理，二人名义上为代理掌门。

如此一来，至水和至心再也没有理由去指责宁子鄢的不是，也不再逼着她让位给宁铮，只是一直想置身事外的宁微却被拉进了这场漩涡之中。

颜玉再见宁微的时候毫不掩饰鄙视之意，道："早些年让你跟我去瀛洲做个逍遥的岛主，你不愿意，说不愿意牵扯这些俗世纠葛，现在可好，成了六合山当家的了。"

宁微道："只是为了牵制宁铮和两位长老，权宜之计而已。"

"权宜之计？那今后呢？"颜玉一副好奇的样子，看着宁微，"你还指望以后宁子鄢能再接手？"

宁微道："过些年，安字辈总能出一两个可用之人。"

颜玉虽然是瀛洲列岛的人，但对于六合山的事情，知道得也非常清楚，笑道："安之洵和安之烛，完完全全是得了宁铮的亲传，这两个人肯定先排除了，剩下是你的三个徒弟，安之钊、安之榆、安之城，你最看好哪个？"

宁微道："你还漏了一个人。"

"你说方堑？啊，现在应该叫安随遇了。"颜玉有些惊讶，"那还是个毛头孩子呢，你还能知道他三五年后什么样子？"

宁微道："听子鄢师姐说，此人秉性不坏。"

"光秉性不坏，就相信他可以管理好六合山？"颜玉摆摆手道，"宁微啊，现在说什么都为时过早了些。不聊这些没谱的事情，你随我到山下走走去吧。"

宁微道："我还有事情要处理。"

颜玉用期待的目光看着他，道："就两个时辰。"

宁微不语。

颜玉继续说道："你以后肯定越来越忙，这会儿借我两个时辰用用，也不为过啊！"

宁微道："一个时辰。"

颜玉商量着："一个半？"

"就一个。"

"好吧，一个。"

安随遇总是怀疑他和宁子鄢八字不合，看人家师徒相处都是其乐融融的，但宁掌门她老人家永远给安随遇摆着一张冷漠脸。

细细一想，几个月的时间相处下来，安随遇都没有见宁子鄢笑过，于是他决定逗宁子鄢笑一笑。

有了这个想法之后，安随遇就开始各方打探宁子鄢的喜好，最终的结果却差强人意：宁子鄢的生辰，未知；宁子鄢的喜好，未知；宁子鄢喜欢的食物，未知；宁子鄢喜欢的颜色，未知；宁子鄢最讨厌的人，未知；宁子鄢最想做的事情，未知。

总的来说，关于宁子鄢的一切，没有人清楚了解。

安随遇忽然有些同情起他的师父了，这么大个人，看似高高在上的，其实活得十分无趣啊。

他知道宁子鄢每天除了吃饭睡觉，还有一个习惯就是日落时分去后山查看指天剑镇压之下的魔军结界。

安随遇十分好奇那传说中的指天剑长得什么模样，于是这一日，趁着宁子鄢去后山的时间，他悄悄地尾随了过去。

六合山从正面看去，光秃秃得毫无生气，但是后山却草木繁盛，长满了参天大树。

这里没有正儿八经的道路，只有一条小径，弯弯曲曲地通向前方，应当就是宁子鄢的常去之地。

安随遇顺着小径往前走去，不知走了多久，前面的路渐渐看不见了，但身后，却传来了奇怪的脚步声。

安随遇回过头一看，只见身后不远处有一只长相奇怪的动物，只有小狗般大小，似马而非马，通身虎斑，头上顶着一撮白色绒毛，尾巴却是红色的。

安随遇心道：这后山少有人来，难不成是什么妖精鬼怪？

这小家伙看到安随遇停下来看着自己，也不怕生，慢慢朝他挪了过去。

安随遇觉得有趣，蹲下身看着它，伸手示意它过来。

正当安随遇摸到了那白白的小绒毛，小家伙在他手里欢快打滚的时候，身后传来一声轻斥：“谁让你到这里来的！”

宁子鄢看着安随遇，面色微怒。

安随遇一手抱起小家伙，看着宁子鄢道：“我有一处心法想不明白，想来找师父问问。”

“后山禁地，擅入者格杀勿论，再有下次，我不会留情。”宁子鄢看到安随遇手中的小家伙，微微惊讶，“这是从哪里来的？”

安随遇道：“不知道从哪儿来的，我走在路上，它自己就出来了。”

宁子鄢走近几步，道：“这是鹿蜀的幼体，一种性子温和的魔兽，魔军曾用来当坐骑用的，魔军被灭之后已经很多年没有出现过了。”

鹿蜀听到有人叫自己的名字，开心地叫了两声。

宁子鄢说着抬起手，正欲一掌拍下去，安随遇忙阻止道：“师父，你都说了，它性子温顺，为何还要杀它？”

宁子鄢道：“魔军之物，不得存世，恐有祸患。”

“怎么会有祸患？你看它这么可爱！”安随遇揉揉鹿蜀的脑袋，又对着它的脸挤出一个表情，“你看啊师父，它很喜欢你的！”

宁子鄢衣袂一翻，鹿蜀被摔到地上，疼得叫了一声，一脸委屈地看看宁子鄢，又看向安随遇。

宁子鄢手中一道紫光闪出，朝着鹿蜀而去。

鹿蜀年幼无知，也不知道闪躲，只是用乌溜溜的小眼珠子看着安随遇。

安随遇心中着急，一咬牙，不管不顾地扑了上去，将鹿蜀抱在怀中，以后背挡住了那道紫光。

“啊！”安随遇大叫一声，只觉得整个后背像是裂开一样疼。他倒在地上，有一瞬间觉得身体仿佛已经散架了。

鹿蜀此时隐约知道发生了什么，蹭蹭安随遇的脑袋，又对宁子鄢龇牙咧嘴地怒目而视。

对于安随遇突然做出这样的举动，宁子鄢也很震惊，她刚才并未用多少力气，但也知道安随遇挨这一下是吃足了苦头的。

宁子鄢道：“你为了它可以连命都不要了？”

安随遇一张口，猛地吐出大口鲜血来，他擦了擦嘴，道：“师父，你不是一直教育徒儿，说万物皆有灵性吗？你用几条小鱼试探我是否有善念，我没有让你失望，那么你呢？对这小小鹿蜀，难道没有善念？”

宁子鄢被问得愣在那里，久久说不出话来。

她自从有记忆开始，就知道仙道为正，魔军为邪，可如果杀生为孽，那他们对魔军所做的事情难道不是恶？

宁子鄢被自己的想法所惊骇了，她看着安随遇的眼神有些恍然，道：“这个鹿蜀，你想留便留着吧。”

安随遇笑起来，一边咳嗽一边欣喜道：“谢谢师父！”

宁子鄢道：“虽说准许你带它回去，但这种擅作主张之事，为师还是要罚你。回去后到屋外练习倒立运气，一个时辰。”

“是！”

回到山上，安随遇安顿好了鹿蜀，就脱掉鞋子，去屋外倒立了。这一回，他倒是没有埋怨宁子鄢冷酷无情，反而对她的让步心生感激。

宁子鄢没有告诉安随遇，让他倒立运气其实是为了疗伤。她很多时候都不知道应该如何对待这个徒弟，严厉了，他似乎委屈，但不严厉，又怕他太亲近。

从安随遇身边走过的时候，宁子鄢看到他脚底有一抹深红色，上前两步，问道：“这是什么？”

安随遇的脚底下有几瓣花瓣，虽未长全，却也可以看出，是半朵莲花的形状。

“这个是胎记，出生时候就带着的。”安随遇一说话就岔了气，从墙壁上倒了下来。他随意抓起自己的脚，往脚底下看了看，这一看却是把自己吓到了，惊呼道：“它……它怎么又长了一瓣！”

宁子鄢问道：“又长了一瓣？它在生长？”

安随遇道：“我记得最初只有两瓣，刚来六合山的时候又长了一瓣，可这会儿都四瓣了！这第四瓣是什么时候长的啊？”

安随遇说着，搓了搓脚底心，但那抹红色的花瓣还是固执地长在那里。

“师父，我是不是生了什么怪病啊？”他一脸忐忑，担忧地看着宁子鄢。

宁子鄢见他这模样实在可怜，安慰道：“我没有见过这东西，但应当不是什么怪病，你不用担心，再有变化，随时告诉我。”

安随遇从未见过这么温和的宁子鄢，呆愣愣地点点头，得寸进尺道：“师父，我很害怕，一害怕就没力气、犯困，我现在能不能先去睡一会儿？”

宁子鄢的面色再度冷了下来，道：“不行。”

安随遇在心中长长叹了口气。

有了鹿蜀的陪伴，安随遇觉得生活多了很多乐趣。

鹿蜀比他想象得还要聪明，极通人性，当辰兮真养的小狗把她的房间弄得一团乱的时候，鹿蜀已经学会自己出门解手。

安随遇十分自豪，想着等鹿蜀长大后就可以骑着它耀武扬威，那场面简直太让他期待了。

六合山的生活很安逸也很随意，没有严格的出入规定，所以很多时候，安随遇会被几个辰字辈师侄拉着一起下山。

这一日，辰兮真生辰，想下山去买个发簪，辰玥和辰礼便叫上安随遇一起去。

恰逢上巳节，山下十分热闹。辰兮真十分挑剔，一个个铺子看下来，最终才选了一个花花绿绿的簪子。

辰玥偷偷问辰礼："你觉得好看吗？"

辰礼压低了声音道："师兄，你看就得了，女孩子的喜好我们哪懂？"

安随遇听到他们嘀咕，忽然想到一事，问道："女孩子都喜欢这些花花绿绿的东西吗？"

辰礼指指辰兮真，道："你看她的表情不就知道了。"

安随遇看了一眼，确实，平日里动辄张牙舞爪的辰兮真，此刻看着分外的娇俏可爱。

于是安随遇做了一个决定，挑了一个最花哨的发簪，让掌柜的好好包起来。

辰玥好奇地打听道："随遇师叔，这是要送给谁？"

安随遇道："我师父。"

辰玥看着那发簪的样式和颜色，只觉得安随遇勇气可嘉。

这一日，宁子鄢从后山回来，便在门口看到了安随遇。

"怎么站在这里？找我有事？"

安随遇双手递上从山下买的发簪，道："今日是上巳节，徒儿下山看到这个，觉得很适合师父，就买下来孝敬你。"

宁子鄢道："我什么也不缺。"

安随遇道："师父，徒儿知道你不缺什么，但这是徒儿的一点心意。"

于是，宁子鄢把安随遇的心意打开了。

她有些错愕，问道："随遇，你真觉得这个很适合我吗？"

安随遇真挚地看着宁子鄢，更加真挚地使劲点头。

正等待着宁子鄢夸奖自己一番的时候，宁子鄢淡淡说道："你继续练倒立，两个时辰。”

安随遇瞪大了眼睛，简直难以置信。

“现在吗？”

“就现在。”

安随遇不知道自己怎么又招惹到宁子鄢了，只能乖乖从命。

转眼三年。

十六岁的安随遇比刚刚来到六合山的时候长高了不少，以前他看宁子鄢需要抬起头仰视，现在已经和宁子鄢一样高了。

鹿蜀也长大了，远远看去像一匹高头骏马，但因为安随遇养得太胖，它走起路来有些吃力。

所以安随遇眼下最要紧的事情就是帮助鹿蜀瘦下来。

他语重心长地说道：“鹿蜀啊鹿蜀，你瘦下来之后就是天下最英俊的坐骑了，知道吗？”

鹿蜀点点头，有些不好意思，它自己也意识到确实长得太胖了。

安随遇规划着路线，道：“以后你就和我一起上下山，开始几天，一天就……五个来回吧。”

鹿蜀退了两步，眼神绝望地看着安随遇。

安随遇无奈道：“好吧，三个来回。”

鹿蜀勉强答应了。

持续了半个月之后，鹿蜀确实瘦了一圈，它为此有些骄傲，开始不按照安随遇设计的路线跑了。

安随遇开始也由着它去，但渐渐的，他发现鹿蜀喜欢往后山的方向跑。

难道是魔兽，所以镇压魔军的地方对它有种吸引力？

安随遇这下有些担心了，若是被宁子鄢知道，可了不得，他认真道：“鹿蜀，后山是禁地，除了我师父，谁也不能去的。你还记不记得，你小时候差点就死在那里了！”

鹿蜀用鼻子喷喷气，表示自己小时候就在那里长大的，凭什么不能去，规矩是给人定的，又不是给它定的，它想去就去！

于是乎，鹿蜀撒开腿，往后山跑去。

安随遇跟在后面追，大喊：“站住！鹿蜀，你再跑，我就不要你了！不给你饭吃！”

鹿蜀只当安随遇是在跟他玩耍，跑得更欢。

安随遇有些后悔带它跑山路了，它现在越跑越快，自己根本追不上。

眼看着鹿蜀越来越远，安随遇放弃了，决定在原地等它回来。

他看看四周，也不知道自己是在什么地方。前方隐隐传来水声，安随遇放慢了脚步，见前方出现了一条小溪。

有一个穿着白衣，与安随遇年纪相仿的女孩子，在小溪边洗脚。

她侧对着安随遇，长发披散着，盖住了小半张脸，但安随遇还是看到了她玲珑的眉眼和小巧的鼻子，那一瞬间，他几乎屏住了呼吸。

当他回过神来的时候，惊慌失措地往后退了两步。

女孩子听到声音，回过头来，看见安随遇，有些诧异地愣了愣，继而对他笑起来。

安随遇原本紧张得耳红心跳，她这么一笑，他的心情也缓和了下来。

那女孩镇定自若地穿上鞋子，依旧冲着安随遇笑，对他挥挥手道：“我叫绰衣，你叫什么名字？”

“安……安随遇。”

“安、随、遇，”女孩一个字一个字地念着，“是随遇而安的意思吗？”

安随遇点头，道：“是我师父取的名字。”

“师父？你是六合山上的人？”

“是的。”

六合山上，安字辈的人屈指可数，安随遇原本等着绰衣问他是谁的徒弟，好在这个女孩子面前表现一番，可她偏就没有问，好像对六合山上的事情也并不熟悉。

安随遇看着绰衣，觉得怎么也无法移开眼睛，她清澈得像是一抹天地间半透明的白色。

他感觉到自己的心跳得极快。

绰衣问道：“你为什么会来这里？”

“我来找我的坐骑，它跑得太快，我没跟上，就在这里等它回来。”安随遇想着这里既然是六合山的禁地，她一个女孩子还是赶紧离开为好，便道，“你是怎么到这山里来的？这儿危险，还是快点走吧。”

“危险？”绰衣诧异道，“我家就在山脚下，我自小就进山来采药的。”

安随遇道：“你能上山采药？”

绰衣点头道：“是啊，以前是在半山腰，但现在那里的药材少了，我就往上走了些。”

安随遇好心提醒道：“这里是六合山的禁地，镇压着魔军的，你以后还是……别上来了。”

绰衣有些担忧，道：“可我不上来，怎么采药？我父亲是大夫，很多人找他看病的。再说了，这山是自己长在这里的，为什么你们可以来，我就不可以呢？”

安随遇觉得她说得很有道理，想了想，还是说道：“我师父每天日落时分都会来这里。这样，你以后若要上来，就避开这个时间。这里除了她，也不会有什么人来了。”

绰衣道：“谢谢你！”

二人正说着，鹿蜀回来了，喘着粗气，看来锻炼得很累了。

绰衣一见鹿蜀，惊讶道："这就是你的坐骑吗？长得好特别啊！"

"是，它叫鹿蜀。"安随遇觉得，养了这么多年，鹿蜀终于给他长了点脸，顿觉高兴，"它很温和的，你若是喜欢，可以摸摸它的脑袋。"

绰衣刚伸手，鹿蜀就十分配合地把头伸了过去。

白色的绒毛触手生温，绰衣笑起来："真好玩！"

安随遇道："我们经常在这附近玩的，以后你再上来采药，说不定我们还能遇上。"

绰衣道："一定会的！"

安随遇没意识到，之前还告诫人家这里荒僻危险，现在又说自己常来，简直漏洞百出。看着绰衣一脸欢喜的样子，他才不想去考虑这些。

年少的安随遇一连好几天都睡不好觉，他觉得自己遇到了生命中最重要的女子，愿意为她付出一切，心情十分激动。

情绪激动之下，难免就会做出一些欠考虑的事情，比如在吃饭的时候，他突然问宁子鄢："师父，我能成亲吗？"

宁子鄢一口饭刚放到嘴里，莫名地看着他。

安随遇道："我是认真的，师父。当然，成亲后我依然会孝顺你的。"

宁子鄢道："你喜欢上哪家姑娘了？"

"没有。"安随遇笑笑，"我就是随便这么一问。"

宁子鄢道："那就等有了再说吧。"

安随遇笑了笑，继续吃饭。

之后的几天，安随遇每天都偷偷溜去后山，希望能再次见到绰衣。但事与愿违，近半个月的时间，他们都没有再相遇。

安随遇盘腿而坐，看着身边的鹿蜀，道：“你觉得她会再出现吗？”

鹿蜀鼻子里喷着热气，看着它的主人，颇有些幸灾乐祸的样子。

“哎，或许她没有想再见到我啊……”

安随遇长这么大，认识的女子屈指可数，乍一见绰衣，只觉得惊为天人。可是，少年心事，说过去也就过去了。几天之后，他就已经很少再想起这个人了。

安随遇把更多的时间放在研究做菜上，尝试着各种宁子鄢也许会喜欢的口味。

他们同桌吃饭已经有两年多的时间。原本，宁子鄢的饭菜都是厨房的小童做好了直接送过来的，但安随遇为了讨好宁子鄢，特意学了做菜。

开始的时候，他险些就把六合山的厨房给烧了，但久而久之，他就可以像模像样地做几道菜了，如今已经可以每天变着花样地给宁子鄢制造一些惊喜。

当然，这惊喜只是安随遇单方面的想法，在宁子鄢看来，吃什么都一样。

安随遇提醒道：“师父，你不觉得今天这蘑菇做出了肉的味道吗？”

宁子鄢道：“我不吃肉。”

“就因为如此，我才想办法让你尝尝肉的味道啊。”安随遇夹了一块蘑菇放进自己嘴里，一脸得意洋洋道，“真是太喜欢自己的手艺了！师父，你就说好不好吃吧！”

“是很好吃。”宁子鄢道，“但是你不用特意花心思在这上面，其实我吃什么都觉得差不多。”

“怎么会差不多呢？”安随遇笑，“我上回在汤里放了香菜，你一口都没有喝。”

宁子鄢道：“嗯……除了香菜。”

安随遇道：“多花心思也是好的啊，指不定以后能在山下开个小馆，就叫六合小馆好了。哦不，叫‘没有香菜’！凭我的手艺，一定能赚很多钱！”

宁子鄢道：“这倒是个好主意。难怪你都想着要成亲了，以后找个好姑娘，安安稳稳过一生是最好不过的了。”

安随遇忽然就有些落寞了，道：“师父，你这么快就想让我走啊？我还没有出师呢，想着跟你多学仙术，日后除暴安良呢！”

宁子鄢道：“我只希望你一生平安顺遂，遇到的人都对你好，不要有什么波折。”

安随遇看着宁子鄢，眼眶微微发热，忽然就有了这辈子不下山、不娶媳妇、永远给宁子鄢做饭的想法。

宁子鄢看他眼睛微微红了，笑道：“真是傻小子！好了，我没有要赶你走的意思。”

安随遇觉得，他这也算是成功把宁子鄢逗笑了。

安随遇道：“哎师父，你不知道，你笑起来可好看了！以后应该多笑笑啊！”

宁子鄢沉下脸：“吃你的饭。”

安随遇只得说：“哦。”

第三章 琴虫绰衣

六合山下，向西百里，有一座神庙，年久失修，破败不堪，也不知供奉的是哪一路神仙。这地方平日里无人问津，往来的唯有绰衣。

绰衣每天来此，是为了颜靳。

他是留在这人世间的最后一个魔族，曾经的人间叛徒，魔军军师。

庙宇中，高高的神像已经残破不堪，绰衣轻巧地跳上神像的肩膀，将左眼按了下去。

轰然声传来，神像之后，一扇小石门缓缓打开。

石室内，一个模糊的声音传出来："绰衣，是你来了吗？"

"是我。"绰衣闪身而入。

石室很小，只容一人居，燃烧着一根快烧完的蜡烛。室内除了简陋的石床，就只剩一张桌子，桌子上是一张古旧的琴，但因为时常被人拂拭，琴体纤尘不染。

颜靳转过身来，因常年不见日光，他的面色显得非常苍白。

颜靳问道："你见到那个人了吗？"

绰衣道："见到了。"

颜靳笑了笑，眼角的一道道皱纹显得越发深邃。

他出身世家，也有过鲜衣怒马的时候，不慎堕入魔道，整个家都为之惋惜。

绰衣是他还在家中的时候就认识的。

那时候颜靳外出，偶然捡到一张旧琴，弦虽然已经断了，但木材是上好的。他将琴修好之后，试弹了几次，也就放在一边没管它了。

直到一次回屋，看到一个女子躺在他的床榻上。

颜靳走近的时候，那女子猛然间发现了，吓得急忙跳起来，撞上他的额头。

颜靳一把扣住她的手腕，问道："你是谁？"

"我是……我是琴音。"

"琴音？"

她指指一旁的那张琴，道："世有琴虫，琴音所化，长于琴腹，十年可成其精魄，再十年可修其蕴识，又十年可塑其女体。"

她没有告诉颜靳的是，琴者，情也，而琴虫，依附世间真情为生。

颜靳为她取名绰衣，因第一眼从门口见到她的时候，隔着帘幕，隐隐绰绰看不真切，仿佛一件随风而动的白衣。

他们有过一段无忧无虑的日子，直到姜家的人找来。

姜家世代掌有凤凰琴，传至上一代，凤凰琴被盗。这一代的姜家家主姜怀音直接拜访了颜靳的父亲，想要回传家之宝。

颜父认为，颜靳虽然在机缘巧合下拿到凤凰琴，但终究是他人之物，应当奉还。

颜靳无权反驳，失去了凤凰琴和绰衣，自此种下了魔心。

再后来就是魔军进犯，神魔交战。此时的颜靳已经是魔君委以重任的军师，叱咤之地，风云变色。

在魔军被灭之际，绰衣从姜怀音手里偷走了凤凰琴，于乱军中救下颜靳。

颜靳曾让绰衣远离他，但绰衣不肯，甚至扬起衣袖中的匕首，划破脸颊，问他："这样，你也不会答应我留下吗？"

颜靳眯着眼睛看她，道："你非要如此吗？"

"你还喜欢听我的琴是不是？"绰衣又将匕首狠狠刺向手指。

颜靳来不及阻止。他知道，绰衣是在以死相逼，如果他执意让她离开，她不会独活。

颜靳最终轻轻叹道："如果要折磨我的话，这样已经够了。"

魔军被镇压后，颜靳带着绰衣和凤凰琴四处躲避，最终选择了这个离六合山不远的地方——任谁都不会想到的地方。

颜靳一直在等待打破魔军结界的机会，绰衣也会时不时地出现在六合山上，隐蔽地打听一些事情。

安随遇的出现让颜靳知道，复仇的时机不远了。

绰衣坐在桌前，伸手弹响了琴音，她低低问道："颜靳，你还是决定要这么做吗？"

颜靳道："不然呢？永远留在这不见天日的地方吗？"

绰衣道："我们可以离开这里，找一个没有人认识的地方。"

"可我不甘心。"颜靳恨恨道，"十多年了，这中间我所受的苦，定要让那些人加倍奉还！"

绰衣叹气，这就是世人所谓的"魔心"吧。

可只要眼前这人还是颜靳，她才不管他是人、是仙，还是魔，就像颜靳也从未在意她只是天地间一缕随时会散的琴音。

这几日，安随遇估摸快到六合山一年一度的切磋大会了。

所谓切磋大会，就是宁字辈以下的所有同门交流这一年来的修习情况，过程中自然也免不了动手，一争高下。

去年的大会上，安随遇根基太浅、技不如人，同辈的其他人都不愿意与他交手，就连辰字辈的师侄们也不把他当成对手。结果一场大会下来，安随遇羞愤难当，觉得根本没脸见人了，把自己关在屋里半个月，直到宁子鄢亲自把他拽出门去。

这之后的一年，安随遇日日苦修，为的就是能在下一次的大会上扬眉吐气。

好不容易，左盼右盼的，这一日终于被盼来了。

安随遇一大早就去找宁子鄢，信誓旦旦道："师父，今天我一定不会让你失望的。"

宁子鄢对他的话并不在意，只道："随遇，我对你一向没有什么希望，又何谈失望？"

类似的话，宁子鄢不是第一次说，安随遇最初是有些伤心的，但听着听着也就习惯了，也有了应对的方式，他道："师父虽然不喜欢与人争，但是我不能总给你丢面子啊。"

宁子鄢道："同门交流，点到即止，不可过于心急。"

安随遇点头道："我知道了。"

"我要提前去正殿，你收拾一下，别迟到了。"宁子鄢说话的时候，看到安随遇头上的发带松了，便道，"低头。"

安随遇不明所以，但还是二话不说地照做了。

宁子鄢抬手，将他的发带系好，道："已经不是小孩子了，怎么还是毛毛躁躁的？"

安随遇笑笑，顽皮道："若是师父一直如这般管教的话，我倒宁愿自己永远是个小孩子。"

宁子鄢无奈地摇摇头，没再说什么，转身走了。

收下这个徒弟，开始只是为了将他留在身边看管，以防有变，但毕竟凡人与神仙不同，日日相对难免会生出不舍。

安随遇看着宁子鄢的背影，三年多的时间，他长大了，而她似乎永远都不会变，一样的眉眼，一样的着装，一样的步态。很多时候，他这样注视着她的时候，总有种说不清楚的感觉，似乎是希望她能有些变化，但又害怕她会变。

宁微对着镜子整理好衣装，正要出门之际，有个人影从外面闪了进来。

来人衣着繁复夸张，俊美的面容下，一双桃花眼眨了又眨，正是颜玉。

见宁微毫无反应，颜玉问道："我来得这么突然，你怎么都不表现出一些惊讶？"

宁微道："你每一回的出现都挺突然的，我若每一次都惊讶，现在已经惊讶死了。"

颜玉听出来宁微今日心情不错，也开怀一笑。他很不拿自己当外人，在桌边一坐，拿起桌上的糕点就吃了起来，一边吃一边说道："今日你们山上热闹，我闲着也是无聊，就过来看看。"

"那你随意就好。"宁微没有理他，准备出门。

颜玉上前一把拉住他，道："顺带还有个事情要跟你说。"

宁微问道："什么事？"

颜玉道："姜家的人前几天来找我了。"

听到这话，宁微的目光顿了顿，道："姜怀音？"

"就是他。"颜玉细细道来，"自从姜家的凤凰琴丢失以来，他就一直四处寻访，多年来都没什么结果。可是上个月，他路过这附近的时候隐约听到了琴音，因为不敢贸然上六合山，就特意去了趟瀛洲找我。"

宁微微微皱了皱眉，觉得事情有些怪异了。他知道凤凰琴世代为姜家所传，所以姜怀音对琴音很敏锐，百里之内都能听到。可这丢失了那么多年的凤凰琴怎么会出现在六合山附近呢？

宁微看着颜玉道："看来你这回不光是来凑热闹的。"

"是啊，主要还是想来看看你……"

颜玉就喜欢这样逗宁微，看到他微微发怒的样子就开心，但很明显，现在宁微没有这个心思。

颜玉便认真道："当年那一战之后，我动用了所有人马去找我大哥，可是活不见人死不见尸，偏偏又是那个时候，姜怀音的琴虫背叛了他，带着凤凰琴一起失踪了。"

宁微道："你怀疑她是去找你大哥了？"

"不是怀疑。"颜玉道，"我可以肯定我大哥还活着。他那么高傲自负的人，就算是死，也不会死得这么无声无息的。"

宁微思忖道："那琴虫……究竟算是什么东西？"

颜玉道："是人非人，是妖非妖，真要确切地说，那就是琴音。这琴虫举世罕见，也不是每一张琴都有，据说是琴的主人至情至性，所奏之曲动人心魄，才能以情养虫，变化出这琴虫来。"

宁微道："这么说来你大哥倒是个有情之人。"

"先不管他是个什么样的人。"颜玉难得认真道，"你想啊，他以前在魔军之中是个什么地位？销声匿迹这么些年，突然出现在六合山附近，会是为了什么？"

宁微沉默了半晌，道："或许，他不是最近才出现的，只是姜怀音路过这里，才正好发现他的所在。"

"你说得有道理，"颜玉点点头，"那就更可怕了，六合山多年来的一举一动岂不是都在他的眼皮子底下？"

宁微道："但是他若想破了后山的结界，断没有这个能力。"

"我也觉得他没有这个能力，即便有凤凰琴在手，也不会是指天剑的对手。"颜玉看着宁微，道，"所以我才来找你，希望你能帮我一起找到他，别让其他人给发现了。"

宁微知道，颜玉对这个一早就背离了家族的大哥还是有情谊在的。

“我答应你，如果真是颜靳，若不是到了万不得已的地步，绝不会伤他性命。”

“多谢。”颜玉拱了拱手道，“快去办你的事情吧，耽搁了你这么长时间。”

宁微道：“你竟然也有不好意思的时候。”

颜玉嘿嘿一笑，道：“再没心没肺的人，也总有自己在乎的事情。宁微，若换作是你遇到危险，我会更加……”

宁微快速离开，关上门，扔下一句：“我并不想遇到危险。”

安随遇和辰玥等人来到大殿的时候，整个山上的人都陆陆续续到了，宁子鄢坐在主位上，左右两边还是宁微和宁铮。

每每此时，安随遇都会想起自己第一次来这里的时候，跟在颜玉身后，对看到的一切都是好奇的。

他一个自幼流浪、无依无靠的少年，最初只是想学点仙术，好有个生存技能。不料际遇难测，竟然被颜玉带到了六合山，还阴差阳错地成了宁子鄢的徒弟。

大会开始，六合山的弟子们轮番上场，到安随遇的时候，他面对的是辰字辈的辰羽。

安随遇心中有些不快，人家都是同辈对阵，怎么到了他这里却给安排了个师侄？分明是瞧不起人！

安随遇走到大殿中央，问道：“不是说了同辈之间相互讨教吗？是不是安排错了？”

宁铮道：“随遇，你入门时间短，若与安字辈的师兄们切磋，他们怕是会误伤了你。辰羽是安之洵最得意的弟子了，你与他较量一番，若能赢了他，也说明这三年多的时间，学有所成。”

他话说得好听，但安随遇心中明白，言下之意是，他赢了，是胜之不武，若输了，更是给宁子鄢丢脸。

安随遇心中生气，宁铮故意安排了个辰字辈中最厉害的人，就是等着看自己出糗的。

他非不让他得意！

辰羽此时已经站到了安随遇的面前，道："师叔，请指教。"

他们站得近，所以安随遇很清晰地看到了辰羽面上的不屑。

安随遇冷哼一声，道："你是晚辈，你先请吧！"

辰羽也不再推，向安随遇攻过去。

安随遇立即接招。

辰羽对安随遇的认知显然还停留在去年的时候，见他轻轻松松就接下第一招，微微有些惊讶。

几个来回下来，二人竟然旗鼓相当，但安随遇的耐力比辰羽好太多，随着时间的推移，他的优势就显露了出来。

辰羽转攻为守，安随遇渐渐占了上风。

所有人都凝神看着，所以不会有谁注意到大殿外一个不起眼的角落里，有个白影一闪而过。

安随遇眼看着就要击败辰羽，对方却突然眼神一变，用剑朝安随遇的面部刺过去。

他这一剑，招中带招，外人看来只是寻常的比试，但安随遇身处其中，知道这一招凌厉异常，几乎是不管不顾地要转败为胜。

他这是想要我的命啊！安随遇大骇，这必杀之招他能接，但接下了，就等于是将这力道反过来施加到辰羽身上，他不死也得残废！

我死还是他死？安随遇快速决定，当然是选择后者啊，谁让他先不要命的呢！

安随遇当机立断，反转过剑锋，迎着辰羽的剑直直地刺了过去。

殿内响起一片惊呼之声，众人已经看出来他们是在搏命了。

安随遇此时脑中一片空白，他觉得辰羽若真的死在了自己的剑下，宁子鄢恐怕是不会要他这个徒弟了。她刚才还提醒自己，点到即止，这会儿就在一旁看着，他却要在她的面前杀死同门了。安随遇这般想着，不由得悲从中来。

虚空中突然传来一个力道，安随遇和辰羽的两把剑在空中交击，发出一声巨响之后纷纷被甩了出去。

因为那个外力主要是针对安随遇的，所以他的身体被弹出很远，胸中一热，一大口血就从口鼻中喷了出来。

辰羽也是惊魂未定，他刚才只觉得眼前似乎飘过一个白白的东西，至于接下来自己做了什么，他已经完全不记得了。

直到宁铮出手，他才反应过来。

辰羽觉得，自己刚才一定是太紧张而看错了什么或者眼前出现了幻觉，他对着宁铮遥遥一拜，道：“多谢师祖救命之恩！”

宁铮看着安随遇，厉声斥责道：“好你个安随遇，同门比试，竟以性命相逼！”

安随遇想要反驳，张嘴又是一口鲜血。他看向宁子鄢，见刚才还坐得好好的她，现在已经从位置上站起来了。

安随遇急欲向宁子鄢解释刚才的一切，但他忽然觉得眼前模糊，连宁子鄢的面部轮廓都看不清楚了。

在昏迷的前一瞬间，安随遇还想着，师父，你可要相信我啊！

宁子鄢没有看清楚场上的一切，被宁铮一句“以性命相逼”所惊，觉得一直以来她最害怕的事情终于还是显露了端倪——安随遇这些年虽然在她身边修身养性，但与生俱来的魔性终究无法消除。

大会提早结束了，宁子鄢将安随遇带回住处，看他在睡梦中紧皱着眉头，十分慌张的样子。

“你就这样睡过去，永远也不要醒过来了吧。”宁子鄢狠下心，缓缓抬起手，在手掌中凝结了真气。

这一掌下去，他就死了，日后再也不用为他会变成什么样子而担心了。

宁子鄢深吸一口气，正要打下去的时候，听到安随遇忽然叫了一声："师父！"

宁子鄢心中一颤。

安随遇没有醒过来，只是梦魇了，含糊不清地说着话："相信我，师父……师父，我会一直听你的话，师父……我听话……"

"我应该相信你吗？"宁子鄢自言自语着，收起了手，在安随遇的床边坐下。

屋外，鹿蜀冲了进来，双脚扒到了床边。它用头拱拱安随遇的胳膊，见他没反应，目光转向宁子鄢。

宁子鄢抚了抚鹿蜀头上的白毛，道："放心，他没事。"

鹿蜀蹭了蹭宁子鄢的手。

宁子鄢道："鹿蜀，你觉得随遇是个好人吗？"

鹿蜀点点头。

宁子鄢叹了口气，站起身往屋外走去。

正要出门的时候，鹿蜀跳起来，上去咬住了宁子鄢的裙摆。

宁子鄢问道："怎么了？"

鹿蜀示意宁子鄢跟它过去，将她带到了安随遇的橱柜边，抬起前脚敲了敲最下方的抽屉。

"你让我打开它？"

鹿蜀猛点头。

宁子鄢蹲下身，拉开了那个抽屉。

入眼是一叠破旧的衣衫。

宁子鄢打开看，竟然是安随遇从小到大的衣服，基本都已经破得不能再穿了，但是这么多年来，她给他的每一件衣服都在，都洗得干干净净，工工整整地叠好了。

鹿蜀蹲在一旁，安安静静的。

宁子鄢在地上蹲了许久，又重新将衣服叠整齐，放了回去。

终究，于心不忍。

她走到安随遇身边，帮他掖了掖被子，道："等你醒来再说吧。"

宁子鄢走出门，关门之际又对鹿蜀说："你在这里守着他，别让任何人进来。"

鹿蜀听话地走到安随遇的床边趴下，一动不动。

安随遇醒来已经是第二天的下午，他艰难地爬起身，摸摸鹿蜀的脑袋，问："我师父呢？"

鹿蜀不开心了，转过头不理他。

安随遇道："好了好了，我应该先谢谢你，别生气啊。"

鹿蜀这才懒洋洋地爬起来。

安随遇道："我没什么力气，鹿蜀，你扶我去见师父。"

鹿蜀乖乖地挪了过去。

宁子鄢站在院子里的池塘边，原本正若有所思地看着鱼，听见开门声，便把头转了过去。

安随遇面色有些苍白，他慢慢走过去，道："师父，我是不是惹麻烦了？"

宁子鄢道："随遇，你养好伤之后，就下山去吧。"

安随遇一急，连连咳嗽了几声，道："师父，你要赶我走？是他们设计好的，他们故意逼我！"

宁子鄢并不听他解释，只是问道："你有过杀人的心思，是不是？"

安随遇愣在那里，许久，点了点头。

“我不能要你这样的徒儿。”宁子鄢道，“我让你下山，但你也不能走远，不是想在山下开个小馆吗？去吧。”

安随遇道：“你要将我逐出师门了？”

宁子鄢道：“你若愿意，我还是你师父。只是随遇，你身上戾气太重，还是不要再修习仙法了，我怕你走错路。”

“戾气太重？”安随遇难以置信地看着宁子鄢，“是辰羽要杀我啊！我还手自保，就是戾气太重？难道你想看着我血溅当场才会满意？”

宁子鄢道：“有我在，你不会血溅当场。”

安随遇道：“所以师父是在责怪我不信任你？我当时就应该坐以待毙，等着你来救我？”

宁子鄢道：“事已至此，多说无益，等你恢复得差不多了，就下山去吧。”

安随遇还想再说什么，但看着宁子鄢冷漠的样子，还是住口了。

养伤的几日，安随遇一直在自己房里，而宁子鄢也没有再出现过。

安随遇觉得身体好得差不多了，便对鹿蜀道：“你背着我出去走走吧，想去哪儿都随你。”

鹿蜀好不容易得到了自主权，开心地摇了摇尾巴。

安随遇坐在鹿蜀身上，看着它慢慢往后山走去，也不阻止，想着反正自己都快下山了，也无所谓惹不惹宁子鄢生气。

走着走着，鹿蜀忽然欢快地叫了一声。

安随遇抬头就看到了绰衣。

她就站在不远处，衣衫有些脏乱，又惊又喜地看着安随遇，道：“我还以为再也见不到你了呢！”

“这句话应该我说才是。”安随遇说着，让鹿蜀把他放了下来。

绰衣道："前几日我爹病重，我就忙着照顾他。"

安随遇关心道："现在病好了吗？"

绰衣摇摇头，一脸忧心的模样，道："越来越严重了，所以我才上山来找千年灵芝。"

安随遇惊讶道："这山上有千年灵芝？"

"有人说在一处悬崖边见到过，但这里地方这么大，我根本不知道悬崖在哪里。"绰衣说着，眼中含泪，"我已经在这里找了两天两夜，怕再这样下去，我爹就要不行了……"

安随遇道："别着急，我帮你一起找。"

绰衣冲他感激地点点头。

两人一兽走了许久，还是没有看到悬崖。

前方突然出现一条岔路，安随遇正想着走哪边的时候，绰衣说道："这条路我之前已经走过了，我们走这边吧。"

安随遇道："好。"

他们往前走去，这条路越走越窄，前方全是密密匝匝的树丛，只容得下一人通过。

安随遇无意间看向地面，忽然看到一个浅浅的鞋印，心中一惊：这莫不是师父每天都要来的地方！

他犹豫了，这里可是宁子鄢千叮万嘱不能踏足的禁地。

但是，看着绰衣着急的样子，他又不忍心出言阻止。再者，安随遇也十分好奇，那把传说中镇压着魔军的指天剑究竟长什么样子。

安随遇看了看天色，估算着宁子鄢至少还有两个时辰才会来这里，他们走快点的话，应该不会遇到。

"绰衣，这里走个来回也需要些时间，天色将晚，我们都坐到鹿蜀背上，走快点如何？"他刚才就想说这个提议，只是觉得孤男寡女共乘一骑不太合适。

不料绰衣毫无反对的意思，道："好，我也想快点找到千年灵芝。"

二人爬到鹿蜀的背上，鹿蜀加快了脚步。

路非常不好走，好在鹿蜀是灵兽，辨路能力比他们强很多，就这样走了约摸半个时辰，终于看到了前方的断崖。

绰衣道："就是那里了！"

鹿蜀快步上前，到了悬崖边，将二人放下来。

前方是一片宽敞的崖面，正中央竖立着一座半人高的石台。

安随遇往那石台上看去，顿时惊住了。

传说中，指天剑是一把金黄色的古剑，有斩妖除魔的无穷威力，可眼前所见的竟然是一把断剑！更确切地说是断成了三截，怎么看都像是三块废铁插入了石台之中。

"这是什么？"绰衣走上去，忽然叫起来，"灵芝就在这里！"

安随遇也紧跟过去，只见三截断剑之下竟长着一朵巨大的灵芝，乌黑发亮。

绰衣道："这灵芝像是从石台中长出来的，我们想办法把这三块废铁拿掉吧。"

安随遇还没有从传说破灭的沮丧中回过神来，绰衣这么一说，他就答应了，走上去就握住了其中的一截断剑。

他试了一下，这断剑却深深地扎在石台里面，拔不出来。

安随遇用法术将力量凝结于掌心，用尽全力将断剑往上提，由于用力过猛，他的掌心划过刀锋，拉出了一条血痕。

绰衣紧张道："随遇！你没事吧！"

安随遇摇摇头，道："小伤，不要紧。倒是这断剑，恐怕是拔不出来了，要不直接把灵芝掰碎吧？"

绰衣正迟疑着，忽然，石台震动了一下，仿佛底下有什么人在努力推动一般。

安随遇拉着绰衣往后退了两步，道："这里危险，你站在这儿别动，我去拿了东西，我们就赶紧走吧。"

绰衣点点头，站在原地。

安随遇再次走上前，他刚伸出手，就听到身后有人厉声喝道："随遇！你在做什么？"

安随遇一惊，快速地收回手，同时，只见石台又震动了一下，刚才被自己拔过的那一截断剑被震了出来。

他们身后，宁子鄢、宁微、颜玉已经飞身上前。

让安随遇没有想到的是，绰衣比他们都快一步冲过来，她周身被白光包围着，一手握住了石台上的另一截断剑。

宁微手中的剑直刺向绰衣，安随遇大喊："师叔不要！"

然而，那把剑直直地从绰衣胸口穿过，却不沾染一滴鲜血！

宁微冷声道："琴虫绰衣，不管你是个什么妖精鬼怪，今日都休想离开六合山。"

安随遇全然没有想到，这个头一回让自己生出爱慕之情的女子竟是个妖精！

石台震动得更加厉害，安随遇看着那石台，只觉得下方有一股奇异的力量吸引着他，他能明显地听见自己的心突突直跳，无意识地就往那个方向走过去。

"站住！孽障，再上前一步，我就杀了你！"宁子鄢说着，已经快速走至石台上，将那截落在地上的古剑重新插了回去。

她凝神运气，将三截断剑没入石台。

石台终于安静下来。

安随遇后知后觉地意识到，原来那下面镇压着的就是魔军，而绰衣把自己骗过来是想让自己帮她打开这个结界封印。因为她是妖精，所以无法拔出剑？可是，刚才她明明想上去拔第二截断剑。而一开始无论怎么用力都纹丝不动的断剑为什么会突然被下面的力量震开？是鲜血的作用？如果谁的血液都可以，那么这个封印岂不是太容易就破了？

他脑子里盘旋着无数个问题，但根本来不及多想，因为一旁的绰衣已经被宁微制住，眼看着有生命危险。

虽说她来这里另有目的，但毕竟是自己心生好感的女子，在没有弄清楚事情真相之前，他还是不希望绰衣有事。

安随遇求道："师叔，请手下留情，她不会害人的！"

颜玉在一旁道："你个臭小子，见人家长得漂亮就觉得她不会害人？你可知道下面镇压着的是什么？一旦放出来，方圆百里都得陪葬！"

安随遇哑口无声，转头看着绰衣。

绰衣道："对不起，是我骗了你，我虽不是魔族的人，但这么做……有我的苦衷。"

"我完全理解你的苦衷！"颜玉看着她道，"告诉我，颜靳在哪里。"

绰衣摇摇头，决然地说道："你们杀了我吧。"

"成全你。"宁子鄢右手一抬，一道紫光直直刺入绰衣的眉心，绰衣痛苦地倒在地上，身体逐渐变得透明。

安随遇看得心惊，跪在宁子鄢面前，道："师父，她说自己是有苦衷的，你听她说完话再发落吧！"

宁子鄢手中没有停下，绰衣的身影渐渐消失不见。

安随遇追上去，只摸到一缕白烟从指缝间流走。

"你……你真的杀了她！"

颜玉看着安随遇失魂落魄的样子，想出言告知，宁子鄢只是将绰衣打回了原形，并没杀她，也杀不死她，但看着宁微告诫的眼神，还是没有说话。

宁子鄢看着安随遇，道："你受妖精蛊惑，今日若我们晚来一步，就会酿成大错。随遇，你要我如何罚你？"

“你总有你的一堆大道理！”安随遇站起来，怒视着宁子鄢，“不就这么个破地方！不就这三把破剑！你要是早告诉我这些原委，我哪会不知轻重？”

这是安随遇第一次和宁子鄢斗嘴，宁子鄢一时愣住，竟无言以对。

“不就是擅入者死吗，你杀了我好了！”安随遇抬起头，看着宁子鄢，眼眶发红，但是毫无惧色，“你现在立刻杀了我，我保证一动不动地站在这里让你杀！如若不然，今日我只要活着离开了这儿，你就再也不是我师父了！”

他说出这些话来，背在身后的手指不由得轻颤。

宁子鄢咬着唇，拔出佩剑，指向安随遇。

安随遇闭上了眼睛。

整个树林似乎瞬间安静了下来，一丝风都没有。

半晌，宁子鄢豁然将剑划向了自己的左手，剑锋一闪，她的左手顿时鲜血淋漓。

颜玉和宁微俱是一惊。

安随遇睁开眼睛，下意识想走过去，却生生止住了。

宁子鄢抬起左手，冷声道：“子鄢不肖，违背师命，收此徒儿，险些陷六合于危难。今日当着师父英灵起誓，与此人断绝师徒恩义，今后他再敢踏足结界之地，我若不杀他，就让我死无全尸、魂飞魄散。”

安随遇站在原地，看着宁子鄢，只觉得心中五内俱焚，泪水不自觉地流了下来。

“你要杀便杀，发的什么破誓！我才不会回来，这辈子、下辈子都不会回来了！”安随遇说完，转身上了鹿蜀的背。

鹿蜀明白主人的心思，飞快地往前奔跑。

安随遇迎着风，到了无人之地，终于忍不住失声痛哭起来。

他分不清楚这巨大的痛苦是源于绰衣的死还是宁子鄢的决绝，只是这短短一个时辰之内的事情让他觉得，自己不是原来的自己了。

宁子鄢失神了好一会儿，才缓缓收起剑。

她的伤口还在淌血，难怪说十指连心，她现在只觉得心口一阵阵隐隐的痛。

安随遇终于走了，走了也好，只要这辈子都不回来，也就不用再担心他能惹出什么天大的乱子了。

原本准备给他在山下开店的钱可以省下来把池塘修葺一番了。

就当作，三年前的大殿之中，她没有认出他来。

就当作，十六年前的六合山下，她从来没有遇见过他。

颜玉悄声问宁微："你子鄢师姐刚才立誓的时候，那句'违背师命'是什么意思？朔方道长不是十多年前就羽化了吗？"

宁微皱着眉，心中也在思考着同样的问题。

宁子鄢已经往前走去，颜玉看着她的背影，叹了口气道："我有预感，这事儿啊……没完。"

宁微道："我只希望，这不是噩梦的开始。"

第四章 瀛洲列岛

世人皆知，六合山上的指天剑镇压着千万魔军，但没有人知道，在神魔大战中，这把金色古剑已经断成了三截。

这三块看似废铁的断剑却还是传承了指天剑的神力，被命名为“逐日”“奔月”“追星”。

经过后山结界险些被破除的这件事之后，宁子鄢觉得，是时候应该向宁微坦白一些事情了。

她从十六年前的那一念之差开始说起，将安随遇的身世尽数告知。

宁微听后震惊不已，但对于宁子鄢的做法没有责怪之意。他深知她的秉性，这样的事情即便再发生一次，她也还是这样的选择。

宁微轻轻叹了口气，问道：“师姐，你就这样让他下山了吗？”

宁子鄢道：“我与他相处三年，知道他本性并不坏，离开了这个是非之地，或许反而可以安稳度日。”

“可我还是有些担心。”宁微蹙着眉，心中有些不安，“或者，让颜玉把他带去瀛洲列岛吧？有人管束着，总是要好些的。”

宁子鄢道：“我想，便是颜玉不自己出面，随遇也会主动去找他的，毕竟……六合仙山从来都不是他最初的选择啊。”

世事难料，三年前竟然会在那样的机缘巧合下再次遇见。

宁子鄢此刻觉得，或许当日不强行把他留下，让他直接跟随颜玉去了瀛洲列岛，反而更好。可若真那样，这三年是不是会非常无趣呢？

在遇到安随遇之前，宁子鄢的生活平淡如水，她没有想过要换一种活法，但因为安随遇的出现，让她体会到了不一样的生之乐趣。眼下他走了，宁子鄢不由得想，今后的日子应该没有那么快活了吧。

安随遇是在极度的烦乱之中下六合山的，到了山底下才恍然发现自己离开的时候什么都没有带。

他苦恼了片刻，又觉得自己来的时候本就没有什么身外之物，现在好歹也会些法术，便也想开了，路上或许能用些小法术赚到路费。

“从今天开始，我不再是安随遇了！我要做回方堑！”

他对着天空大喊了一句，抑制着那股挥之不去的心酸，上路了。

宁子鄢所料不差，方堑决定去的地方正是瀛洲列岛。

瀛洲列岛和六合仙山相距甚远，方堑这一走就走了三个月。

而这三个月中，颜玉借着乾坤袋的威力已经往来两地许多次了。

这一日，颜玉又来到了宁微的院子里。

宁微打坐结束，走出门，就看到颜玉身着粉衣，悠然地坐在树下。

“你怎么又来了？”宁微习惯性地皱了皱眉，觉得这个人出现得越发频繁了。

颜玉道：“今天这么重要的日子，我当然要来。”

宁微思索了片刻，实在想不起来今天有什么重要的意义。

“你不记得了啊？”颜玉从树下站起来，“六十年前的今天，我们刚认识啊！”

六十年前，浮玉山顶……

那时的宁微，年纪已经不小了，但从修仙者的角度来看，他不过是个少年。

宁微奉师命，前来收服一只名为狗彘的野兽。

这狗彘吃人为生，祸害已久，至于长什么样，宁微不知道。

他来到浮玉山北坡，只见草木葱茏，苕水沿着山体而下，流向北方，水中不时有长相怪异的鱼露出水面，吐几个泡泡。

宁微几天没吃过东西了，觉得有点饿，但这荒野之地生长的游鱼也不知道有没有毒性。如果有毒性，以他的法力，不知道能不能解毒……

正想着这个问题的时候，前方隐隐传来声音。

宁微走近一看，是一个衣着华丽的少年，坐在水边，身边架着火堆，火堆上烤着水中的鱼。

他的身边是一只妖兽，虎身牛尾，体型巨大。

少年正在给妖兽喂烤好的鱼，一边喂食一边说道：“你看你这样乖乖的多好啊，明明鱼的味道也很好啊，为什么要吃人呢？”

宁微听到他说吃人，猜测这妖兽就是自己在找的狗彘，走上前道：“你是何人？为何与这妖兽为伍？”

少年转过头看向宁微，漂亮的桃花眼带着笑意，道：“世间有美颜，山中生金玉，我叫颜玉。至于它，身形如彘，声音如狗，是兽非妖。”

宁微道：“它以人为食，为祸一方，与妖无异。”

颜玉给火堆上的鱼翻了个身，笑道：“鮆鱼的味道极是鲜美，你要不要尝尝？”

宁微道：“我是来收服这狗彘的，你把它交给我吧。”

“交给你？它现在可是我的朋友。”颜玉摸摸狗彘的头，狗彘温顺地伏在他的脚边，“你看，它现在不吃人，吃鱼了。”

宁微皱眉道：“与妖为伍，成何体统！”

颜玉似乎没听见，只盯着宁微的脸，道：“哎，我发现你皱眉的样子十分好看啊！”

宁微的眉头皱得更紧了。

论理不成，那就只有武斗了。宁微觉得，这个看似弱不禁风的少年肯定打不过他。

然而一交手，他就知道自己的预料有所偏差。

颜玉竟也是修仙之人，技法精湛，身段灵活，却看不出是何门何派。

两人一直从傍晚打到了深夜，最后还是宁微先停了下来，道：“再这样下去也分不出胜负，你是无论如何都不肯将狗彘交给我了？”

颜玉道：“除非你承诺，不伤它性命。”

宁微道：“只要它不再伤人，我可以答应。”

“要让它不伤人，还不简单？”颜玉找了块地方坐下，手掌一扇，熄灭已久的火堆再次燃烧起来，“以后就让它跟着我，当我的灵兽，我自然会管教好它，你若心存疑意，大可以定期前来查看。”

宁微想了想，道：“既然如此，我相信你可以说到做到。”

“那是自然。”颜玉拿起一条鱼，咬了一口，“唔，好吃，你真的不尝一下？”

宁微走过去，在他对面坐了下来。

二人这般相识。在往后的日子里，宁微就渐渐知道了，颜玉是个出身世家的浪荡公子，自小拜了个散仙为师，他对法术并不特别上心，可天分这种平常人求也求不来的东西，却偏偏落在了他的身上。

颜玉喜欢各处玩耍，美其名曰“在外游历”，虽说放浪形骸，人品却也可靠。

又过了十年，颜玉游历至瀛洲，觉得那个偏僻荒芜的地方正是他寻觅多年的栖身之所，于是自立了门户。

颜玉也曾软磨硬泡地让宁微与他同去，天地悠然好不自在，虽说被宁微被拒绝了无数次，至今依旧没有灰心……

适逢他们相识的甲子之年，他又向宁微提了这个事情。

“宁微啊，你真的应该去我那里看看，你不是喜欢看日落吗？我的斜阳岛，一天能看三次落日呢……”颜玉说起这个的时候露出孩子般自豪的表情。

宁微打断他，道：“那个安随遇，你可愿再收他为徒？”

“什么？那小子……”

宁微道：“他现在正在去瀛洲列岛的路上，此人身份特殊，希望你可以好生看管……就当是我拜托你的。”

颜玉眯起眼睛，笑道：“你拜托我？那我可要想想，该对你提个什么要求。”

宁微道：“你不是一直想去洛城喝桃花酿吗？我陪你去。”

颜玉的眼睛亮了，喜道：“真的？”

“君子一言。”

“你请我喝？”

“我请。”

颜玉心满意足地笑起来，道：“那就这么定了，现在就动身吧！”

方堑终于到达瀛洲海域，放眼望去，海水一望无际，水上烟气蒸腾。

他一路上走得艰辛，此刻，下山时候的衣袍已经残破不堪，原本白皙的肤色也晒成了古铜色，眉头还顶着一处与人打架时留下的伤痕。

当务之急是，他得想办法过海。

附近有渔民，但是方堑身上根本没有钱买船或者租船，他想着前去拜师学艺的人应当不少，过几天或许就可以搭乘别人的船了。

这一等又是半个月。

半个月后来了一艘商船，答应捎方堑过去。

方堑十分诧异，问那船员："你们还和岛上的人有生意往来？"

船员道："修仙的也是人，总也有生活所需啊。"

方堑点点头，一个做生意的小想法在心中萌生。他想着，日后即便学艺不精，也可以成为岛上的一个商人，日进斗金。

外界传言，瀛洲海域凶险万分，稍有不测便是有去无回，令不少原本想去的人望而却步。但方堑上了船才知道，所谓瘴气，其实并不会伤人，据说还有助于修仙者练习呼吸吐纳之法。

海上时而晴空万里，时而雾气弥漫，越往深处，水面不时跃起不知名的彩鱼。空中飞来的水鸟，长相都十分怪异。

船员解释道："这些水鸟，是瀛洲列岛的一道屏障，心术不正的人，绝对过不了这片海域，会被它们拉下水去。"

方堑惊讶道："它们能辨别人的好坏？"

船员道："这些可不是一般的水鸟，是六个岛主一起施过法的。"

方堑心道：看来这瀛洲列岛的法术比六合山的厉害啊。

正说着，天空传来一声嘶鸣，方堑抬头看去，只见一只水鸟突然向方堑俯冲过来！

方堑一时间惊慌不已，难道自己是心术不正之人？不是啊！他只不过是想了想去岛上的生财之道，绝无害人之心的……

一只水鸟有了动作之后，天空中的其他水鸟也纷纷聚拢过来。

方堑不由得后退，险些就要从甲板上摔下去。

那船员也十分震惊，想这少年看似赤诚无害，不料竟是藏着什么心思的。

眼看着水鸟就要冲到面前，方堑大喊："我是好人，是好人！你看看清楚啊！"

水鸟已经近在咫尺，方堑甚至已经看清楚那尖尖的鸟嘴上长着一层白白的绒毛。

他的眼睛和水鸟的眼睛对视了片刻。

那水鸟低低地叫了一声，随即慢慢往后退去。

其它水鸟也停止了俯冲的动作，飞回天空。

方堑这时候才觉得腿软，一屁股坐了下去，长长地舒了口气。

船员拍了拍他的肩膀，笑道："没事没事，虚惊一场，看来这水鸟也有判断错误的时候啊！"

商船继续前行。又过了几个时辰，水鸟渐渐消失，天空一片澄静，前方隐隐出现了几座岛屿。

方堑兴奋地大呼："快看！是不是那里？"

船员笑道："就是了。"

宁子鄢的小院比往常安静了许多。

小徒弟走了，她的生活又回到了三年前。

修行，打坐，偶尔练字，依旧每天傍晚去后山查看魔军结界。

若真要说什么区别，也是有的，便是鹿蜀。

方堑走的时候没有带上鹿蜀。

没了主人，鹿蜀终日萎靡，每天都要在山上来回走几遍，寻找方堑的下落。

宁子鄢终于看不下去了，有一日，对着鹿蜀说道："他不会回来了，你在这里等不到他的，倒不如下山去吧，过自由自在的生活。"

鹿蜀发出一阵悲戚的哀鸣，却也不肯离开，反倒是蜷缩到了宁子鄢的脚下，像个受了委屈的小孩子。

宁子鄢无奈，抬手摸了摸它的脑袋。

鹿蜀得寸进尺，舔了舔宁子鄢的手，表示亲近。

自此，宁子鄢去哪里，鹿蜀也就去哪里，跟在她身后一步不离，就怕一不小心，宁子鄢也像方堑一样不见了。

宁子鄢知道它的心思，道："别担心，我不会离开这里的。"

鹿蜀呜呜几声，望着下山的路，似乎还期待着某人会再回来。

隐藏在废弃神庙中的石室一如既往的漆黑一片，任何一束阳光都照不进来。

成魔的时间长了，颜靳反倒有些怀念起世间的阳光来。

他恍惚想起还在家中的时候，房外廊下的阳光从屋檐的一侧倾泄进来。他喜欢坐在走廊里晒太阳，颜玉经常放轻了脚步走过，到他身边的时候就故意吓他。

每一次都失败，却总还有下一次。

那是哪一年的事情？颜靳记不得了。

此刻，他坐在桌边，久久地注视着桌上的琴。

颜靳伸手弹拨了几个音，绰衣不在，这琴音听着竟然也索然无味。

正想着，一缕白烟从外面飘了进来，落到了琴弦上。

颜靳大为吃惊，道："绰衣，你怎么了？"

白烟在琴的周围绕了一圈，随即钻入了琴身。

绰衣失踪了很久，眼下这般回来，颜靳一看即知她是遇到了高人，被打回了原形。

琴虫不是一般的妖精鬼怪，是琴音所化，没有戾气，即便是专门以收妖为生的猎妖人也不会对其加以伤害。

联想到她此次出去的目的，颜靳不禁骇然：难道是被六合山上的人发现了？那自己的谋划是否也会因此而暴露？

颜靳站起身，走至石室门口，凝神倾听了片刻。

外面安静得连一丝风都没有。

颜靳松了口气，回到桌边，奏响了一曲《普庵咒》，为绰衣疗伤。

六合山上，宁铮正在听安之洵的秘密禀报。

安之洵道："我跟着那受了伤的琴虫一路追去，就在山下以西百里之地的一座荒庙里。"

宁铮问道："你当真没有看错？"

"绝对不会错。"安之洵言之凿凿，"徒儿按照师父的意思，每天都派一只捕影鸟跟着掌门人，一有什么风吹草动，徒儿就亲自过去。那日安随遇走后，我的的确确是看见那琴虫了。"

"好，很好。"宁铮的脸上露出一丝快意，"去查，那个荒庙里到底住着什么人。"

"是！"

"还是派捕影鸟去，免得露了行迹。"

"好。"

安之洵走后，宁铮背在身后的双手紧紧地握了起来，低低道："宁子鄢，该是我的，我都会一丝不差地拿回来！"

商船缓缓靠向岸边。

"这里就是临风岛了。"船员从船上跳下去，一边将绳索绑到岸边的大树上，一边对方堑解释道，"临风岛是瀛洲海域距离陆地最近的岛屿，我们这些做生意运货的，到了这里就不能再往前走了。"

方堑问道："这个岛的岛主是谁？"

船员道："我哪知道？岛主们都是世外高人，一般人可见不到。我每次运货过来，都是一个老管家来清点的，一会儿你问问他。"

“好，”方堑抱拳道，“感谢大哥载了我这一程。”

二人正说着，前面的草木房子中走出来一个穿着布衣的老人，就是船员说的老管家。

老管家走过来道：“今天比往常来得早些啊。”

船员笑道：“可不是嘛，顺风顺水的。”

老管家将一袋钱币交到船员手中，道：“数一数。”

“不用数，”船员很是大度地笑笑，“做了几年生意了，哪次出过错？哦，对了，这个小兄弟是来岛上拜师的。老先生，您帮个忙，让他留在这里吧。”

老管家看了看方堑，道：“留下可以，但有没有人肯收，可就全凭造化了。”

方堑大喜，道：“有人收！一定有人收！”

船员告辞后，老管家也转身回那木屋，方堑急忙追上去。

他觉得奇怪，那老管家走路的速度看似平常，自己走得也不慢，但无论怎么追赶，两人中间的距离始终不变。

难道他是在用法术？

一定是！方堑想到这里，心中越发开心，这瀛洲列岛上的一个管家都比自己厉害，说明在这里能学到的东西比六合山多！

方堑拼尽了全力，最终还是没有追上老管家，木屋的门一关，差点撞上他的鼻子。

隔着木门，方堑问道：“老先生，这座岛的岛主是谁啊？”

没有回应。

“老先生，我要去槐江岛的话，应该怎么过去啊？”

依旧没有回应。

方堑想了想，道：“我叫方堑，是来找颜玉颜岛主的，您能不能帮忙通报一声，他听到我的名字，一定会来见我的！”

木门“刷”地一下被拉开来。

那老管家站在门口，对方堑打量了一番，问道："你和颜玉是什么关系？"

方堑心中想着，你一个管家，对颜岛主直呼名字，也太不礼貌了。但有求于人，他也不能说什么，只道："他曾收过我为徒。"

老管家问："后来因为你资质太差，不要你了？"

"才不是！"方堑道，"他带我去了六合仙山，六合山的掌门人一定要收我为徒，所以颜岛主就让给她了。"

老管家再次把方堑打量了一遍，诚实道："我真没看出来你有什么过人之处。"

方堑尴尬地笑了笑，道："确实也没有……"

老管家问道："就是这样，宁子鄢觉得她看错了人，又把你扔下山了？"

方堑乍一听宁子鄢的名字，心中还是有了些异样的起伏，说道："就当是这样吧。"

"什么叫就当是这样吧？你这小小年纪的，还知道敷衍起我来了！"这管家的脾气，着实不好惹。

正当方堑想着怎么解释的时候，空中传来一个声音："老头，不准你欺负我的乖徒儿！"

方堑一听声音，便知是颜玉，抬头看去，果然见他踩着乾坤袋过来了，惊喜地大叫一声："颜岛主！"

颜玉落到地上，对方堑道："别理这怪老头，他就是一个人在这岛上住得寂寞了，脾气就有些古怪。"

老人家斜着眼冷哼了一声。

方堑诧异道："一个人住？那这里的岛主呢？"

颜玉道："你是傻子吗？他就是岛主啊！"

方堑愣住了，再次看向那老人，还是不觉得他像个岛主。

颜玉道："他叫烛……烛什么来着？太拗口，一时记不清了，你只管叫他老头就行。”

方堑点点头，道：“老……老爷爷。”

怪老头道：“这小子比你师父懂礼貌多了。”

再往后，方堑就知道了，自己想要在岛上做生意发财的理想完全不切实际，因为怪老头已经这么做了。

陆上运过来什么物资，他决定，每种物品出售的价格，他决定，就连一样东西卖给谁或者不卖给谁，也是他决定。

所以，岛上众人很少有敢得罪怪老头的。

但是颜玉不一样，他有乾坤袋，一天几个来回，无论装什么东西回岛上都可以。

颜玉平日里住在四季如春的定风岛，岛上房屋众多，都是空着的，他让方堑随意挑。

拜师的过程很简单，颜玉道：“叫师父。”

方堑愣了愣，支支吾吾道：“师……师……颜岛主师父。”

“颜岛主师父？”

“嗯。”

方堑不敢告诉他，一叫师父，他就会想起宁子鄢。

颜玉想了想，点点头道：“嗯，颜岛主师父，好听，特别，我喜欢！”

自此，方堑开始跟随他的颜岛主师父学习法术。

很快，他就发现这位颜岛主师父比宁子鄢还不靠谱，属于三天打鱼两天晒网的类型，通常一段心法口诀教了一半，他就不见了，有时候隔几天回来，有时候隔十多天才回来。

方堑和岛上的其他人相处的时间更多。

渐渐地，他发现瀛洲列岛和六合仙山完全不一样。这里没有严格的等级，所有人都是自由的，即便他和颜玉或者怪老头当街吵架，也没人会觉得他大逆不道。有些人不拜师，给了某个岛主或者某个高手他要的价格后就能跟他学习，学完走人，两不相欠。也有些人，直接明码标价，某种心法口诀什么价格，某种招式什么价格……买卖武器和驯兽的也比比皆是。

方堑觉得，自己来到了这世上最好的地方。

若是让他这辈子都留在这里，他也是愿意的。

黑水岛上有一个巨大的集市，日夜开市，从无间断。

颜玉不在的时候，方堑会去那里，花钱学一些自己有兴趣的法术。

一个人的时候也会落寞，这种时候方堑就会去斜阳岛，找个地方一躺，睁着眼睛看天空，往东，太阳升，往西，太阳落。

太阳和月亮一会儿升起，一会儿落下，循环往复，一日三次。

方堑曾问过颜玉，为什么斜阳岛上一天可以看三次日出日落？

颜玉难得深沉，回答道："因为老天爷知道，寂寞的人总喜欢看日落啊。"

颜玉说这话的时候面朝西方，云霞满天，橙红色的太阳垂入大海。

方堑转头看向东方，天际有白光划破天空，一颗红彤彤的大太阳正好露出云层。

他感叹："真美啊。"

他心想：这么美的日出日落，如果宁子鄢看到，会不会开心一点呢？

宁铮一直密切注意着那座荒庙的动静。

安之洵再次带来捕影鸟的消息：荒庙之中有一石室，石室中住着一人，名为颜靳。

宁铮听到这个名字，手中的茶杯豁然被捏成碎片。

安之洵一惊，道：“师父……”

“不碍事。”宁铮擦干净了手，嘴里缓缓念着这个名字，“颜靳，颜靳……”

这个名字对于安之洵等晚辈来说太过陌生了，但是对于经历过那次神魔大战的宁铮来说却仿佛是一道惊雷。

颜靳，颜玉，宁微，宁子鄢……找到了其中的关系，宁铮的嘴角牵扯出一丝笑意。

他决定，当即去禀报两位长老。

“鹿蜀，鹿蜀，你今天吃太多了，再胖下去就跑不动了……”宁子鄢坐在院子里晒太阳，一边抚摸着鹿蜀的背部，一边喃喃地说着话。

鹿蜀正咬着面前的一块酥饼，吃得十分愉快。

身为灵兽，它一开始和宁子鄢的相处并不愉快，但方堑走后，它渐渐觉得这个脾气看似捉摸不透的六合仙长其实是个很简单的人。

鹿蜀知道与人相比，自己太不聪明了，所以它喜欢简单的人。

正当鹿蜀快吃完一块酥饼的时候，小院的门突然被人从外面推开了。

宁子鄢心中顿时一惊，六合山虽说规矩不多，但还从未有人敢乱闯。

她有种不好的预感。

鹿蜀一口咽下最后的食物，也抬起头，警惕地看着门口。

宁铮率众人走了进来。

宁子鄢微微侧过头看着他们，道：“发生了什么事？”

宁铮淡淡笑着，这笑容却是宁子鄢陌生的。

“师姐，宁微与颜玉勾结颜靳，意图释放魔军，扰乱人间。”宁铮的语气微微加重，“你可知他去了哪里？”

宁子鄢一时间没想明白，诧异道：“颜靳还活着？释放魔军，又有何证据？”

宁铮冷笑一声，道：“师姐，你与宁微素来走得近，你们还一同出现在后山，他做的事情，你难道真的不知道？还是，刻意包庇？”

宁子鄢不知宁铮的话是什么意思，至于他的目的，她已经猜到了七八成，当下也不反驳，只是问道：“你想怎么样？”

宁铮道：“我怎敢对掌门师姐怎么样？但是六合山的名誉和天下人的安危，宁铮不敢弃之不顾，至于如何处置，按照规矩，还是需要两位长老来定夺的。”

宁子鄢安静地坐在原地。

宁铮上前一步，做了个手势，道：“师姐，请吧。”

正殿依旧是那个正殿，但此次，宁子鄢却不是坐在高位。

她站答道：“不知。”

至水道：“他是不是和颜玉在一起？”

宁子鄢道：“不知。”

至水继续问：“宁微做了些什么，你全然不知？”

宁子鄢道：“不知。”

“好你个宁子鄢！”至水看着她若无其事的模样，越发生气，“你师父传你掌门之位，让你好生看管魔军结界，你倒好，一问三不知。”

宁子鄢道：“宁微无过，他的为人，二位长老是清楚的。”

至心对宁铮道：“事到如今还要狡辩，宁铮，把捕影鸟叫来。”

“是。”

宁铮召唤出他的捕影鸟，那是一只通体五彩斑斓的小鸟，停留在宁铮的掌心，一声鸣叫之后便有水影投射在大殿的正中央。

画面显现出后山指天剑所在的位置，那把原本竖立着的远古神剑，此刻已然断成三截，毫无生气地插在石缝之中。

大殿之上，响起此起彼伏的声音。

“这真的是指天剑？”

“不是神剑吗？怎么看着像是废铁？”

“那魔军会不会从地底下出来？”

宁子鄢回想起之前的事情，羞愧地低下了头。

她本想解释，是徒弟顽劣，自己管教无法，不得已之下才将安随遇逐出了师门。可转念一想，若是将话头引到安随遇身上，又免不了要多生事端，还是决定不说了。

捕影鸟又叫了一声。水影发生了变化。

这一次，呈现在众人眼前的景象是一座破败的庙宇。

一缕白烟飘进庙宇中，随即，里面的石门缓缓打开。

众人屏息凝神，看到这是一间昏暗的石室，而石室之内只有一个人、一把琴。

那人的面目看不真切，只依稀可知他的衣服已经是上了年头的。

他按下琴音，周身白烟袅袅。

宁铮对众人解释道：“此人便是当年的魔军军师，颜斬。”

六合山的很多后辈对当年的那一场战争并不了解太多。宁铮继续说道：“颜斬这个人，很多人可能并不了解，但他的弟弟、瀛洲列岛的岛主之一颜玉，近些年来可是声名远播的。”

此话一出，众人又是一阵惊叹。

颜玉是什么身份，大家都知道，而颜玉和宁微是什么关系，大家也都心知肚明。

宁铮看向宁子鄢，目光中再也没有了往日虚情假意的尊重，他沉着声道：“子鄢师姐，你和宁微素来亲近，结界之地又只有你一人能去，这中间发生了什么，你还能说一无所知。”

宁子鄢依旧回答：“不知。”

“真是不可救药！”至水从座位上站了起来，厉声道，“宁子鄢，你虽是朔方亲自指定的掌门人，多年来无所作为也就罢了，若是一意孤行，我六合山上下基业定要断送在你的手里！”

整个大殿虽然站满了人，但此刻安静得一点声音都没有。

所有人心中都明白：宁子鄢这个掌门人，今天恐怕是要被废了。

她站在那里，面上的神情依旧是淡淡的，穿一袭天晴水色的布衫，发上绾一支极不相称的、浮夸得有些过分的花簪子。

在六合山的弟子们眼中，这个掌门人一直都很遥远。她不像宁微，对谁都很和善亲近，也不像宁铮，培植了大量自己的势力。这一刻，众人眼中的宁子鄢仿佛只是一个普普通通的女子，眉目清淡，不谙世事。

至水朗声道：“为了六合山的声誉和传承，我和至心决定，自今日起，废除掌门人宁子鄢，改立宁铮！”

宁子鄢被关进了六合山的牢房里。

自幼长在山上，她从来都不知道原来这里还有个牢房。

掌门人的废立，宁子鄢并没有什么异议，可心中还是放心不下朔方的遗命和方堑的将来……宁子鄢叹了口气，闭目思索，她觉得，自己活着一天，该做的，一样不差全做齐了；可若是她死了，这些世间之事，就与她没有任何关系了。

宁子鄢正想睡一会儿的时候，牢房外面传来一个声音，她睁开眼睛，看到了鹿蜀。

宁铮带人去找宁子鄢的时候，心思都放在她身上，所以并未太多留意这只兽。

鹿蜀心思细密，那天就隐隐猜到发生了什么事，等风头过去，便悄悄来找宁子鄢了。

“你怎么来了？”宁子鄢走至牢房门口，“这里很危险的，快点走吧。”

鹿蜀有些悲伤，用脑袋撞门，十分焦躁的模样。

它是兽，不通人语，却也有感情，身边最亲近的人一个个离去，这不是它想见到的结果。

宁子鄢看它的模样，几日不见，似乎都瘦了。

她伸手摸了摸鹿蜀的脑袋，道："我不知道接下来会遇到什么事情，但无论如何，你都不能留在这里了。"

宁子鄢拿下头上的发簪，道："这是随遇送给我的，你与他有缘，留着这个，当是念想了。"

鹿蜀用它头顶的白毛将发簪卷了起来，藏得好好的。

宁子鄢道："日后没人照顾，要处处小心。我对你和对随遇一样，没有什么要求，只希望你们都心存善念，不要作恶，能答应吗？"

鹿蜀看着宁子鄢，认真地点了点头。

"走吧，山高水长，无需留念。"宁子鄢说完，转过身去。

鹿蜀在原地看了她许久，终于也默默转过身去，离开了牢房。

入夜，牢房中的最后一根蜡烛熄灭，周遭一片沉寂。

第五章 是非善恶

六合山的某个房间里，传来一阵议论声。

“辰兮真，你真的确定，这个心法口诀没有错吗？”

“要是有错，我现在就不会飘在空中了！”辰兮真的声音显得十分得意，“辰礼，你把那个桌子搬过来。”

辰礼诧异道：“搬桌子做什么啊？”

辰兮真道：“没有桌子我下不去啊！”

“你能飞起来，却不知道怎么落到地上？”辰礼难以置信，“辰兮真你真是的！你还说这个口诀没错？”

“先去搬桌子！我撑不住了！”辰兮真大叫，“啊……救命！”

一声巨响，辰兮真摔到了地上。

辰礼正要去搬桌子，现在站在一旁，惊得目瞪口呆，急忙上去扶她。

辰兮真爬起来，摸着自己的腰，疼得龇牙咧嘴，对辰礼道：“都怪你动作慢，不然我哪会摔跤！”

辰礼坚持道："我一早就说了，是你的口诀不对！"

辰兮真气道："哎，我说你怎么就这么固执呢……"

"明明是你固执……"

二人正在争论的时候，门被撞开了。

他们同时转过头，看到鹿蜀站在门口。

辰兮真愣了愣，立即说道："快进来！"

待鹿蜀进了屋，辰礼急忙探头看了看屋外，见没有什么人，快速地把门关上了。

辰兮真看着鹿蜀，问道："你怎么来了？是为了掌门人的事情？"

虽说宁铮将宁子鄢囚禁，冠以扰乱正道的名义，但在辰兮真这些晚辈们看来，掌门人就是再过一百年也绝不会有这样的心思。

鹿蜀一低头，白绒毛中掉出来一个发簪。

辰兮真和辰礼都记得，这是方堑在山下给宁子鄢买的礼物。

辰礼道："你是想让我们拿着这个去找随遇？"

鹿蜀点点头。

辰礼道："找他有什么用？自从掌门和师祖出事，我们这些晚辈，日子都不好过，他既然都走了，又何苦回来遭这个罪呢？"

鹿蜀在原地来来回回地走，转了一圈，又做了个扭屁股的动作。

由于它体型很胖，这个动作看着十分滑稽。

辰兮真看着辰礼，道："你明白它是什么意思吗？"

辰礼摇摇头。

辰兮真道："鹿蜀，我们都不知道随遇在哪里，怎么去找？"

鹿蜀此时已经停下了动作，它环顾四周，突然跑到一旁的椅子边上，将上面放着的一把剑碰翻在地上。

辰礼急道："鹿蜀你做什么？这可是师祖送我的剑！"

"师祖……"辰兮真反应过来，忙问鹿蜀，"你是不是想让我们去找宁微师祖？”

鹿蜀忙点头。

辰礼道：“可是宁微师祖……已经很久没有回来了啊。”

辰兮真道：“他一定是和颜岛主在一起。”

辰礼问道：“我们要去瀛洲列岛找他们？”

辰兮真一听，喜上眉梢，她本就对六合山日复一日的生活有些不耐烦了，听辰礼这么一说，随即点头道：“没错，我们要去瀛洲列岛！”

辰礼急道：“私自下山那么久，会受罚的。”

“眼下都是这样的情况了，还管什么受罚不受罚？找到宁微师祖回来，救掌门人才是正事。”辰兮真一脸期待，“瀛洲列岛，嗯，我这就回去收拾行李！”

鹿蜀觉得自己搬到了救兵，兴奋地绕着辰兮真和辰礼转圈子。

辰礼道：“好了好了，都要被你转晕了。辰兮真，那就这么说定了，今晚子时，我们在山门会合。”

“好，不见不散！”

瀛洲列岛的生活很平静，日子过着过着，方堑就不知道现在是何年何月了。

他觉得这样很好。

宁子鄢在六合山上的岁月是不是也像这样日复一日，忘记了时间？

直到这一日，方堑正在等着太阳下山的时候，辰兮真、辰礼和鹿蜀一起出现了。

他们的出现十分狼狈，浑身湿透着从海水里爬起来，到了陆地也站不住脚，气喘吁吁地坐下。

鹿蜀看到方堑，甩了甩浑身湿透的毛，激动地奔跑过去。

方堑被鹿蜀压倒，还蹭了一身海水，好不容易推开鹿蜀，看着眼前的两人一兽，一时间还反应不过来。

“你们怎么来了？”

辰兮真还喘着粗气，说不出话。

辰礼抹了把脸上的水迹，道：“这地方……真是太难找了！我们险些就淹死在海里了。”

方堑看到他们，心中有些不太好的预感，觉得六合山一定是出什么事情了，不然他们不会这么千里迢迢地过来。

辰礼继续道：“都怪鹿蜀，非要一起过来，但它那么重，普通的小船怎么承受得了！还好落水的地方离这个岛屿不远，鹿蜀对你又有感知，不然我们就真的是命在旦夕了。”

辰兮真此时终于可以说得出话了，道：“辰礼，你这么多废话干什么？赶紧说正事！”

“对，正事！”辰礼支撑着站起身，对安随遇道，“山上出事了，掌门人被撤职关押，现在宁铮师祖还在到处找宁微师祖，也想问罪呢。”

“关押！”方堑心中一紧，急忙追问道，“怎么会这样？师……她平日里与世无争的，为什么要把她关押起来？”

辰兮真道：“宁铮师祖让捕影鸟拿到了证据，说宁微师祖伙同颜玉岛主，与当年的魔族军师颜斬有勾结，而掌门人知情不报，有意包庇他们。”

“一派胡言！”方堑用脚趾头都能想到，宁微和颜玉才不会做这样的事情，宁子鄢更是个脑子不会拐弯的人，她连自己都不能容，何况是魔族。

辰礼道：“我们不知道宁微师祖和颜玉岛主在哪里，想着他们或许会回瀛洲，所以就找过来了。”

辰兮真看着安随遇，问道：“随遇，你知道他们去哪儿了吗？”

方堑道："我已经离开六合山，不是她的徒弟了，以后你们叫我方堑就好。"

辰兮真道："我才不管你叫什么，我们现在是要找宁微师祖！"

方堑道："他们前几日还回来过，但后来又说有急事要走……这么说来，应该是知道六合山上发生的事情了！"

辰礼道："那我们现在怎么办？"

"我要回去！"方堑甚至都没有来得及思考，当即就下了决定，"现在就走。"

他不想让宁子鄢被关在一个黑漆漆的小地方受苦，多一个时辰都不行！

宁子鄢应当是那个活得安静自我无忧无虑的六合掌门，她可以对任何人摆出一张冷漠的脸，但怎么可以受人欺负呢？

辰兮真道："我们要怎么回去？我不想再冒一次生命危险！"

方堑道："这个容易，我在瀛洲的这段时间学会了御水之术，虽然还不是很熟练，但把你们带回去应该没问题的。"

辰礼紧张道："不是很熟练？"

辰兮真怀疑道："应该没问题？"

方堑道："走吧。"

两人一兽入了海才知道，方堑所谓的御水之术，听上去很厉害的样子，其实就是坐在船上，让水波推动船只前行。

小船颤巍巍地航行在一望无际的海面上，辰兮真和辰礼都心有余悸。

方堑道："准备好，我要加快速度了。"

辰兮真和辰礼一人一边抱住了鹿蜀的两条前腿。

鹿蜀为了表现出对主人的信任，纹丝不动地站在那里。

方堑站在船头，看着海面，心情有些激动。他很担心宁子鄢现在的状况，但是心中又暗暗庆幸，如果没有发生这样的事情，他或许就再也见不到宁子鄢了。

一直以来她是师父，他是徒弟，可这一次，他要救她，与师徒名分无关。

小船快速向前驶去。

颜玉软磨硬泡，拉着宁微去了一趟北冥，回到瀛洲列岛的时候才知道出了事情。

他们没有多做停留，立刻往六合山去。

颜玉道："宁微，你说那小子是铁了心要把宁掌门救出来吧？"

方堑跟随颜玉的时间很短，但对他的性子，颜玉却是比宁微要了解的。

宁微道："即便他不做，这个事情，我也得做。"

"你当然是逃不了了，勾结魔军军师的罪名都给你扣上了。"颜玉摸摸自己的鼻子，"真是冤枉啊，我和颜靳都多少年没有见过了。"

宁微抿了抿嘴，道："那毕竟是你亲哥哥，真要下手，你可以吗？"

颜玉想了想，道："可不可以不是我说了算，这世间容不得他了，有他在，永无宁日。"

宁微道："你这一去，可是让瀛洲列岛和六合仙山对立起来了。"

颜玉笑笑，道："我只站你这一边。"

宁微再次轻轻抿了抿嘴，道："多谢。"

方堑一行人还是比颜玉和宁微早一步到了六合山。

山下寂寂，渺无人烟。

方堑问道："你们知道她被关在哪里吗？"

辰兮真道："在西侧院的最后方，原以为就是个废弃的柴房呢，谁知道是个牢房。"

方堑不用细想都知道那是个什么样的地方，一想到宁子鄢被关在里面，不由得握紧了拳头。

"无论如何，我都要把她救出来。"

辰兮真道："今晚就动手吗？"

"对！"

那种鬼地方，当然是越快离开越好！

辰礼有些担忧，道："宁铮师祖和两位长老一定已经做好了准备，就是等着人来救掌门人呢。"

辰兮真道："笨，他们防备的是宁微师祖和颜岛主，但是不会防备我们啊！"

"就是不知道他们现在在哪里……"方堑看着高高的山顶，"要是颜岛主师父他们在就好了。"

辰礼道："那也是双拳难敌四手啊！他们只有两个人，可整个六合山，上上下下好几百人呢！"

辰兮真道："不可力敌，便要智取！"

"还智取呢！你们在这里再站下去的话，很快就要被人发现了！"方堑说着，指向半山腰，"那里有个老猎人留下的草屋，我和鹿蜀先去那里躲着。你们赶紧回山上，要是被人发现下山了，就一口咬定是偷偷溜出去玩了。我会在草屋等着，一直等到颜岛主师父他们来。只要他们一来，宁铮等人一定会全力以赴对付他们，到时候你们就让鹿蜀来找我，我混进去救人。"

辰兮真和辰礼点点头，道："好。"

计划完毕，方堑就在辰兮真和辰礼的掩护下到达了那个半山腰的草屋。

他在瀛洲列岛的时日虽短，但成天闲来无事，也确实学了不少本事，以障眼法成功躲避了六合山上巡逻的人。

方堑走得急，随身没有携带干粮，草屋里也不可能留有食物，辰兮真和辰礼回去之后更是很难找到机会给他送吃的。

他自从拜入宁子鄢门下，一个从未犯过的门规就是不杀生。

若是以前，方堑真不知道要怎么活下去了，但他现在仔细回忆在瀛洲列岛上看过的《百草经》，还是很轻易就能分辨山上哪些草木是可以食用的。

方堑只等了两天便等到了颜玉和宁微。

鹿蜀欢快地冲进草屋，一口就咬住了方堑的衣袖。

方堑道："我知道了，我们这就回去救她。"

看鹿蜀的表现就知道，他不在的这段日子，宁子鄢对鹿蜀还是很好的，不然这兽才不会亲近她。

方堑不由得笑了笑，他就知道，宁子鄢不是一个冷面冷心的人。

颜玉和宁微一踏上六合山，便被宁铮带领着的众人围了起来。

颜玉一脸淡然地看着宁铮，道："大家是同门，不必如此剑拔弩张，伤了和气。"

宁铮道："今时不同往日，眼下我们不是同辈师兄弟，我是六合山的掌门人，而你是勾结魔军的叛徒！"

"真是几日不见，说话口气都不一样了啊，果然是做了掌门身板就硬了哈。"颜玉的语气轻飘飘的，看着宁铮，表现得十分不屑，"看来今天你是想要清理门户了，不知所谓的勾结魔军，证据在哪里？"

宁铮道："所有的证据，捕影鸟都已经记录下来了，有两位长老作证，在场的所有同门也都是亲眼所见！"

宁微道："敢问捕影鸟留下的证据是什么样的？"

宁铮冷哼一声，道："后山的魔军结界损坏严重，山下百里的一个石室内就住着当日的魔军军师颜靳！”

宁微道：“这么说来，我本人并没有出现在捕影鸟的影像中。那么，你所说的这些与我何干？”

“谁不知道颜靳就是颜岛主的哥哥？”宁铮志在必得地看着颜玉和宁微，“而你们的关系，在场谁人不知？”

颜玉笑道：“你们找到了颜靳？那真是太好了！他离家多年，音讯全无，我们早就以为他死在当年的神魔之战中了。这一死也真是让我们家蒙受了不白之冤，要是知道他还活着，我必定要倾尽全力将他押解回家，听候家法处置！”

宁铮气道：“谁知道你说的是不是真的！”

“但勾不勾结这种话，也只是你的一面之词！”颜玉看着众人，朗声道，“瀛洲列岛存在的目的是什么？是和六合仙山一起维护人间太平！我难道会为了颜靳这个人不人魔不魔的东西，就此倒戈吗？”

宁微继续道：“后山结界一事，我略有知晓，当日出现过一团烟雾所化的白衣女子，在毁坏结界的时候被子鄢师姐看到，当即阻止了。我和颜岛主之所以离开了这么久，就是为了去追查这个白衣女子的身份，而离开的这段时日，我们也确实找到一些眉目：这个女子名为绰衣，是琴音所化的琴虫。”

捕影鸟传递的信息中确实出现过奇异的白烟。加之宁微在六合山众人的心目中，一直是个为人正直、品行端正的师祖，所以听了他说的这番话，很多人都相信了，觉得这中间或许是有什么误会。

宁铮强硬道：“一派胡言！白烟怎么可能化为女子！”

“我们是修道之人，当知世间万物皆有灵性，时间一到，便可幻化人形。”宁微认真解释道，“而这把琴正是邺城姜家的凤凰琴。你若还有疑问，可以将姜怀音请过来，我们当面说清楚。”

这话在众人听来更是有理有据了。邺城姜家是世代名门，姜怀音断不会和宁微、颜玉二人暗中倒戈魔军。

宁铮的面色越发难看，怒道：“现在怎么说都没有用，赶紧先将这二人拿下，关押起来再做决定！”

他说完话，却没有人动。

颜玉当即笑起来，道：“你想让我上山做客，直说就是了，何必让这么多人来迎接，真是太客气了！”

说罢，往山上走去。

宁微紧随其后。

入夜，正当颜玉和宁微还在同至心、至水二人理论的时候，方堑骑着鹿蜀，往山上出发了。

宁铮完全没有想到还有方堑这个人。为了防止颜玉和宁微突然发难，他已经把所有人手都调到了正殿，所以方堑的上山过程出人意料地顺利。

破牢房的门口，有两个同门在把守。

方堑一道沉睡诀过去，二人便倒下昏昏欲睡。

方堑道：“鹿蜀，你先把这两个人藏起来，我去救人。”

鹿蜀点点头，随即走到二人身边。

方堑撬开门锁，走入牢房。

牢房很破旧，阴暗得连一根蜡烛都没有点，一进门，湿气扑面而来。

宁子鄢在方堑一进门的时候就听到了声音，感觉到这个熟悉的气息，她有些不敢相信，但是一抬头，眼前出现的这个人确实就是被她逐出了师门的方堑。

虽然一片漆黑，但以二人的眼力，还是轻而易举地就看清楚了对方。

方堑长高了，五官比原来明朗了许多，运气的方式也和原来不一样，与之前在六合山的时候相比，很明显有了极大的进步。

宁子鄢依旧穿着方堑认识的一件长袍，虽然牢房阴暗潮湿，但她身上干干净净的，纤尘不染。

“师……师……”方堑犹豫了片刻，还是没有叫出口，“你已经把我赶走了，所以我不再是你徒弟，宁……宁子鄢，我来救你出去！”

他憋了很久，终于绷着脸憋出了这句话，心跳怦怦的。

宁子鄢淡淡说道：“既然已经恩断义绝，还来做什么？”

“我就是见不得你被人欺负，行不行？”室内没有火光，所以宁子鄢此刻看不到方堑涨红了脸。

方堑并起两根手指，在空中一划，只听见“哗啦”一声响，牢房的门瞬间就被打开了。

宁子鄢道：“你进步很大。”

方堑诧异道：“以你的法术轻易就可以出去，为什么不走？”

宁子鄢道：“两位长老给我下了禁诀，一个月内，我无法运功。”

方堑道：“让鹿蜀背着你，我们马上下山。”

“我不会下山的，”宁子鄢站在原地，“我要等宁微回来，证明我的清白。”

方堑道：“他已经回来了，和颜岛主师父一起回来的，此刻正在正殿和宁铮他们理论呢。宁铮铁了心要夺你的位，你留下来也没用！”

宁子鄢道：“可离开六合山，我又能去何处？师父留下的遗命，我活着一日，就当遵守。”

“天下那么大，哪里没有容身之处?你当初赶我下山的时候，我不是一样没有地方去，现在还不是活得好好的?”方堑看着这个食古不化的人，不禁脱口而出，“你是不是傻啊?”

宁子鄢怔了怔。

以前的安随遇哪敢这样跟她说话？

她轻轻叹了口气，在床铺上坐下。

方堑道："你真的不走？"

"不走。"

"好！"方堑只说了一个字，随即上前，一把将宁子鄢拦腰抱起。

宁子鄢推了一下，没有推开，当即大叫："你放肆！"

方堑道："放肆就放肆吧，反正我已经不是你徒弟了！"

他说罢，抱着宁子鄢往外走去。

鹿蜀一直等在门口，看到二人出来，高兴地摇着尾巴走过去。

方堑将宁子鄢放在鹿蜀的背上，道："我们得避过山上的人，去后山，鹿蜀你辟条路出来。"

鹿蜀晃了晃身体，表示自己绝对没问题。

方堑一路走在前面，鹿蜀背着宁子鄢跟在他身后，到了后山。

这里没有一条完整的下山道路，往下望去，幽暗的树林里荆棘丛生。

宁子鄢道："没有路了，你还想怎么样？"

方堑道："没有路，我便给你开出一条路来。"

他话音一落，抬起右手，双指并拢指向前方密密匝匝的树林。

刹那间，原本安静的树林发出了树木快速生长的声音，四周的藤蔓和树叶向着同一个方向聚集起来。

宁子鄢惊愕不已，道："你竟然学会了操控木灵！"

方堑道："只要方法得当，万物之灵皆可操控。"

宁子鄢的眼睛一直盯着前方的变化，不多会儿，眼前已经出现一条由植物缠绕铺成的小道。

方堑得意洋洋地看着宁子鄢，道："走吧，我护送你下山！"

鹿蜀轻快地叫了一声，背着宁子鄢就往那小道走去。

植物的茎干看似柔软，实则万分坚固，鹿蜀加上宁子鄢的体重，踩在上面也毫不费劲。

方堑正要跟上去，忽然听到前面的鹿蜀传来一阵叫声。

眼前光线不够，方堑看不到发生了什么事情，只见鹿蜀一个趔趄，险些就要摔到。

方堑急道："怎么回事？"

他一边说一边操控火灵，点点火球出现在空中，将周遭的空间点亮。

火光中，可以看见鹿蜀的后脚被一根极细的丝线缠绕住了，它越是挣扎，丝线就缠绕得越紧。

宁子鄢道："这是宁铮的法器，捆仙索！"

她刚说完，捆仙索一个往后的牵拉力，险些将鹿蜀绊倒在地。鹿蜀晃了晃身子，好不容易站稳了，它背上的宁子鄢却控制不住，摔了下去。

方堑急忙闪身上前，将宁子鄢抱住。

二人在藤蔓小道上坐起身，往后看去，见后面已经来了很多人，为首的正是宁铮。

方堑见宁微和颜玉也在其中，看他们的表情就知道，要逃跑已经不是那么容易的事情了。他扶着宁子鄢站起来，看着对面的人。

宁铮上前几步，道："孽障，你已被逐出师门，竟然还敢来我六合山捣乱！"

"逐出师门？"方堑有些不屑，道，"我自拜入六合山门下，只认宁子鄢一人为师，是去是留，与你无关。今日宁子鄢有难，我们虽不是师徒，当初情分尚在，捣不捣乱，可不是你说了算的。"

宁铮道："但是你要带着这背叛师门的人走，可就与我有关了！"

"背叛师门？你说她？宁子鄢？"方堑仿佛听到了天大的笑话。他看了看身边一言不发的宁子鄢，就这个愣木头一样的人，别说背叛师门了，她可是连做件坏事都学不会的！

宁铮道："关于勾结魔军军师颜靳一事，我们刚才与宁微师弟、颜岛主也聊了很久，有捕影鸟为证，罪证确凿，可他们还是不相信。我们便来这后山看看指天剑镇压之地被破坏的程度，不料竟然看到师姐你畏罪潜逃！"

一直沉默着的宁子鄢终于听不下去了，道："我没有畏罪潜逃。"

可也只这一句，不知从何解释。

方堑心中陡生一计，说道："既然要看证据，我们现在就去看！"

众人来到指天剑所在的悬崖边上，高台依旧，三把断剑直直地插在高台中。

在场的大多数人还是第一次见到指天剑，看到这残破的光景，心中都产生了怀疑：这真的是指天剑？

宁铮看看方堑和宁子鄢，又看看颜玉和宁微，道："这就是你们要看的证据！"

宁子鄢道："师傅传下来的指天剑，就是这三把断剑。"

宁铮冷哼道："真是荒谬！"

他不用多说什么，众人自然而然地也产生了怀疑。传说中可逆转乾坤的神剑怎么可能是这个样子呢？

宁微道："子鄢师姐说得没错，此事我可以作证，指天剑在神魔大战的时候就已经断成三截了。"

宁铮道："一派胡言！宁微，你可别忘了，勾结魔军之事，你也逃脱不了干系！"

颜玉在旁冷笑几声，道："宁铮的算盘打得真好，真是要将你的同辈一网打尽呢。"

宁铮大为恼怒，下令道："多说无益，将这四人连同那只鹿蜀一起拿下！"

六合山的弟子们齐声道："是，掌门人！"

二十多人将方堑等人围了起来。

以他们四人的实力，若论一对一，在场没有人能将他们生擒，但眼下宁子鄢施展不出法术，对方又有二十多人，实力非常悬殊。

方堑将宁子鄢护在身后，道："小心。"

宁子鄢看他一眼，点了点头。

宁铮的主要目标就是宁子鄢，而且招招都下了狠手。

他清楚，这种情况下，只要宁子鄢一死，大势就能定下。

然而方堑护在宁子鄢前面，宁铮怎么都近不了身。他十分诧异，短短时日，这个原本不开窍的少年竟然有了这么大的进步。

宁铮故意扰乱他的心神，道："你从何处学的妖法？"

方堑道："你敌不过，就说是妖法，要我看，你还是个妖人呢！"

"胡言乱语！"宁铮放出捆仙索，将方堑的双手束缚住，同时将另一端系在了不远处的一棵树上。

趁着方堑在想办法挣脱捆仙索之际，宁铮一掌朝着方堑的天灵盖打过去！

方堑发现的时候已经来不及，准备好硬生生接下这一掌。

他正在思考这一掌打下来会不会死的时候，突然一道紫光横穿过宁铮的手掌心，将这一招截住了。

宁铮的手心里被烫出来一个血肉模糊的洞，他踉跄着后退几步，疼得大叫。

方堑看向宁子鄢，正要道谢，却见她的身体软软地倒了下去。

方堑大惊道："宁子鄢！"

他跑过去，在宁子鄢身边蹲下，将她抱在怀里，急道："你怎么了？"

宁微将一个小童打退，空出手，转向方堑，道："她之前被下了禁诀封印，强行冲破封印动用法术，会震到心脉。"

方堑见宁子鄢闭着眼睛，一点生息都没有，一把抓起了她的手号脉，她的脉象极为微弱。

宁微道："不可再耽搁了，赶紧带她下山！"

方堑将宁子鄢抱起来，往山下的方向走去。

宁铮止住手心里的血，再次提剑而上，对方堑道："今日只要我还有一口气在，你们就休想离开六合山！"

他的剑光倏忽而至，方堑避闪不及，手臂受伤的同时，怀中的宁子鄢也摔倒在地上。

方堑看着宁子鄢，再次转向宁铮的时候，目光变得赤红。

"你想死，我就成全你！"

他转身，快速走向那插着三截断剑的高台，伸手握住了中间的逐日小剑。

这把断剑，当初他费尽全力从石台上拔了出来，后又被宁子鄢重新插了回去。

此次，他的手再度触碰剑身的时候，明显感觉到，逐日剑非但没有排斥他，反而像是……在等待他。

方堑屏息凝神，拔出了逐日剑。

与此同时，奔月和追星两把剑也从石台上窜了出来。

宁微解决掉手里的人，正要和颜玉说话的时候，后方突然传来轰然巨响。

众人转过头，见方堑站在悬崖边上，而他的头顶，三把古剑熠熠生辉。

方堑的手指向了宁铮。

“逐日、奔月、追星，去！”

逐日在前，奔月和追星紧随其后，直直地朝着宁铮射过去。

宁铮瞪大了眼睛，惊恐万分之际，他来不及多想，就拉过了身边最近的一个六合山小童，将他挡在了自己身前。

逐日剑刺中了小童的额头，奔月插入其腹部，追星在空中停滞了片刻后，绕过小童，划破了宁铮的腰部。

宁微看着惨死的小童，大怒道：“宁铮，你有没有半点同门之情！”

宁铮恍然看着前方，目光呆滞。

原本以宁铮马首是瞻的六合山众弟子，此刻都站得离他远远的，他们亲眼看到此人心狠手辣，又是惊愕，又是恐惧。

方堑收起三把小剑，将宁子鄢抱起身，道：“鹿蜀，我们走！”

鹿蜀眼看着这场大战，得知胜利了，刚才垂下去的尾巴又翘了起来，朝方堑和宁子鄢奔过去。

方堑抱着宁子鄢，来到半山腰的草屋。

宁子鄢依旧在昏睡，毫无知觉，脸色苍白。

“对不起，都是为了救我……”方堑的手伸到宁子鄢的面前，停滞了片刻后，终究还是迟疑了。

宁微和颜玉很快就赶来了。

颜玉看了看宁子鄢，上前探了探她的脉象后，从随身的乾坤袋中拿出一颗红色的药丸，道：“应该没什么大问题，给她服下后，静养就可以了。”

方堑道：“她醒来后，就会没事吗？”

宁微道：“道法受损是肯定的，但受损到什么程度，就不知道了。”

方堑看着宁子鄢，面露担忧。但是很快，他又目光坚定地看着宁微，道："把她交给我照顾吧，我会保护好她的。"

宁微一愣，正要说话，被颜玉打断了。

颜玉道："你们毕竟师徒一场，你懂得知恩图报那是再好不过的了。我和宁微还有事情要处理，的确没有那么多精力。"

方堑道："是关于颜靳的事情吗？"

"是啊。"颜玉道，"颜靳和绰衣到底想要做什么，做到了哪一步，我们必须要查清楚。还有，邺城姜家的凤凰琴丢失一事由颜靳引起，既然姜怀音都已经找上门来了，自然要给他一个交代。"

"那六合山呢？"方堑说着，将身边的三把断剑交出来，"对不起，我是一时情急才把它们拔了出来……会不会惹出什么祸端？"

"你现在才知道自己闯祸了吗？"宁微略带责备地看着方堑，"我和颜玉临走前把乾坤袋和射日弓留在那里了，暂时不会有什么事情，但时间长了可就难说了。指天剑一直是子鄢师姐在保管的，你的事情如何处置，等她醒来听她发落吧。"

方堑点了点头，道："好，我会等她醒来的。"

颜玉和宁微当晚就离开了六合山。他们走后没多久，辰兮真就来了，说是长老商议之后还是废了宁铮的职位，要迎宁子鄢回去。

方堑一口拒绝了，道："早些时候在做什么？现在来假惺惺了！"

辰兮真也知道自己劝不动，没多说什么，留下很多衣食用品，交代了几句有事随时帮忙的话，就回山上去了。

方堑安置好一切，也早早就歇下了。

宁子鄢是在三天之后醒来的，看到桌上的三把断剑，一时气急攻心，吐出一口血来。

方堑急道："你怎么了？颜岛主师父不是说醒过来就没事了吗？"

宁子鄢气得一时发不出声音，一手捂着心口，疼痛难忍。

方堑看宁子鄢的目光，正死死盯着桌上，才知道她在为这个生气。

他忙解释道："我没想惹你生气，那天是情况太急了，若是不这么做，我们就都死了！"

宁子鄢完全听不进去方堑的话，她冷冷地目视着前方，道："我做错了，都是我的错……"

方堑不明白宁子鄢在说什么，只觉得她是被震出了心魔，一时魔怔了，只好说道："你有什么错？都是我不好，你要打要骂都行，但是先得把病养好了。"

方堑上前去扶宁子鄢，忽然被宁子鄢扼住了喉咙。他想挣脱，又怕伤了宁子鄢，没敢动。

"宁子鄢，你别……"他话没说完，感觉到喉咙上的手力道加大了，他渐渐喘不过气来，看着宁子鄢的眼神冷得像霜一样。

方堑心一横，闭上了眼睛。

她是拼了命，真的想杀了我啊……

宁子鄢看着面前这个被晒得黝黑的少年，心中又是悔恨又是不舍，如果当年自己忍住了那一时的心慈手软，眼下就不会出现这般难堪的局面。可自己惹下的祸，与眼前这个人又有什么关系？归根究底，他从来没有做过什么坏事，反而是自己一直在怀疑他、防着他啊……

想到这里，宁子鄢的手略微松动了。

"我要杀你，你为何不反抗？"

方堑勉强可以发出声音了，艰难地说道："想反抗，但是不忍。"

"不忍什么？"

"不忍你再受伤，不忍你再伤心。"方堑盯着宁子鄢的眼睛，"你要杀我，一次两次，我都不会反抗。你想要什么，我有的，都给，没有的，我努力去找。如果你要的是我这条命，那也……送给你好了。"

第六章　红莲业火

宁子鄢看着方堑缓缓闭上眼睛，手上好不容易凝聚起来的力气顷刻间都消散了。

下不了手，终究还是下不了手。

方堑脱力，跪坐到了地上，低着头连连咳嗽。

他抬起头，目光灼灼地看着宁子鄢，问道："你为何不杀我？"

宁子鄢一抬手，逐日、奔月和追星三把小剑随着她的动作飞至空中。

她发现，就在刚才，自己的修为恢复了大半。

"我不杀你，但是，"宁子鄢手指一动，三把剑的方向都对准了方堑，"必须惩戒。"

随着她所指的方向，三把剑朝着方堑直直地飞过去。

方堑一动都没有动。

锋刃尖利，划破了方堑的皮肤后，不做停留，反复原来的动作。很快，方堑的身上就被刀刺得千疮百孔。

方堑一开始强忍着不出声，但周身都遭到攻击的时候，他咬破了嘴唇，还是忍不住发出了痛苦的闷哼。

刀剑无眼，追星滑过脚底，方堑的鞋子直接飞了出去，脚底鲜血淋漓，隐约可见一朵花的形状。

宁子鄢看到他的脚底，收起剑，走了过去。

她施展法术将方堑脚底的血迹抹去，清晰可见是一朵盛开的红莲，只是缺了一片花瓣。

方堑注意到宁子鄢的目光，也举起自己的脚看了看，一看之下，大为震惊，道："它又长了！上回看还是四瓣的，这次几乎长齐了！"

宁子鄢在上次看到那四片花瓣之后就查阅了很多典籍，得到了一些答案，而眼下的情形更是给了她佐证。

宁子鄢道："这是鸿蒙种子，应当是你母亲临死前种在你身体里的。"

"鸿蒙种子……"方堑忽然眼神一动，看向宁子鄢道，"你怎么知道我母亲死了？我都不知道我母亲是谁！"

宁子鄢察觉到自己失言，却没办法多做解释，只继续说道："鸿蒙之初，善恶混沌，这颗种子至真至纯、无情无念，遇善念则显红莲，遇恶念则生业火。"

言下之意，方堑之前所遇到的人与事都是善良的。

因为宁子鄢最初的善念和多年的善待，方堑的脚底下慢慢长出了红莲。

宁子鄢以剑指着方堑，道："六合山上的事情皆因魔军结界而起，我要你现在立誓，此生绝不与魔军为伍。"

方堑轻蔑地笑了笑，道："什么叫与魔军为伍？你又凭什么要我发誓？"

宁子鄢严肃地看着他，心中却在想：是啊，时至今日，师徒缘分已尽，我又凭什么要求他听命于我？

方堑觉得双眼酸涩，心中钝痛，他自认没有做过什么不可原谅的坏事，但眼前的这一切还是这样发生了。

“你要求的事情，我答应便是。”方堑最终还是妥协了，他看着宁子鄢问道，“我母亲的事情，你是如何得知的？”

“我不会告诉你的。”宁子鄢收敛起了表情，面上恢复到淡淡的神色，“红莲快要长完整了，善念将成。我回六合山收拾残局去了。以后的路，你好自为之吧。”

宁子鄢说罢，转身而去。

方堑呆呆地看着她的背影，想要说些什么，但最终还是沉默了。

宁子鄢定然瞒着他很多事情，但她不愿意说，再怎么追问都是没有用的。而他也相信，宁子鄢是不会害他的。

石室中，升腾起一股浓重的白色烟雾，烟雾中，女子的轮廓渐渐显现出来。

颜靳半倚在案边，低低叫了她的名字：“绰衣。”

女子从烟雾中走出来，正是之前被宁子鄢打回原形的绰衣。

颜靳用了半生修为，换回了绰衣的再世为人。

绰衣在颜靳脚边跪下来，道：“你怎么样？”

“不碍事的。”颜靳抬手，摸了摸绰衣的头发，“有你在，就不会有事。”

绰衣眼中含泪，道：“都是我不争气……”

颜靳微微有些吃力地笑了笑，道：“这种话切莫再说了，做你该做的事去吧，不过在这之前，要先养好身体。”

“我知道。”绰衣点点头，孩子气地将头靠在颜靳的腿上。

颜靳轻轻地叹了口气，伸手抚摸着绰衣的头发，道：“不要自责，绰衣，我原本一无所有，你不嫌弃就好，我剩下的也只有你了。”

绰衣泪水盈盈，道："我一定会治好你的。"

茫茫人世间，他们相依为命，一生孤注。

一年后。

六合山下，一间饭馆开业了，崭新的木匾挂上房檐，上书"六合小馆"。

隔几天，店老板突然想起一件往事，将"六合小馆"的牌匾拿了下来，换成了"没有香菜"。

这饭馆的老板，自然就是方堑。

方堑曾经为了讨好宁子鄢，费了颇大的心思去学厨艺，果然也有所成。他没有什么远大的人生志向，觉得能开一间小馆子，有人吃饭，能赚钱，再好不过。

饭馆忙里忙外，只有方堑一人，老板、厨子和小二都是他。辰礼和辰兮真偶尔过来帮忙，方堑也给他们算工钱，分得很清楚。

开业一个月后，生意渐渐好起来，方堑一个人着实忙不过来，便在门口竖起一块牌子，招店小二。

前来应聘的没几个人，好不容易来了个大力气的彪形大汉，第二天就给方堑提建议，要求在菜里加香菜，被方堑赶走了。

又过了几天，那牌子被一个白衣女子一手拿起，走进了店里。

"客官来点什么……"方堑一转头，看到眼前亭亭玉立站着的绰衣，顿时愣住了，"怎么是你？"

绰衣笑笑，道："我是来应聘的。"

方堑道："我这儿都是些粗活，不适合你……"

话还没说完，绰衣抬手一指，最近的一张桌子上，原本客人走后的杯盘狼藉被重新收拾干净，甚至原本有些损坏的碗筷都焕然一新。

另一张桌子上的客人看见，吓得脸色煞白，道："这这这……是什么妖法！"

方堑反应快，答道："不是妖法，是仙术！这里是六合山脚下，这位姑娘又长得天仙一般，施展的当然是仙术了！"

客人想了想，觉得有道理，笑道："这么说来，以后要经常光顾这里，沾沾仙气。"

方堑一个劲儿地点头道："那是那是，我这小店也是蓬荜生辉。"

由此，绰衣成了小馆"没有香菜"的跑堂。

自从绰衣到来，小馆的生意越来越好。

方堑忙着赚钱，但也没有忘记绰衣的身份。不过他一直没有问，绰衣也没有主动说起过。

方堑终于还是忍不住，找了个机会问绰衣："你到底是什么人？"

绰衣笑得云淡风轻，道："你终于问我这个问题了。"

方堑道："原来你是等着我问呢。"

"我会告诉你我是谁的。"绰衣正色道，"不过在这之前，我要先告诉你你是谁。"

方堑看着她，着实愣住了。

绰衣也并不卖关子，直言道："你出生于六合历一千三百九十六年，可知这是什么日子？"

方堑道："修习之人都记得很清楚，那一年，大战结束，朔方道长将魔军镇压于六合山下。"

绰衣问道："你对自己的出身从来没有什么疑问吗？"

方堑道："我猜想过，我的双亲应该是两个厉害的修士，他们在对抗魔军的时候被杀了，留下我一人……当然只是猜测，也有可能，我的父母只是被无辜殃及的普通百姓。"

"你都猜错了。"绰衣笑看着方堑。

不是修士，又不是凡人，还能是什么人？

方堑的面色变了，微微泛着惨白。

“绰衣，你如果敢骗我的话，我不会轻饶你的。”

绰衣道：“你的本事我知道，我的伎俩你也清楚，我一个小妖，真要打起来，可打不过你的。”

方堑用法术搬了两条长椅，二人相对而坐。

方堑道：“说。”

绰衣娓娓道来。

十八年前，魔君万域曾与凡间女子玉笙相恋。

本就处于大乱之际，人与魔结合，遭到了各大门宗的反对。很多修真人士冒着生命危险前去劝说玉笙，但这个凡人女子却无比固执，绝无悔改之心。

万域和玉笙成亲，消息遍布大江南北。

于是，各大门宗对玉笙下了杀令。

大战持续了很多年，在魔君被镇压之际，玉笙和他的孩子正好出世。

万域将最后一件法宝给了玉笙，为了保护他们母子二人，他以身为饵，同各大门宗的精锐们一起摔下了六合山的裂缝。

六合仙长朔方在经历了短暂的衡量之后，选择将所有人一起镇压。他很快也精疲力竭而死，死前最后一道遗令便是追杀玉笙母子。

方堑听到此处，已经双眼发红，他一直以为自己只是个平凡的不幸少年，从未想过，背后还有这样骇人听闻的故事。

他看着绰衣，声音嘶哑地问道：“这些你是怎么知道的？”

绰衣道：“因为鸿蒙之种。”

又是这个东西，方堑下意识动了动脚。

绰衣道："我能感受到鸿蒙之种的力量，是因为我和它出于同源，一样的无情无念。"

方堑问她："你果真无情无念？"

"那都是另外的事情了。"绰衣不想与他谈论这个，顿了顿，继续说道，"我原本不知道你的身世，但是颜靳知道，他当年是万域的军师，对他的事情知晓甚多，虽然没有亲眼所见，但猜测下来，也能中个七七八八。"

猜测……

绰衣没有讲后面的事情，但方堑也大致明白了，当初宁子鄢是奉了朔方之命要杀他。

玉笙死了，而他却活了下来。

方堑不用想就认定了，当初是母亲拼死救了自己。

他回想起和宁子鄢初遇的时候，对方那种似曾相识的眼神，原来她那时候就已经把他认出来了。

毫不犹豫地收他为徒，不是看他根骨极佳，日日夜夜留在身边，也不是为了传道授业，而是……完成十多年前未完成的事情。

难怪，宁子鄢曾那么多次地想要杀他。

难怪，她那么害怕他接近魔军结界和指天剑。

难怪，她从来不肯传授他法术，只希望他做个安分守己的凡人。

她一直在怀疑，怀疑他深藏魔性，怀疑他是个祸端，怀疑他有恶念杀心。

方堑再也听不下去绰衣的话，他大叫一声，嘶吼着冲出了这间小小的饭馆。

自一年前的六合山内乱平息后，宁铮被废去一身修为，困于地牢。

宁子鄢对外称闭关，渐渐退居幕后，由宁微负责打理门下事务。

她依旧住在她的凝合殿，万事不知，万事不急。

只是最近，她在修为上遇到了点麻烦。按理说，宁子鄢可以突破瓶颈再上一层了，但每到关键时候就会心神不宁，尤其会频频想起方堑。

“师父，你不觉得今天这蘑菇做出了肉的味道吗？”

“我不吃肉。”

“就因为如此，我才想办法让你尝尝肉的味道啊。真是太喜欢自己的手艺了！师父你就说好不好吃吧！”

“是很好吃。但是你不用特意花心思在这上面，其实我吃什么都觉得差不多。”

“怎么会差不多呢？我上回在汤里放了香菜，你一口都没有喝。”

“嗯……除了香菜。”

“多花心思也是好的啊，指不定以后能在山下开个小馆，就叫‘六合小馆’好了，哦不，叫‘没有香菜’，凭我的手艺，一定能赚很多钱！”

“这倒是个好主意，难怪你都想着要成亲了，以后找个好姑娘，安安稳稳过一生是最好不过的了。”

“师父，你这么快就想我走啊？我还想着跟你多学仙术，日后除暴安良呢！”

“我只希望你一生平安顺遂，遇到的人都对你好，不要有什么波折。”

宁子鄢当然知道，六合山下开了一间名为“不要香菜”的小馆。

她觉得自己有些走火入魔了，考虑要不要找宁微来帮忙护法。

当方堑突然冲进凝合殿的时候，宁子鄢还是微微震惊了一下的。

这少年比上次见到的时候又长高了一些，宁子鄢仰头看去，正对上午时的日光，看不清楚方堑的眉目，反而刺得自己的眼睛微微发疼。

宁子鄢道："你来这里做什么？"

她很长时间对他不闻不问，以为如此，方堑这个人就可以从自己的生命里淡出去。

可事与愿违，他的存在很是坚固，这会儿又跑到面前来了。

方堑走近，宁子鄢才看见他的表情，不由得又是一怔。

他眼眶发红，像是刚刚哭过，又满脸怒容，像是来寻仇一般。

宁子鄢道："你怎么了？"

方堑一步步走近，走到她面前，仔仔细细端详，好似从来不认识这个人。

他声音低沉，字字咬牙，道："我曾以为，你是个心善之人。"

宁子鄢面露诧异。

方堑继续说道："可我没有想到，竟然是你杀了我的母亲。她只是一个普普通通的凡间女子，你为什么可以对她痛下杀手？"

"我没有。"宁子鄢冷静地回答。

她不知道方堑是如何得知往事的，更不知道他知晓多少，心里不由得慌了。

从来没有晃动过的道心，此刻竟然不稳了。

宁子鄢再次重申："我没有杀你母亲。"

"那她必定也是因你而死的！她只是一个平凡女子，你们为何要赶尽杀绝？若不是你们苦苦相逼，她怎么会死？我又怎么会生来就是个无父无母的孤儿？"方堑目眦欲裂地看着宁子鄢，他生而没有父母，各种酸楚从未对人说过，可小时候难过之际，也曾因此躲在被窝里偷偷哭泣过，"你也想杀我的是不是？当年没来得及杀，后来再见，就一直想杀了我，是不是？"

宁子鄢皱着眉头，心中烦乱，却说不出一句是或不是。

是也错，不是也错。

"方堑，你听我说。"宁子鄢尽力克制住语气，淡淡地安抚他。

方堑大喊一声，手中金光一闪，一道戾气直冲宁子鄢而去！

宁子鄢站在那里，一动没动，也没有闭眼。

她眼看着那道光芒从自己的脖子边划过去，削断了一截头发。

一早便猜到，他应当只是虚晃一招。

方堑看着她，道："我现在就站在这里，都对你出手了，你为什么不还手？你来杀我啊！"

宁子鄢沉默地摇了摇头。

"为什么不杀我？"方堑走近她，"不是一直都担心我会成魔吗？怎么一次次又心软了？"

宁子鄢被他逼得往后退去，她惊慌失措地推开方堑，她不知道自己为何如此心烦意乱，只对着门口一指，道："你不要逼我，快离开这里！"

方堑站在那里，冷笑，甩袖而去，临走前留下一句话："这事情还没完，我会再来跟你要一个交代的！"

杀母之仇，师徒恩义，他们之间是没有办法笑泯恩仇了。

绰衣的出现让方堑知晓了自己的身份，但要如何去做，他却毫无头绪。

为父母报仇，杀尽天下正道？

他做不到。

他更不可能杀了宁子鄢。

所以他离开了六合山。

方堑回到"没有香菜"，看着那块因她而换的饭馆牌匾，怒容丝毫未减，反而更甚。

他很想一掌把那牌匾打下来，但动手之前想着这怎么说也是自己的饭馆，打造牌匾花的也都是自己的钱，便收了手。

绰衣好像一早就猜到似的，没有任何惊讶，也不问其缘由，只装作没看见，继续忙着她手里的事情。

等到把所有客人都送走了，桌子也收拾完了，绰衣才找了张椅子坐下，问方堑道："我要救颜靳，你会帮我吗？"

方堑许久才回过神来，问道："如何救他？"

绰衣道："姜家的凤凰琴在我这里。"

郸城姜家，世代猎妖，家传之宝凤凰琴是伏羲氏以玉石加天蚕丝所制出之乐器，千年桐木所做，附着伏羲之灵，能以音乐支配万物。

自凤凰琴丢失以来，姜家人低调寻找，一直没有结果，直到姜怀音在颜靳的住处听到了琴音。

姜怀音是个三十出头的年轻男子，面目硬朗，看着比实际年龄要大上许多。他在六合山下查探了一段时间后，决定进那神庙看看。

绰衣早就在神庙里等着姜怀音，他一进去便看到了这个没有生息的白衣女子。

姜怀音先是一惊，再看，顿时便感觉到了绰衣身上的凤凰琴气息。

他一时有些难以置信，问道："你是琴虫？"

绰衣点点头，道："我知道你想要凤凰琴，我们做一场交易如何？"

姜怀音问道："什么交易？"

绰衣道："以凤凰琴之力，帮我拿到指天剑。"

但凡远古神器，皆有远古灵气，有助人修炼之功效，颜靳本想借助凤凰琴之力恢复身体，可是伤得太重，凤凰琴的力量还不够用——如果加上指天剑，就万无一失了。

绰衣看着姜怀音，真诚地说道："凤凰琴只有在姜家人手里，才能发挥最大的作用，此事我只能求助于你。"

姜怀音当然知道指天剑的所在，虽然这个事情太过冒险，但凤凰琴失踪多年，姜家上下寝食难安，能拿回凤凰琴，又有什么事情是不能做的呢？

姜怀音再也不多考虑，道：“好，我答应你。”

方堑从来都没有想过要站在宁子鄢的对立面，甚至于，若宁子鄢有什么不测，他都愿意二话不说随她而去。

但只要还活着一天，他便要帮绰衣和颜靳完成他们的心愿，因为他的父母，他自出生起就没有见过的双亲。

这之后便是偿命也罢，他愿意还债。

反正他已经没有什么东西可以失去了。

挑了个六合山开大会的日子，方堑、绰衣和姜怀音带着凤凰琴上了山。

对于后山，方堑和绰衣已经轻车熟路了，他们很快就找到了指天剑的所在。

自上一次指天剑被方堑拔出之后，宁子鄢又在上面加了封印，凭方堑的法力还不足以解开。

姜怀音以凤凰琴的琴音引起了指天剑的共鸣，同是远古神器，它们之间本就存在着某种联系。

指天剑发出阵阵鸣响，在一阵金光中，三把小剑飞起，在空中叠加到了一起。

方堑喜道：“它们要合起来了！”

绰衣道：“这也是我要借凤凰琴的原因之一，指天剑一旦恢复原样，威力大增。”

片刻，空中金光大盛，一把长剑从空中直刺而来，落在了方堑的跟前。

方堑拔起指天剑，长剑在他手中嗡鸣一声后慢慢变小，模样倒是和原来的逐日剑差不多。

方堑将指天剑交到绰衣手里，绰衣笑道："多谢。"

方堑看着前方隐隐又有些动静的石台，心中有些迟疑。

姜怀音连连叹气，道："我为了一己之私，犯下这等大错，不知会遭遇什么样的劫难……"

绰衣道："不用在这里等着了，魔军复苏也需要时间。"

方堑问道："要多久？"

绰衣道："少则一月，多则三月。"

方堑心中松了口气：一个月，还有阻止的时间。

如果之前对于父母被害的消息还存在愤怒的话，现在的他已然确切地感觉到，他其实是不希望魔军归来的。

生灵涂炭、家园离散，宁子鄢不想见到，他也同样不想见到。

方堑道："你们先走吧，我还要处理些事情。"

绰衣也不多言，急欲回去救治颜靳，便带着姜怀音原路返回。

方堑一个人在后山呆坐了许久，直到日光一点点隐去，浩荡山风吹过，他觉得微微有些寒冷。

他决定再去找一次宁子鄢，无论后面发生什么样的事情，他都要一同承担。

凝合殿的门口，依旧碧草葱翠。

宁子鄢看到方堑走进来，微微蹙了蹙眉，道："你来做什么？"

方堑直言不讳，道："指天剑，我借走了。"

宁子鄢大骇，豁然起身，道："什么叫借走了？"

"我父母的事情，绰衣已经告诉我了。"方堑走到水池边上，看着里面的游鱼，当年的小鱼现在已经长大了。

宁子鄢追问道："指天剑现在在什么地方？"

方堑并不回答，只是问道："如果魔军冲破结界，会怎么样？"

"会怎么样？你倒是问得出口！"宁子鄢气得发抖，"二十年前的那场大战你没有看到，普天之下，骨肉离散，生灵涂炭！方堑，早知如此，我、我当初就不应该……”

“不应该留下我这个魔君之子，是不是？”方堑直直地看着宁子鄢，“原来你也会震怒，我还以为你可以永远都那么超脱下去。”

方堑从来没有想到，有朝一日，他和宁子鄢会以这样的方式对峙。

他走到宁子鄢面前，道：“杀了我吧，如果你真的想这么做，我依旧不会还手。”

“现在杀了你又有何用？”宁子鄢后退两步，怔怔地看着天空。

暮色浓重，今夜乌云滚滚，看不到月色和星光。

方堑沉思了良久，终于还是向宁子鄢走去。

他们靠得极尽，方堑几乎用尽了所有的力气，低低问道：“这么长时间了，我们也算朝夕相对，除了我是魔君之子，除了时时刻刻提防，除了多次的杀心，你对我就真的没有一点点情分吗？”

宁子鄢想也不想，快速回答道：“没有。”

方堑落寞地笑道：“你为何不想一想再回答？”

宁子鄢道：“无需多想。”

方堑咬着字道：“我不相信，若你真是个没有心的人，眼下为何这般动怒？宁铮和长老们联合起来逼你的时候，你都没有生气；他们把你关在牢里夺走掌门之位的时候，你也没有生气。”

宁子鄢道：“你站远一点。”

方堑不动，好像这么近的距离就能看到她的心一样。

宁子鄢严厉地说道：“方堑你听着，我对你从来就没有任何感情，收你为徒，也只是为了看看魔君之子究竟会长成个什么样子的怪物。”

“怪物？”方堑轻轻地重复了一句，“原来，你一直都把我当成怪物？”

宁子鄢硬着心肠，道："没错，我时刻观察着你，你出一点点小错，我都会生出杀心，就是因为你是个怪物！我一直担心着会发生点什么，不过现在好了，事情终于发生了，我再也不用提心吊胆了，我可以明明白白地告诉你了，方堑，你真不应该出生在这个世上！"

方堑听她这么说着，周身仿佛遭到了雷击，脑中轰然作响，心口也传来强烈的痛楚。

"你真的是这么想的？"

"千真万确。"

宁子鄢说完，抬手捏诀，念了一个咒。

朔方临死前，除了传掌门之位给宁子鄢、让她守护魔军结界之外，还传授了她一道咒诀，可以逆天之力召唤指天剑，但也要付出严重的代价。

一时间，雷霆滚滚，天地变色。

绰衣和姜怀音得了指天剑，便往颜靳的住处而去。

颜靳今日沉睡的时间越发长了，绰衣和姜怀音等了两个时辰，他才悠悠转醒。

颜靳看到绰衣和姜怀音，知道他们已经拿到了指天剑，十分欣喜。他对绰衣展颜一笑，又对姜怀音施了礼，道："姜家传人亲自前来，不胜荣幸。本该出门相迎的，奈何我这半死之人，真是没有力气站起来了。"

姜家素来以狩妖世家自居，对颜靳这种人本是不屑一顾的，但为了凤凰琴，姜怀英勉强还是回了一礼，道："区区小事，不足挂齿。"

绰衣扶着颜靳走到石室正中间的位置，坐下来后，又用指天剑在他周围画了一个圈，随即将剑置于他前方的地面。

姜怀音在石桌边坐下，一拿出凤凰琴，白色的光芒便从他指间酝酿开来。

颜斬赞道："不愧是世代掌琴人，名不虚传。"

"过奖了。"姜怀音左手按弦，右手抬于弦上，"开始吧。"

琴音起，古朴苍凉。

姜怀音八指调弄，擘、托、挑、抹，吟、猱、绰、注，琴音在他的手指下起承转合，让人听得出神。

琴音忽而悲戚，忽而铿锵，至激越昂扬处，指天剑发出了嗡嗡鸣响。

绰衣大喜，道："它们的力量合并了。"

白色和金色的两道光芒缠绕在一起，逐渐合二为一，将颜靳笼罩在其中。

颜靳本已行将就木，连呼吸都低弱困难，此刻却突然闻到了一股久违的气息。这气息中含有草木芳华、人间烟火、高山流水……他觉得周身的血液都随之流动了起来，力气也在逐渐恢复。

他屏息凝神，感受指天剑和凤凰琴带给他的重生之力。

一曲将至，琴音低徊缠绕，古剑微鸣以和。

姜怀音的手法逐渐放缓，一注一猱，都极为柔和。

在最后的收尾之际，指天剑却突然光芒大盛，铿然一声拔地而起，击翻了前面的石桌。

凤凰琴被重重撞击，琴音戛然而止，白色的光芒随即消散。

姜怀音还没明白过来发生了什么，一张口便口吐鲜血，晕倒在地。

颜靳豁然睁开眼睛，也是大骇，忙问绰衣道："怎么回事？"

"我去看看！"绰衣一直盯着指天剑，只见它倏然飞出了石室，追出去看的时候，已经消失不见。

她回到石室，对颜靳道："指天剑似乎是受到了什么召唤，突然飞走了。"

虽说琴曲没有进行到最后，但颜靳的伤势已经好了大半，原本枯黄的面色焕然一新，声音也变得明亮起来，道：“这世间还有能召唤远古神器的力量吗？”

绰衣一想，道：“方堑去找宁子鄢，该不是出了什么事？”

颜靳道：“姜怀音交给我吧，你去看看，我现在还不想看到他死。”

绰衣一愣，旋即点了点头，临走前不放心地问了一句：“你的伤势如何了？”

颜靳道：“虽然没有完全恢复，但已无大碍。”

绰衣这才放心离去。

六合山，凝合殿。

宁子鄢念完长长的一道咒诀后，青丝转眼已成白发，面容也苍老了三四十岁。

方堑难以置信地看着她，道：“你做了什么？这是为何？”

“师父既然传了我指天剑，自然也会传我御剑之法。”

宁子鄢说完，天际金光闪过，下一刻，指天剑已然落入她的手中。

宁子鄢握着剑柄，却如同握着炭火一般，手掌顷刻间鲜血淋漓。

逆天之力，要付出的是血肉和寿辰。

方堑即便不明就里，看到宁子鄢的样子，也猜了个大概，大叫道：“这算什么御剑之法？你快把剑放下！”

“口诀一出，就断没有收回的道理。”宁子鄢再次念诀，白发寸寸散落，鲜血浸入尘土。她抬起指天剑，指向方堑，道，“我原本可以不杀你，但今日我或死于此，便由你陪葬吧。”

方堑看到，宁子鄢的整个手掌已经被烫伤，严重的地方甚至连指骨都露了出来，而烧伤的面积还在慢慢扩大。

“我不会让你死的！”方堑上前，向着宁子鄢的右手抓去。无论如何，他也要抢下指天剑。

宁子鄢提剑避过，换了一个手势，还是将剑尖对着方堑，道："凭你的法术，还不足以与我抗衡。"

方堑道："放下剑，我求你。"

宁子鄢一步步向他走去，走得艰难，但是义无反顾。

方堑并不躲闪，眼看着宁子鄢的灼伤已经蔓延至手臂，心痛道："放下剑，我自尽便是！"

"我必要亲手杀你。"宁子鄢额头的汗珠滴滴落下，她咬着牙，字字带血，"本就是我该做的事情，必须亲自去做。"

几步之遥，方堑不忍再见她受苦，他狠了狠心，挺直了胸膛，朝指天剑的剑锋奋力撞了过去！

宁子鄢本是用尽全力提着剑，此时看到方堑直直冲过来，也说不清楚是脱力还是无意识地一抖。

剑虽然偏了点位置，却还是直直地扎入了方堑的身体里。

穿膛而过。

便在指天剑刺入方堑胸口的这一瞬间，他感觉到的痛苦，却不是从伤口处传来的，而是脚底下。

生长着红莲的地方，疼痛直钻进心底，蔓延至全身，完完全全盖过了胸膛被长剑贯穿的痛。

方堑觉得脚底有火在烧，他低头看去，也的的确确看到了火焰。

赤红的火焰，妖冶夺目，仿佛将方堑整个人都包围了。

透过火焰，方堑隐隐约约看到了宁子鄢的泪水。

宁子鄢完全没有意识到自己流泪了，她看着眼前这个汩汩流血的巨大伤口，拿着剑的手终于松开了。

"方堑……"她的身体几乎不受控制地后退了几步，脑子里一片空白，声音也已然哽咽，"为什么？为什么啊？"

为什么你要自己撞上来？为什么不让我杀了你？为什么让我欠着

你？为什么……我会哭？

她从不知悲痛为何物，今日初尝，觉得生不如死。

方堑脱力，重重地摔在地上。

他浑身剧痛，但看到宁子鄢哭泣，心中却无比痛快。

“我这辈子从来都没这么欢喜过。”他看着宁子鄢，轻轻地笑了，“你骗不了我，这眼泪是为我流的，你舍不得我死，不要骗我了。”

宁子鄢的整个手臂都已经废了，皮开肉绽，鲜血横流，她却完全感觉不到疼痛。她捂着嘴，不让自己发出声音，但呜咽声还是传了出来。

她恨这样的局面，更恨这样的自己。

“别哭了，师父。”方堑慌乱之中叫了她一声师父，着急想改口，但思绪已经开始混乱了，他在地上蜷缩起身子，“好冷，子鄢……又好热……”

他的眼睛困得睁不开了，恍惚间听见宁子鄢放声大哭起来，像个丢失了所有糖果的小孩子一样，哭得声嘶力竭。

“子鄢，子鄢……”

方堑阖上眼睛，沉沉睡去，嘴角却是微微弯起的。

曾听人唤你名字，羡慕得紧，而今得偿所愿，虽死无憾。

红莲业火既然能烧尽世间一切，不妨连同我这个人和我对你的心，一起烧成灰烬。

第七章 鸿蒙之种

颜玉生辰将至，吵闹着要宁微给他送礼，宁微苦思冥想了好几日。正在一筹莫展之际，他的大弟子安之城慌慌张张来报，说是有人在后山发了疯，看那人身形样貌，很像是掌门人。

宁微一听，立刻把颜玉的生辰抛了个九霄云外，急急冲去后山。

宁子鄢眼看方堑死了，自己也跌坐在地上悲戚良久，咒诀的作用过去之后，指天剑又恢复成了原来的样子。

她收起剑，想着还有事情要做，匆匆前往后山，遵照朔方的遗命，将结界重新布置了一番。

做完这些，她忽觉得生无可恋。

宁子鄢的右手几乎成了一截枯骨，完全失去了知觉。她仰头，情难自已地大叫了两声，抬起右手捏一道诀，手掌一拍，眼前的一棵大树便倒了下去。

多年养成的自制力突然在这一刻失控了。她完全控制不住自己，好像在哀痛茫然中找到了一个宣泄的口子，不停地以法术攻击眼前所能看到的一切。

花草树木，一批批倒下去。

宁子鄢奔跑在树林中，周遭转眼已是狼藉一片。

宁微来的时候，看到的就是这样的场景。

他惊愕万分地跑过去，看着眼前这个满头白发、衣衫染血的人，轻轻地唤道："掌门师姐？"

宁子鄢恍然回神，开口说话的时候，声音也已经不是原来那般清润，带着厚重的沙哑和沧桑，道："宁微，我如此做法，算是没有辜负师命吗？"

宁微看着宁子鄢狼狈的模样，一时也不知道要如何安慰，痛心道："我先带你回去疗伤吧。"

宁子鄢摇摇头，道："不用费心了，逆天之诀，无法疗愈。"

宁子鄢心想，师父当年既然传下了这道诀，虽说是以防万一，但也料到了会有今日的劫数。而今劫数已去，结界加固，无人可以撼动，她背负了那么多年的担子终于可以卸下了。

她试了试自己的法力，本以为经过之前那一番折腾，定会丧失殆尽，不料还有余力。

其实按理说，宁子鄢的法力早就可以突破瓶颈再上一层了，但近日，每到关键时候，她就会心神不宁，尤其会频频想起方堑。而今终于知道原因为何，只是那原因实在是太难以面对，而一切也都已经终结。

宁子鄢现在的法力便如一个刚入山门的小童子一般，她说道："宁微，我从未觉得如此轻松过。"

宁子鄢说完，淡淡一笑，往下山的方向走去。

宁微急忙跟上两步，问道："师姐，你要去哪里？"

宁子鄢道："我从小就想去云游四方，看看这万里的江河湖海，以前一直没去做，时间长了险些就忘了，现在是时候出去走走了。"

宁微道："那你何时回来？"

宁子鄢道："归期，未有期。"

宁微看着宁子鄢慢慢走远，她衣服上的血迹渐渐退去，散乱的白发逐渐规整，在头上束起一个柔软的发髻。

他终究还是不忍将她留在此地，只是轻叹了一口气，道："师姐保重，宁微在六合山等你回来。"

宁子鄢听闻，脚步不停，亦没有回头。

方堑身处一片黑暗之中，他觉得忽冷忽热，脚下是一条漫长的道路，似乎永远也走不到尽头。

他浑身沉重，仿佛刚从水里爬起来一样，只是身上一滴水都没有。

我已经死了吗？

这就是死亡？

传说中的奈何桥在哪里？六道轮回又在哪里？

方堑察觉到前方有一重隐隐的真气，他再走几步，真气越发强盛。只是这真气十分诡谲，他尝试去汲取，丝毫撼动不得，却也并未遭到其反噬。

一个孩童的声音突然响了起来："你身上为何会有鸿蒙之种？"

方堑吓了一跳，四顾无人，才知这声音竟是从那团模模糊糊的真气中传出来的。

他虽然不知道对方身份，但在这种地方以这种形态出现，又能一眼看出自己身体里有鸿蒙之种的，即便声音似孩童，也必然不是普通人。

方堑对着那团真气恭敬地行了个礼，道："在下方堑，前辈是何人？此处又是何地？"

那孩子咯咯笑了几声，随即却换了一个苍老的声音，道："竟是个傻小子，连自己怎么来这里的都不知道。"

方堑心中诧异，却又不知如何应答。

“不过你身上既然有鸿蒙之种，便也算是我的后人了。”这句话，声音又变成了一个年轻女子。

方堑听他如此说来，心中的骇然稍稍减弱了些，想着：既然他说我是他的后人，就定然不会加害于我了。

方堑再行一礼，道：“晚辈愚昧，望前辈指教。”

“此处是东方之野，日出之处。”那声音倏忽百转，随心所欲地变换着，“我从鸿蒙之初便存在于此，没有名字，你可唤我鸿蒙。”

方堑看着这越发浓厚的真气，猜测着，难道这是……鸿蒙混沌之力？

他问道：“鸿蒙前辈，我为何会来这里？”

鸿蒙道：“如果你来的不是这里，就是阎王殿了。”

方堑一听便明白了，他被宁子鄢所伤，本是必死的，但身体里的鸿蒙之种保住了他的性命，还将他带到了这里。

方堑问道：“我要怎样才能回去？”

一股巨大的力量将方堑掀翻在地，他的脚被不由自主地抬了起来。

虽然看不见，但方堑也感觉到鸿蒙正盯着自己的脚底看。

片刻，那孩童的声音微微有些诧异，说道：“业火烧尽红莲，想来也是有一番经历的。”

方堑没有隐瞒，将发生在自己身上的事情一一道来。

鸿蒙已经记不得多少年没有人与他说过话了，漫漫岁月孤寂无聊，有人与他诉说真是件无比欢喜的事情，他虽然没有表露出什么期盼，但内心的八卦之情已经熊熊燃起了。

十多年的故事听来，鸿蒙只觉得意犹未尽，真恨不得方堑再与他说上几天几夜。

稍停了会儿，鸿蒙问道：“外面的世界，是洪荒历多少年了？”

方堑道："前辈，洪荒历早就过去了，现在是六合历一千四百十四年，人与畜有别，仙、魔、人三界并存，只是魔族在十八年前被镇压了。"

"哦……此事有人与我说过了，只是时间太久，我忘记了。"鸿蒙淡淡回了一句，也不见得有多吃惊，时间对他而言真是最没有意义的东西了，"难不成真是年纪大了，记性也变得越来越差了。"

方堑汗颜，又有些疑问，鸿蒙说有人与他说过外面的事情，他在这里，难不成还遇到过别人？

鸿蒙问道："你那位颜岛主师父和宁微师叔，谁长得更好看一些？"

方堑道："他们二人难分高下，只是颜岛主师父爱笑，宁微师叔冷峻一些。"

鸿蒙又问："你最后一次见你师父的时候，她有没有戴着你送的发簪？"

方堑难以置信地"啊"了一声，还是老老实实答了"没有"，又补充道："她已经不是我师父了。"

"瞧你这酸楚的模样，"鸿蒙喜怒难辨，"你若能回去，难不成还想要与她成就一段姻缘？"

方堑低着头道："晚辈不敢心存这样的念想。"

"真是胆小之辈！"鸿蒙说了他一句，又继续问，"你那六合小馆里，最好吃的菜是什么？"

方堑道："麻婆豆腐。"

很明显的，鸿蒙咽了口口水。

鸿蒙挑着一些细枝末节的事情问了又问，连麻婆豆腐的做法都知道了之后，终于想不出什么新花样了，才十分不舍地叹了口气，道："如此说来，你对于你父母之事以及鸿蒙之种，几乎是什么也不知道了？"

“可以这么说。我从来没有见过双亲，关于他们的事情，都是听别人说起的。”方堑看着前方那一团微微泛着光的气体，“前辈，您能不能给我说说，这鸿蒙之种究竟是何来历？为何能保我不死？又将把我带去哪里？”

鸿蒙笑了笑，虽说没有什么新鲜事了，但轮到他给这个小辈讲故事，也是能打发打发寂寞的。

鸿蒙拿出了一副说书的架势，道：“那就从鸿蒙之初开始说起吧……数起于一，立于三，成于五，盛于七，处于九，故天去地九万里……”

鸿蒙之初，天地混沌，阴阳开合，物无所依。

世间万物没有成形，天地精元混沌为一体，没有日月星辰，也没有山川湖泊，浩荡正气迂回往复，连远古的神祇们都还没有开始孕育。

创世之神盘古，以开天斧劈开阴阳混沌，天即渐高，地便坠下，阳清为天，阴浊为地。盘古在其中，一日九变，神于天，圣于地。日月、风云、雷电、草木、山河……一一展露出最原始的容貌。

鸿蒙初辟，天地分崩，茫茫六合，万籁俱寂。

方堑眼前的那团真气，便是从那时就存于世的。

盘古本源消散之际，余留了一丝神识，这团真气便有了自己的思想和意识。但是他无法进入三界，只能留在盘古消散之地，默默守候创世神带来的世界。

鸿蒙的守护方式便是依靠鸿蒙之种。

鸿蒙之种由盘古预留的内丹所化，一共也就三颗，进入人体内后可随之一起生长，无外力可将其摧毁。

第一颗鸿蒙之种出现于洪荒历的最后几年。

彼时正是第一次神魔之战，上神迟凝借盘古之力，将六道众生划分为仙、魔、人三界。自此，洪荒历转为六合历，各种族开始了近千年的和平共处。

六合历一千三百七十二年，第二次神魔之战爆发，持续了二十四年方才结束。

第二颗鸿蒙之种被魔君万域从北海极寒之地偶然得到，魔君被镇压后，随之一起消失，现在又随着方堑被发现。

方堑道：“鸿蒙前辈，你有着通天之能，可否想办法让我见见我的父母？我很想知道他们的模样。”

鸿蒙道：“这本事我可没有，但鸿蒙之种可以，它能记载经历之事，虽然模糊，但见一见他们的面容还是没问题的。”

方堑欣喜之际，觉得一股热气从脚底升腾起来，虚空中出现一个模模糊糊的幻影。

那是一个女子的身影。

“对不起孩子，你的爹爹死了，都没有来得及为你取一个名字，世人称他为魔，说他无恶不作，毁天灭地，可是他们都错了。娘亲马上也会离你而去，这世上将不会再有你的亲人。可是孩子，你要活下去。”

方堑听到这温柔又无奈的声音，眼眶不自觉就湿润了。

玉笙二十岁那年，初识万域。

人间女子十余岁便嫁人，玉笙的年纪已然不小了。父母前后为她寻过三个夫婿。第一个在订婚之夜突然失踪，自此再无音讯；第二个在说媒之后就大病一场，婚事不了了之；第三个，竟于成亲前日暴毙。

时人纷纷传言，玉笙不详，娶之克夫。

玉笙足不出户，但流言蜚语也没有随之停止，父母对她日复一日冷待，憎恶之情毫不掩饰，仿佛生下这样一个女儿是他们此生最大的耻辱。

她在家为那没有成亲的夫婿守丧三年，三年时间一过便准备寻一僻静之所出家。

她也想过死，但又觉得若这样死了，之前所受的罪真是不值得。

玉笙步行离家，走了大半年，终觅得一个心仪之地。

青山小径，繁花正盛，她走在石阶上，看到前方不知何时出现了一个灰衣男子。

“你可愿意做我的妻子？”

这是万域对玉笙说的第一句话。

玉笙见这男子，衣着合体，面容如仙，还以为前一刻是自己在做梦。

“你刚才有跟我说话？”

“是。”万域认真地看着她，“你可愿意做我的妻子？”

玉笙被他吓到了，怔在原地，不知如何回答。

万域一笑，道：“山上冷清，青灯古佛也难取暖，不如随我去一趟洛城，白茶花开得正好，想来你会喜欢。”

玉笙几乎是无意识地点了点头，身体发肤仿佛没有一处是自己能掌控的。

万域豁达大笑，道：“我来此世间三十余载，往来始终孤单一人，今日娶得贤妻，当真幸也！”

他连呼两句“快哉”，一手揽着玉笙，踏云而上。

洛城繁盛，是玉笙从未见过的景象，三月之游后，她终于相信自己并不是在做梦。

只是眼前这长相英俊的万域，是魔非人。

可那又如何呢？这世间，她被人所弃，骨肉亲族尚且不能容。仅有万域，真诚以待，许诺携手百年。

因为他的出现，玉笙对这原本无情的天地都生出了彻骨的感激。

“万域，世上女子那么多，你为何选我呢？”

“因你与我一样，孤苦一人。”

深夜无眠，玉笙低喃：“你莫要负我。”

万域答应：“生则同襟，死则同穴。”

玉笙流泪了，哭道：“万域，这一世我没有白活。”

第一次，她流泪不是因为孤苦无依、遭人唾弃，而是有人真情善待承诺白首。她觉得就算是在这一刻死去，也值了。这一生的苦痛，只因这人的一句话，便全都抹平了。

后来，他们又一起生活了多年，走过世间很多地方，看过太多不一样的景色。玉笙也渐渐知道，在仙人的压制和凡人的排斥下，魔族的日子过得越发艰难，仙魔之乱已经不可避免。

万域法力高强，被奉为魔族之首，他虽然不想发动战乱，但一人之力难排众议。

魔族最终还是发动了战争，首先遭殃的便是力量最弱的凡人。

仙界一开始只求铲平魔族，对凡人坐视不管，直到人间血流成河，才以救世之名除魔。此时，凡人的力量才被激发出来，修仙之人更是拼死以搏。

偌大的人间，找不到一处真正安宁的地方。

玉笙看着万域一天天紧锁的眉头，心中也十分难受。

“万域，我们会输吗？”

“即便输，也定会保你们母子平安。”

大乱之际，他不得已离她而去，留下了大半的随身法器和一颗鸿蒙之种。

他看着那颗红色的晶体颗粒，对玉笙道：“鸿蒙之种是世间难得之物，不到万不得已，不能使用。”

玉笙答应：“好。”

万没有想到，自此一别，二人再无相见之期。

仙魔之乱的最后一次战役中，魔军被镇压在六合山下，万域也生死未卜。有人说他失踪了，有人说他一起被镇压在山下，也有人说他被杀死了。

玉笙带着刚出生的孩子，心急如焚地来到六合山下，想要寻找万域的踪迹，但立即便遭到了修仙各派门宗的追杀。

生也好，死也好，她只想与他在一起。

她将鸿蒙之种留给了孩子，后自杀了断。

万域，我们说好了生则同襟，死则同穴，很抱歉我没有找到你，但死在这里，也算是离你很近的地方了。黄泉路上，我们依旧可以携手而走。

方堑站在鸿蒙面前，觉得自己仿佛又变成了襁褓中的那个孩子，毫无能力，亦不能言语。

他沙哑着嗓音说："鸿蒙前辈，我的双亲，他们不是坏人。"

虽然他们就这样将他丢下了，但方堑还是固执地认为他们是在乎自己的。

鸿蒙宽容地笑了，道："真是傻孩子，这世间万事又岂是善恶就能分辨的呢？盘古以身创世，带来这三界万载，可说是至善。可三界纷争，死伤无数，恶毒难尽，真要归根究底起来，这账难不成还要算到盘古头上去？"

方堑沉默半晌，道："前辈，那些往事我已经知道了，但还是不理解鸿蒙之种存在的意义。"

"善恶难平。"鸿蒙感叹了一句，"等你醒来的时候，再去面对那个人世，就能明白了。"

"醒来？"方堑不解，"难道我现在还是身在梦中？"

鸿蒙哈哈一笑，凡人是生是梦，于他而言又有什么区别？

在笑声中，方堑看见眼前的这团真气渐渐消散。

方堑急道："前辈，你要走了吗？"

真气消失，没有回应。

“前辈！鸿蒙前辈！”

四下寂寂，与他刚才的时候没有什么区别，仿佛鸿蒙混沌从来就没有存在过一样。

方堑原本还想着，可以让鸿蒙给他指一条路，可现在鸿蒙一走，他根本就不知道要怎么出去了。

他试着去寻找出路，慢慢往前走去。

走到刚才鸿蒙出现的地方，突然发现这里竟然出现了一排石阶。

这石阶也是漆黑的颜色，完全淹没在黑暗之中，只隐约看到几个台阶，再往上便不得而知了。

再也没有别的路，只能拾阶而上了。

方堑弯下腰，摸了摸台阶的宽度，冰冷的触感，宽度也仅仅容得下一个人通过。

他向上一步步走去，因为看不见，每一步都走得十分小心。

在这无声亦无光的世界里，方堑走了很久很久，他觉得在外面的世界，大概已经有三天三夜那么长了，但这高耸的阶梯就是没有尽头。

最让他奇怪的是，这么长时间没有休息，也不吃不喝的，却丝毫不觉得累。

方堑在台阶上坐了下来。

他想着鸿蒙的话“等你醒来的时候，再去面对那个人世，就能明白了”。

醒过来，醒过来……若不是睡着的人，说什么醒过来呢？

他之前问鸿蒙自己是否身在梦中的时候，鸿蒙也没有给一个答复。

难道他是要让我自己领悟？

方堑往下看，依旧是伸手不见五指的黑暗，但他心中明了，这台阶的高度怕是都超过六合山了。

若从此处跳下去，就会粉身碎骨吧？

可如果换作是一个睡着的人，如此一来，梦不就醒了？

想到这里，方堑高兴地站了起来。

最好的结果就是自己从人世间醒来，可若是猜错了，跳下去就是死路一条呢？

方堑犹豫了一会儿，觉得终究还是无路可走，最终把心一横，闭上眼睛，就往下一跳。

说不恐惧是不可能的，几乎在跳下去的一瞬间，方堑的心就好像脱离了自己的身体，眼前模模糊糊的，出现了一个熟悉的影子。

“子鄢……”

宁子鄢离开六合山已经有三个月了。

为了不让自己引起注意，她找了个纱笠，将白发尽数隐藏了起来，而枯枝一般的右手也紧紧地藏在衣服之下。

宁子鄢想去瀛洲列岛看看，世人传言那里的景色是人间绝无仅有的，尤其是一天可以看三次日出日落的斜阳岛，让宁子鄢心生向往。

以往，她是六合掌门，外出多有不便，但现在，她已经没有任何忌讳了。只是如今的法力，驾云而行都很不容易，只能依靠步行。

三个月的行程，她终于来到了瀛洲海域。

没有了御体之法，宁子鄢也会如常人一般觉得饥饿，看到海边有一家客栈，她决定进去歇一歇，顺带问问去斜阳岛怎么走。

因为紧临着瀛洲海域，前来投宿落脚的求仙之人很多，客栈为了招揽生意，直接便取名为瀛洲客栈。

店小二端茶过来，宁子鄢问道：“此去临风岛，应该怎么走？”

店小二笑道：“客官看来也是此道中人，竟知道离这儿最近的岛屿是临风岛，您今日啊来得正是时候，临风岛的管家正在楼上用饭，一会儿就该下来了。”

宁子鄢问道：“他愿意带人过去？”

店小二道：“求他带路的人都快塞满我们这瀛洲客栈了，可我还没见那管家答应过谁，想来是觉得都没有缘分吧。”

宁子鄢觉得有些可惜，看来还是要自己想办法去了。

店小二好心道：“我们客栈也有专门租船去岛上的，二十人一船，人满就发船，您若是想去，找掌柜的报个名就好，就是价格不便宜。”

瀛洲客栈是今年开始才做这个生意的，但因为上路有凶险，雇的船员也都是签下生死状的，故而价格十分昂贵。

宁子鄢道：“价格好说。”

“先预祝客官求仙有道！”店小二笑着，又忙去招呼其他客人了。

宁子鄢喝完茶，去找店掌柜报名，因为身上盘缠不多，便将随身的一块玉石连同方堑小时候送她的发簪一起给了掌柜。

掌柜一看这两样东西，道：“姑娘，这块玉石成色罕见，当是无价之宝，这发簪您可以自己留着的。”

宁子鄢道：“多谢，不必了。”

这东西早就不应该再带在身上。

想到方堑，宁子鄢还是有片刻的晃神。

红尘千山万里路，怎料走一走就殊途。

烛绽在客栈二楼吃了饭，下楼的时候，几乎整个客栈的人都向他看过来。

他被误以为临风岛的管家已经很久了，而在座的人几乎都是请求过他一起去临风岛又被他拒绝过的。

烛绽二话不说，摸了摸胡子，往楼下走去。

他出门的消息一传出，不少人赶来送行。

人群中那个白色纱笠蒙面的女子引起了他的注意。显然，这女子曾经身负卓绝法力，可如今已然法力尽失，那隐藏在袖子里的右手更是被毁坏得奇特。

烛绽不知她来此的目的，但人家既然没有找他，自己当然不能贸贸然上去，如果有缘，他日岛上也能相见。

他登上了自己的船，出发没多久，瀛洲客栈的船也跟随在后，一起上路了。

那艘船比他所乘坐的船小了许多，不敢跟他太紧，却也始终保持着看得见的距离。

烛绽笑笑，看来这瀛洲客栈的生意是越做越精明了。

宁子鄢也在船上，与她同行的十九人全都是前去瀛洲列岛求仙访道的，男女都有，年龄差距也较大。

船员是个经验丰富的年轻人，看样子是想沿着前面那条船的路线走。

不出宁子鄢所料，一个时辰之后，船还是跟丢了。

有沉不住气的人着急了，问道："这可怎么办？我们会不会迷路？"

船员道："这条路我走过一次，放心吧，还记得的。"

又有人问道："前往临风岛的人，是到达的多还是失踪的多？"

船员倒也实诚，说道："总的来说还是失踪的多，不管是坐我们这船过去的，还是自己雇船去的，都一样。我上次单独送一个人去，平安到达了，但路途遥远，这趟我也不敢保证万无一失。"

他话刚说完，海上就起了大风，霎时乌云滚滚、遮天蔽日。

风越来越大，海浪一个接着一个，众人开始担忧了，议论的有、抱怨的有、后悔的也有。

有人提议："船家，把我们送回去吧！"

虽说对求仙之路十分向往，也知道这一行的困难，但真正置身于这样的环境中时，还是胆怯了。

“现在往哪里走都一样！”船员回应了一声，虽然已经尽全力掌舵，但宁子鄢也看出来他快支撑不住了。

终于，一个大浪打过来，船上的人惊叫纷纷。

船翻了。

宁子鄢虽然已经做好了准备，但还是喝了几口水。海水一入喉咙，十分咸涩。

她游了几下，感觉到海底有一个强大的吸力，像是要把自己往下吸过去。

周围的人也被这股力量所影响，不一会儿，一个个都沉入了海底。

宁子鄢用真气抵挡了许久，就在快要坚持不住的时候，那个吸力竟然自行退了下去。

她再次向前游去，还没有想明白到底发生了什么事情，原本行在前面的那艘船竟然来到了自己跟前。

烛绽在甲板上看着宁子鄢，说道：“老朽来迟了些，只剩姑娘一人了，要不要上我的船来？”

宁子鄢脱力，又喝了几口呛人的海水，她料定翻船之事定与这个老人有关，脾气也有些上来了，心道：这不是白问吗？不上你的船，难道等着被淹死？

上了船，老人自我介绍道：“我是烛绽，无寿岛、临风岛和永宁岛的岛主，不知姑娘师承何方？”

宁子鄢本以为他只是个管家，一听是如此身份，着实惊了，但很快也就明白过来，若不是岛主，又岂能在海上这么兴风作雨？

她行了一礼，道：“见过前辈，家师是六合山朔方仙长。”

烛绽知道这女子的身份必定不一般，可朔方的徒弟，还是让他愣了愣。朔方殒命后只留下三大弟子，女弟子更是只有一位，便是继承了他掌门之位的宁子鄢。

“你便是宁子鄢宁掌门？”

“晚辈正是，不过现在已经将掌门之位交给师弟宁微了。”宁子鄢回答完，问道，“不知刚才在船上的人们与前辈有何仇怨，要将他们赶尽杀绝？”

“赶尽杀绝？”烛绽一愣，随之笑了笑，道，“你误会了，我只是施法将他们送回岸上。现在来岛上的人越来越多了，这瀛洲海域传说是凶险万分，虽没有那么夸张，但每年来此丧命之人还是不少。那船再往前，就不是翻船那么简单了。今日我过寿，不想看那么多人死在这海上。”

宁子鄢听罢，长长一揖，道：“原来如此，是晚辈冒失了，望前辈恕罪。”

烛绽摆摆手，道：“没事，没事，老头子在这荒山野地住惯了，没那么多规矩。”

宁子鄢道：“前辈是性情中人。”

烛绽在甲板上坐下，问道：“你的法力是怎么回事？”

宁子鄢想了想，还是据实以告，也将自己来此只为观景的目的与烛绽说了。

待她说完，船已经快要靠岸了。

烛绽道：“朔方自己不怎么样，教出来的弟子倒还算不错。”

宁子鄢见他这样说自己的师父，有些怒意，但烛绽毫不在乎，只道：“下船之后，你随意在我的岛上住吧，这里是个安宁之地，没有那么多是非。”

烛绽说罢，自行下船而去，而船上的货物也都跟着他往岛上去了。

方堑自高耸的阶梯上摔下去，一瞬间便觉得浑身一抖，竟是从床上跳了起来。

他险些就撞上了颜玉的脑袋。

颜玉怪叫一声，后退了一些，道："小子，你终于醒了。"

"颜岛主师父！"方堑大喜，忍不住伸手去摸了摸颜玉的衣服。

他知道，自己死里逃生，又回到人间了。

颜玉一把扯回自己的衣服，道："你竟记得有我这么个师父？还以为心里只有宁子鄢呢，睡觉都不忘记叫她的名字。"

方堑深藏的心思被颜玉这么直白地道破，尴尬地涨红了脸。他本以为，这个秘密世间只有他与宁子鄢两人知道。

颜玉一副过来人的样子，无所谓地说道："没什么好害羞的，又不是什么了不得的事情，男欢女爱，人之常情。"

方堑摸了摸自己的脸颊，讪讪而笑，环顾四周，觉得有些熟悉，问道："这里是斜阳岛？我怎么会在这里？"

颜玉没好气道："你九死一生，还不是我把你从六合山捡回来的。你小子，还算是命大，本以为即便醒来，也得变成个傻子、痴呆什么的。"

方堑不知如何作答，好像自己没有变成傻子这件事情，颜玉很想不明白。

当日他被宁子鄢所伤，所有人都以为他已经死了，商议着是找个地方埋了还是直接抛尸荒野。宁微感觉到他的体内还有一丝真气在游荡，聚不起来又出不了身体，便将他交给了颜玉。

颜玉开始的时候还想方设法救他，但所有花在他身上的珍贵草药都没有任何用处，也就放弃了，让他自生自灭。

就这样过了三个月。

三个月后，方堑喃喃发出点声音，颜玉才又折回来继续研究，研究着研究着，他突然就醒了。

颜玉掐指一算，道："你在这里躺了三个月，花了我不少药材，既然醒了，就干活抵债吧。"

方堑道："遵命！"

他白捡回来一条命，抵债对他来说可算是小得不能再小的事情了。

于是，接下来的日子，方堑就忙着帮颜玉采药、制药、卖药、洗衣、铺床、做饭……因为做饭手艺可口，他颇得颜玉的赏识，但是颜玉并没有因此而对他和善一些，颜玉对自己的那些名贵药材一直宝贝得紧，方堑用着起作用也就算了，偏偏全给浪费了。

方堑腹诽：又不是我让你给我用的！

他想想都觉得难以置信，颜岛主师父这么有钱的人，为什么总对自己一分一厘都算得清清楚楚呢？

好在，瀛洲列岛的日子真是好过，方堑多半住在宁微常住的定风岛，每天忙里忙外，太阳起的时候他起，太阳落的时候他就睡觉。

时光仿佛回到了他第一次来瀛洲列岛的时候，只是当初，他不知前路、不问将来，可以过得无忧无虑，而现在，心中总是添了许多情绪。

方堑在穿袜子的时候还是会经常忍不住看看脚底下的印记。说来也奇怪，自那朵红莲被业火烧尽之后，脚底下就只剩了一个花骨朵，不生长，却也不消失。

每每这个时候，他都会想起宁子鄢。

她被指天剑反噬得有多严重？六合山会不会再有人刁难她？后山的结界有没有出问题？分别之际，都已经说了那样的话，她对自己的心意有没有完全了解？而她现在又是存着什么样的心思？想着想着，方堑就恨不得给自己两巴掌，然后蒙上被子，倒头睡觉，但要快速入眠，却也着实不容易。

转眼半年过去。

好不容易，方堑终于还清了欠颜玉的债。

他想过要告别，但一踏上中原之地，又怕会多惹是非，便决定留在瀛洲列岛，修行自身也好，逃避人世也罢。

颜玉还是在外面游历的时间多，偶尔回来，也住不了几天。

这一次，他是在中秋月圆之日回来的，一进门便对方堑说道：“随我去拜访一下烛绽吧。”

方堑已然知晓那位对他颇为和善的岛主名叫烛绽。

他把自己收拾了一下，欣然前往。

第八章 无寿岛主

此去经年，物是人非。

宁子鄢没有想到，自己在无寿岛一住就是半年。

这半年来，她仿佛丝毫没有变化。

无寿岛就是一个让时间停止的地方，没有物随事移这一说法，一切都在这里停驻，不再前行。换句话说，住在这里，人的容貌是永远不会发生变化的。

无寿岛主烛绽在岛上居住了两百余年，来的时候就是这般模样，两百余年过去，依旧如此。没有人知道烛绽原来的身份，也没有人知道他为什么要在这个地方隐居。但瀛洲列岛上的所有人都知道，这个老者绝非常人。

宁子鄢借住在无寿岛上，与这位无寿岛主的交流却是很少的，多数时候，她都是一个人在岛上行走。

半年时间下来，岛上的每一个地方，她都去过了。

除了无寿岛，宁子鄢去得最多的地方就是斜阳岛，因为那里一天可以看三次日出日落。

宁子鄢第一次去那里的时候是午后，一轮红日从山的那一边缓缓升起，照亮了整个岛屿。那一刻，沉寂已久的心终于还是泛起了涟漪，不禁感叹，这世间如此美好，之前经历之种种，就当作是在修行好了。无论如何，那些已成为过去。

自此，她总是喜欢坐在海边，看阳光从海面升起又落下。

海边静悄悄的，每次都只是她一个人。但是今天，当宁子鄢从坐着的那块巨石上下来，拍拍衣角上的灰尘，准备离开的时候，却看到不远处有一个人。

那人并未注意到宁子鄢，他也是孤身一人，坐在海边，望着辽阔的天际，望着红日落下后渐渐布满夜空的星光，始终也没有转动过目光。

宁子鄢想着那应当是一个少年，少年心事浮沉，她从来没有经历过那样的岁月，终究还是有太多看不明白的地方。

就在此时，宁子鄢看到一个熟悉的身影向那海边的少年奔跑而去。

鹿蜀。

它比以前瘦了许多，也健壮了，奔跑起来不再是肉滚滚的可爱模样，而是散发着兽族傲气凛然的雄姿。

如果鹿蜀在这里，那这个少年是……

宁子鄢的心上似是猛然被击中了一块巨石，她正欲转身之际，看到鹿蜀朝自己的方向看了过来。

宁子鄢立即驾云，慌乱之中差点都没有踩中云朵，踉踉跄跄一阵后才站稳了。

少年听到鹿蜀的声音，转过头看着他，道：“你愣在那里做什么？”

正是方堑。

鹿蜀发出呜呜的声音。

方堑朝宁子鄢走的方向看去，只看到一个驾云离去的隐约身影，紫衣飘飘，好似梦中人。

方堑笑笑，对鹿蜀道："你看错了，不会是她。"

鹿蜀有些固执，同样在海边坐下，但是把屁股对着方堑，表示自己的抗议。

"就算是那个人，眼下也已经走了，我们追不上。"方堑看了看宁子鄢消失的方向道，"应当只是一个寻常的修仙人，若是她驾云，倏忽之间便已经飞走了，哪还能让我们看到影子。"

方堑说完，抿了抿嘴，觉得自己说得不对。照宁子鄢以前的法力，自然是倏忽之间，但那一次用尽全力杀他之后，她受伤也很严重，法力消耗是必然的，就是不知道消耗了几成。

方堑叹了口气，喃喃道："鹿蜀，你想她了，是不是？"

鹿蜀低低叫了两声。

"我又何尝不想……"

轻轻的声音在风中低徊缠绕。

大半年的时间过去，方堑依旧清晰地记得，当日宁子鄢决绝的面容、染血的衣裳。她将指天剑刺入他身体的那一刻，是真的已经决定，此生此世，再不相见了。

曾几何时，他也有那一剑通天的时候，但毕竟年少荒唐，到头来却连自己真正在意的人都保护不了。

他有他的问心无愧，可她也有她的人言可畏。

太阳落下了，几个时辰之后，它还是会升起来。

她走远了，可千千万万个时辰过去，她依旧不会回来。

在这里的这段时间，方堑时常会想，也许上苍给了每一个人平等的机会，去透悟天地。当一个人失去一切的时候，终究会有心如止水的那一天，届时便可摆脱所有的浮躁与诱惑，与天地精神往来。

鹿蜀似乎看出了主人的心思，对此表示不屑一顾，具体表现在它的屁股依旧没有转过去。

晨光熹微，日色摇曳，惠风和畅。

颜玉笑言："今日是个好天气。"

方堑几乎可以从颜玉的笑容中猜测到他要去六合山找宁微了。

果不其然，颜玉又打算离开了，走前装模作样地嘱咐方堑要好生看家。

方堑也装模作样地应了。

看家？你以前八百年也不回来一趟的时候，可没有什么人给你看家！再说了，这瀛洲列岛仙气缭绕，哪个小偷敢这么不开眼，到颜玉岛主的府中行窃？

颜玉出门没走几步，复又转了回来，道："家中的粮食好像不太够了，我离开这几日，你记得去烛绽老头那里买些存货。"

方堑答应："好。"

他心中有些疑惑：颜岛主师父平时要什么东西，不都是往乾坤袋里装了带回来的吗？难不成是怕我太闲了无聊，所以安排些事情做？

不过方堑也是真闲，所以这一日下午，他就前往无寿岛去找烛绽了。

其实方堑也不过是去碰运气，烛绽不管怎么说也分管着三个岛，没人知道他究竟在哪个岛，或许也会遇上他有事外出、闭关之类。

但这一次，方堑竟是来对了。

守门童子召唤茹述，给方堑指了个方向后，又自顾自打盹去了。

方堑顺着茹述所指的方向走去，发现这是一座精致的小别院，一进院里便是条小径，两旁碧树葱翠，疏影浮香。

烛绽爷爷什么时候搭建了这么个地方？真是好享受。

越是往里走，方堑心中越发惊诧，就连脚步也变得沉重起来。这院落中的布置，与六合山上的凝合殿太相似了！

他想起了那天海边，那个飘然远去的紫衣身影以及鹿蜀坚定不移的态度。

方堑停顿了片刻，调顺了呼吸后才继续往前走去。

园内一个大水缸，养着几条小鱼，就连这，也与宁子鄢的喜好相近。

方堑走至主屋之外，见门开着，里面传来一个熟悉的、让他心跳急剧加快的声音。

“叨扰多时，万分感激，日后如有机会，子鄢定当相报。”

方堑怔在原地，这声音虽然听上去苍老了许多，可语气语调不就是宁子鄢！可是她的声音怎么变成了这样！

烛绽笑道：“真是客气了，谈何叨扰，你在的这半年，可是把我这荒蛮之地打理得井井有条。这个小院，以后就给你留着吧，有时间常回来看看我这老头子。”

宁子鄢有些怅然，道：“前辈，时至今日，你还是不肯告知身份吗？”

烛绽道：“什么身份不身份，有任何区别吗？”

“也是，在我看来，您就是一位热情好客的老先生。”

烛绽哈哈大笑道：“这就够了。”

宁子鄢道：“就此别过。”

烛绽道：“走好。”

随着脚步声起，那人正在向门口走来，这一瞬间方堑甚至有躲起来的冲动。

他害怕，但又期待。

期待只有一个，便是见到她，但害怕的事情太多了：怕那人不是她，怕她已经忘记自己，怕她没有忘记自己但还是恨自己……

方堑的脚步沉得挪不动，眼睛盯着那扇门，转眼就看到了宁子鄢。

宁子鄢今日换了一件素净的白衣，头发还没有来得及全部束起来，拿在手中的纱笠在见到方堑的那一瞬掉在了地上。

二人面对着面，却都迟迟没有说话。

不想相信，亦不敢相认。

直到烛绽从房中走出来，才打破了这一僵局。

“怎么都不动了？难不成我不小心施了个定身法？”烛绽说着，走至方堑身边，拍了拍他的肩膀。

方堑这才回过神，问好道：“烛绽爷爷。”

“你这小子，怎么见了人就傻了？颜玉真是该好好管教了啊……”烛绽嘴上虽然是这么说的，但脚步不停，径自往前走去，边走边说道，“子鄢啊子鄢，看来我这小地方与你还是很有缘分的啊。”

烛绽走后，园内只剩方堑和宁子鄢二人，两道目光在空气中碰撞。

方堑拾起掉落在地上的纱笠，递给宁子鄢。

宁子鄢看了纱笠半晌，终还是接过了，眼底透出难以言传的神情。

方堑张了张口，牙关紧咬，艰难地问道：“你的头发怎么都白了？”

宁子鄢怆然说道：“世人皆有老去的一天，我只是老得比较快罢了，别说头发白了，我脸上的皱纹，难道你看不见？”

她的声音很轻，仿佛风动琴弦。

方堑没了言语，一时间连气息也窒住似的。

看得见，当然看得见，只是方堑不忍心问罢了。

方堑脸上慢慢露出一丝愧疚，他沉默了片刻，再开口语声已哑，道：“是和上次召回指天剑有关吗？”

宁子鄢点了点头。

方堑又问："你这半年都住在无寿岛？"

宁子鄢再次点了点头。

方堑心中忽然大恸。原来这么长时间，她都离自己这么近、这么近，但他一直不知道。是不是他们之前也曾擦肩而过，只是他没有看见？就连鹿蜀都先一步认出了她。

此时此地，此情此景，方堑的心中只剩下一个声音：西风乱，吹白故人头。

世事辗转递变，造化悠悠，人生恍然如梦。

颜玉上了六合山，却被安之城告知宁微去了郸城。

颜玉稍一思忖便知，宁微应该是去找姜怀音了。

"他是一个人去的？"

"没错。"

颜玉觉得此行或许不妙，当即匆匆赶去。

到了郸城姜家，就见门口守卫重重把守，颜玉怕宁微在里面会遇到麻烦，来不及打听什么，便使了个隐身诀，翻墙而入。

他所料不差，颜靳和绰衣果然也在这里。

自姜怀音帮助绰衣救下颜靳后，凤凰琴终于物归原主，由姜怀音拿回了郸城。但颜玉想不明白的是，为什么颜靳和绰衣也跟来了。

他进了姜家才知，事情比他想象的要复杂。

绰衣借找地方给颜靳修养为名，在姜家借住，不料请神容易送神难，颜靳身体恢复后竟也不打算离开了。

姜怀音也不好意思把人往外赶，只好另辟了个小院，做好了供养他们的准备。

不曾想，颜靳所要的远不止于此。

此刻，姜怀音坐在正堂主位，愤怒地看着颜靳，道："要我姜家全部听你号令，帮助魔军重返？真是天方夜谭！"

颜靳坐在一旁，一副泰然处之的模样，道："我不是在同你商量，而是在通知你。"

姜怀音怒极反笑，道："那也要看你有没有这个本事！"

颜靳自恢复身体之后，与之前那个形容枯槁的模样已经完全不一样了。此刻，他又变成了那个风度翩翩的公子，言行举止都透着高人一等的傲气。

姜怀音一拍桌子，早已在外等候的家丁们尽数冲了进来，数十把刀剑对准了颜靳。

颜靳轻蔑地笑了笑，抬手之间，掌中已然出现一团燃烧的火焰。他轻轻一指，火焰便向着家丁们燃烧过去，所过之处，所有人的身上都着了火。

一时间，整个姜家充斥着痛苦的哀嚎声。

姜怀音冷哼一声，凤凰琴在他的手中幻化而出，他一手拨弦，琴音如有实质，像瓢泼大雨一般，将家丁们身上的火焰尽数熄灭。

姜怀音怒视着颜靳，道："你竟以法术伤及凡人，当真卑劣！"

"世人都说我是魔，那我自然要做些卑劣的事情了。"颜靳理所应当地看向姜怀音，"倒是你们郢城姜家，空有猎妖人之首的名号，却养了这么一帮子无用之人。"

他的话语越发激怒了姜怀音。的确，自凤凰琴遗失以来，姜家都致力于寻找这件传家之宝，对于手下人的培养自然就忽视了。

姜怀音看着地上乱作一团的家丁，心中也掠过阵阵寒意：当真与颜靳对峙起来，孰强孰弱，真是个未知之数。

他并非姜家最出色的家主，与历代先祖完全不能比，而颜靳，曾经的魔军军师，实力固然不弱，且隐匿多年，没有人知道他的真正实力。

姜怀音的琴音暂歇，随即向颜靳发起了攻势。

颜靳霍然起身，手掌中再次幻化出火焰。

凤凰琴的周围很快被火焰围绕起来，姜怀音用力拨弦，将所有的法力注入其中，以使其发挥出最大的威力。

终究是远古神器，即便姜怀音自身实力并不强，但凤凰琴为了护主，散发出的琴音还是驱散了所有火焰。

颜靳微一皱眉，随即换了攻势，不再攻击凤凰琴，而是将所有力量都对准了姜怀音自身。

绰衣也在此时动手，她的身体轻轻化作一团白色雾气，进入了凤凰琴的龙池小口。

姜怀音顿时觉得凤凰琴有些不听使唤了。对于琴虫的存在，他只在古书记载和前辈们的传说中听到过，至于它们究竟有没有能力驾驭琴体，他根本一无所知。

眼看着凤凰琴在手中一点点失控，姜怀音慌张了。

颜靳将一团火焰送至他的面前，笑道："怎么样，姜家家主，要不要接受我的提议？"

姜怀音愤愤地看着他，眼底生出绝望，但还是坚持地说道："你休想！"

轰然一声响，那团火焰在姜怀音的面前炸开。正当他觉得自己必死之际，上方突然出现一个巨大的布袋子，这袋子有着诡异的吸力，竟然将姜怀音眼前的火焰尽数收了进去。

颜靳一见到那袋子，面色骤然沉了下去，道："颜玉，你来凑什么热闹？"

姜怀音虽然头发全乱了，好在性命无事，他松了口气，一听到颜玉的名字，心中也十分震撼。乾坤袋的持有者在人间成名已久，但相传他隐居于瀛洲列岛，从来没有人见过。

姜怀音朝那救命的袋子看过去，见它已经变成小小一只，被颜玉收入了怀中。

他拱手道："多谢颜岛主救命之恩。"

颜玉道："举手之劳。"

颜靳的面部表情抽了抽。举手之劳？不就是在说他法力太低！

颜玉和颜靳对视了片刻，就连姜怀音这种原本不知道他们是什么关系的人，在这番对视下也看出了些苗头。

他们都姓颜，难不成是兄弟？可这兄弟二人，看上去着实不亲热……

颜玉还是先开口了，道："多年不见，大哥还是这么易怒嗜杀。"

颜靳毫不客气地回道："多年不见，你也还是这么多管闲事。"

绰衣察觉到外面的变化，再度化成人形，站在了颜靳身后。看到颜玉，她有些惧怕地往后躲了躲。

颜玉很无所谓地看了一眼，道："不用怕，我若要杀你，你已经死很多次了。"

颜靳怒道："你不要太狂妄。"

"我自小便狂妄，大哥是知道的。"颜玉丝毫不避讳二人是兄弟，对于这个众人唯恐避之不及的魔军军师，他倒是毫不忌讳。

姜怀音站在一边，虽说这里是他家，但此刻，他竟然一句话都插不上嘴，他心道：你们兄弟二人的家事为何要在我家中解决呢？

颜靳看着颜玉那副你奈我何的模样，气不打一处来，忍不住便要与他比划。他突然亮出了法器，那是一柄细长的玄铁剑，从袖口中倏忽而出，握在颜靳手中。

颜玉道："我们公平些，我就不用乾坤袋对付你了。"

颜靳一听，顿时气得眉毛都竖了起来，他觉得自己又被小瞧了。

手中玄铁剑出剑如风，剑光飞泻，耀眼生华，朝着颜玉一击而去。

颜玉快速闪躲，身形似蛇一般，每次总能贴着玄铁剑擦身而过。

青锋闪动，剑影横空，片刻之间，二人已经打了好几个来回。

颜玉身体起落间还不忘记揶揄几句："大哥，多年不见，你的剑法并不见得有多少长进啊！"

颜靳冷哼一声，道："你逃跑起来的速度也不见得加快了。"

如水的长剑光芒中，颜玉恍惚回忆起少年时光，他们兄弟二人也会在庭院中追逐打闹。彼时，颜玉只到颜靳的肩膀。

"大哥，你这般穷追不舍，兄弟之情呢！"

"臭小子，被我抓到就罚你抄一百遍《洛城赋》。"

"那都是你用来骗姑娘的，我抄来做什么？"

"嘴硬就抄两百遍！"

那时的午后，天空是一望无际的蔚蓝，暖阳洒在身上，仿佛浸透了整个庭院。

颜靳忽然反手一剑撩出，青锋疾动，刀光如水银泼地，颜玉的身子已然擎空飞起，袖口中闪出一道血色。

他自己也没想到，颜玉竟然会被伤到。

颜靳立即收起剑，道："不自量力！"

颜玉看了看伤口，虽说血流如注，但好在没有伤到骨头。

他忍着痛，嘴硬说道："你的玄铁剑削铁如泥，竟然没有把我的手臂给切了去，分明是你学艺不精。"

颜靳不再与他争辩，道："既然输了，还不快走。"

颜玉正想着这般离去似乎有些难看，要不要再做点什么的时候，眼前忽然白影一闪。

他回过神来的时候，已经被人带着飞出了姜家的墙院。

颜玉一见面前的人，立刻板起了脸，道："宁微，枉我担心你的安危，前来找你，你竟然躲在一边，眼睁睁看我受伤！"

"我的安危不用你担心，你照顾好自己就行了。"宁微看了看他的伤势道，"好在伤得不严重。"

"怎么不严重？"颜玉摆出一副痛苦万分的神情，"我的手要断了！”

宁微道：“断了我也有办法给你治好。”

“可是我疼啊！”

“疼就忍着。”宁微飞快地给他止血，下手干脆利落，疼得颜玉嗷嗷大叫。

事毕，颜玉做可怜状，道：“你怎么一点都不怜香惜玉……”

宁微依旧冷着一张脸，道：“让你长点记性。”

颜玉撇撇嘴，仿佛受到了极大的委屈，想到刚才这人突然就把他带离了姜家，问道：“你为什么不阻止颜靳？”

宁微反问道：“为什么要阻止？”

颜玉道：“他们要对付的是六合山。”

宁微道：“他们没有这个本事。”

颜玉还想问宁微哪来的自信，但看了看自己还在微微渗血的手臂，觉得自己好不容易受一次伤，其他的事情还是以后再说吧。

“宁微，我有点晕血。”他说完就晕倒在宁微怀中。

夜色笼罩，雾气茫茫。

方堑和宁子鄢已经在海边站了很久。

今夜有风，海风呼啸而过，空气中弥漫着一股咸涩的味道。

宁子鄢率先打破了沉默，道：“你在瀛洲也住了半年多？”

“是的。”方堑尴尬地笑了笑，“就是没怎么去过无寿岛，不知道你也会在这里，若不然……”

若不然如何？他自己也不知道，宁子鄢的出现太突然，他什么也没有准备好，话语有些慌乱。

宁子鄢已经盖上了纱笠，海风吹拂，白纱晃动。

方堑看不清楚她的脸，但之前那个面色苍老的她却始终在脑海中挥之不去。

他知道宁子鄢一定受伤了，但没有想到她会伤至如此。

方堑深吸口气，终于鼓足勇气问道：“你的伤……可有医治的法子？”

宁子鄢轻轻地摇了摇头，道：“皮囊而已，无所谓的。”

她这么说来，方堑还是觉得心痛，他真想再见到那个最初的宁子鄢，紫衣飘飘，宛若谪仙。

“我会想办法的。”方堑看着地面上宁子鄢的影子，郑重地说了一句。

二人在海边坐下，隔着不长不短的距离。

宁子鄢道：“不用想什么办法了，我明天一早就走。”她原本是今天就要离开无寿岛的，因为方堑的到来，耽搁了一天。

他们上一次分别的时候那么惨烈决绝，但这一次相见仿佛已经忘了之前的恩恩怨怨，什么六合山，什么魔军结界，那都是上辈子的事情了。

而今，宁子鄢不是六合山的掌门人，方堑也不执着于魔君之子的身份，他们都只是在瀛洲列岛游历的修行之人。

方堑道：“子鄢，你不会还想杀我吧？”

宁子鄢道：“你不要这么叫我。”

方堑笑道：“我已经不是你的徒弟。”

“我叫宁子鄢。”舍去了姓氏叫她，显得太过亲昵。

但是方堑却要无赖了，道：“我偏就要这么叫，子鄢，子鄢，你那次杀我的时候为什么要哭？”

宁子鄢不答。

方堑继续道：“你怕是连自己也没有察觉到吧？子鄢，你不知道你为何流泪……”

宁子鄢依旧沉默。

方堑喟叹道：“你心里有我，你舍不得我死。”

细沙滑过宁子鄢的指尖，就好似滑过了她的心尖。

“方堑，你不要胡说。”

方堑看着前方，漆黑的夜空下，海面泛起了第一缕霞光。

“太阳又要升起来了啊。”方堑仰起头道，“子鄢，我第一次来这里的时候就在想，你若是知道岛上一日有三次日出日落，也会喜欢的。”

少年的心事埋得那么深，又那么远。

方堑从来没有和宁子鄢说过他小时候的事情，这一刻却忽然来了兴致，问宁子鄢道：“你知道我为什么叫方堑吗？”

宁子鄢道：“为什么？”

“因为我是被人在一个壕沟里捡到的。”

方堑自有记忆开始，就生活在北方的一个小村庄里，养父母是一对普通的农民，日出而作，日落而息。养父偶尔会进山打猎，只有打到猎物的时候，家中才有肉吃，在小小的方堑看来，那真是人间最好的美味。

八岁的时候，他就知道自己是被他们从山里捡的。

这件事情还是同村的小玩伴告诉他的，小孩子口无遮拦，与他闹脾气的时候就大叫：“方堑，你可别得意，你连自己的父母是谁都不知道，他们不要你了，你是被捡来的！”

方堑和他打了一架，使了蛮劲，打得对方鼻青脸肿，自己也十分伤心难过，一路哭着跑回了家。

养父母年纪都大了，面对方堑的质疑，也没有隐瞒。他们告诉他，是在山里的一个壕沟中发现他的，当时，襁褓中的孩子几乎瘦得皮包骨头，但双眼却炯炯有神，看到他们就开始大哭，求生意志极为强烈。

二人已年近四十，膝下没有儿女，觉得这或许是上天的恩赐，便将孩子带回了家中，取名方堑。

堑者，壕沟也。

养父母都是老实人，虽说不是亲生的，但一直对方堑视如己出，家中粮食不多的时候也宁愿留给方堑。

得知了鸿蒙之种的力量后，方堑才明白，这颗种子可以保自己不死，所以他才能等到他的养父母。

方堑也知道，他脚底下的第二片红莲花瓣就是在那个时候长出来的。

玉笙为他种下这颗种子的时候，抱着绝望的心情，以为它会长成一颗恶果，不料前有宁子鄢一念仁慈，后有养父母多年恩义，方堑心底生出的终究还是善念。

十岁那年，养父母双双病死，方堑想去看看外面的世界，便背上他的小褡裢，一个人上路了。

这一路并不顺利。方堑先是遇上了一个人贩子，见方堑小小年纪长得又可爱，便将他带在自己身边，却一直没舍得把他卖掉。

方堑跟着此人混吃混喝，溜须拍马，日子倒也过得下去。直到那人贩子偷来一个小女孩，打算将她的双腿打断去要饭，方堑才意识到了事情的严重性。

那小女孩比方堑小一些，一双大眼睛看着方堑，瑟缩着问他："哥哥，那个人说要打断我的腿，会不会很疼啊？"

方堑心中一软，当即便承诺道："放心吧，没有人会欺负你的，我今晚就把你送回家。"

说出这话之后，方堑就知道他混吃混喝的日子结束了，但看着小女孩崇拜的目光，方堑觉得这是有生以来做得最帅的一件事情。

当晚，他在人贩子的茶水里下了点蒙汗药，趁着他呼呼大睡的时候，将小女孩带了出去，一直送到她家门口。

小女孩拉着他的手让他留下，但方堑看着这户人家的境况，明白自己留下来也是在给他们加重负担，便执意离去。

他当晚就出了城，再也没有见过那个人贩子。

方堑漫无目的地在外漂泊了半年，成了一个小乞丐。

他有时候也会想，如果还跟着那个人贩子，自己好歹还能吃到口饭——但只是想想而已，养父母不识字，对他唯一的教育就是不要作恶。

方堑小小年纪，也没有什么人生目标，硬要说有的话，也就只有这一点：不要作恶。

小乞丐方堑逐渐掌握了乞讨的技巧，活得依旧不容易，但起码不会挨饿受冻了。

十一岁的时候，方堑第一次从别人口中听到修仙二字。

那是在一家客栈，方堑偷偷进去要饭，听到几个年轻人在高谈阔论，他们谈到六合仙山，也谈到瀛洲列岛，说起几年前的那场大战，所有人都对修仙者们赞不绝口。

修仙需要的唯一成本就是时间。找个门派，拜师学艺，几年之后就可以腾云驾雾、惩奸除恶。

方堑也心动了，他别的没有，却有得是时间。

于是乎，之后的一年，他就开始寻找瀛洲列岛。之所以不选择六合仙山，是觉得自己小时候就是被丢在山里的，大海对他而言更具神秘感。

他依旧过着乞丐的生活，但作为一个要去修仙的乞丐，方堑再也不觉得生活无趣了。

跌跌撞撞走了一年后，他便遇到了颜玉。

方堑说完这些的时候，那一轮红日已经升至空中，天亮了。

宁子鄢听得有些晃神了，道：“这些事情，我从未听你说起过。”

方堑讪讪而笑，道：“我不好意思告诉别人，我曾经是个乞丐。”

宁子鄢问道：“那现在又为何告诉我？”

“就是想让你知道。”方堑得寸进尺地问道，“能不能也说说你小时候的事情？”

宁子鄢道：“我生于六合山，长于六合山，没有什么值得记挂的往事。”

方堑想了想，还是脱口而出道：“我一直就觉得你活得挺无趣的。”

宁子鄢道：“世间本就没什么有趣的事情。”

“怎么会没有呢？”方堑道，“你看这斜阳岛的日出日落，不就很有意思吗？以后我带你去看别的……”

“方堑。”宁子鄢轻轻地制止他，“你我之间已经没有以后了。”

方堑紧紧握了握手中的沙子，道：“有没有，不是你一个人说了算的。”

宁子鄢无奈地笑了，伸出了她的左手。

方堑看到，她的左手掌心有一团黑气正在扩散，惊道：“这是怎么回事？”

宁子鄢道：“指天剑的反噬之力并不如我想象得那么简单。我近日精神越来越不好了，只想快些离开无寿岛，不要给烛绽前辈添麻烦。”

方堑觉得遍体生寒，指天剑的反噬之力还没有过去？宁子鄢会这样慢慢地死去？不，他无法接受。

方堑一把抓住宁子鄢的手腕，道：“你告诉我，怎么样才能救你？我求你告诉我，子鄢，哪怕只有万分之一的希望，我们也要尝试。”

宁子鄢还是摇头，道："真的没有办法。方堑，你是个善良的人，后面的路，自己好好走吧。"

"我不会离开你的，就算你只剩下一年、一个月，哪怕只有一天的时间，我也寸步不离！"方堑说着，快速在宁子鄢的手掌中印了一个结。

这还是宁子鄢交给他的小法术，名叫"生生不离"，受印者只要活着，施印者便能知道他在哪里。

宁子鄢眸子中波光微动，仿佛一潭清澈的水，低声道："你这又是何苦……"

方堑目光坚定，道："我不想再和你分开了。"

宁子鄢终究还是没有走成。

反噬之力一日强过一日，她已经连驾云的法力都没有了。

方堑一直在烛绽的小院中陪着她，如他所言，寸步不离。

宁子鄢睡觉的时间越来越长，方堑估算着她醒过来的时间，总会提前去厨房准备好饭菜。

有那么一瞬间，宁子鄢觉得他们仿佛回到了还在六合山的时候，他每天都变着花样给她做饭，只为哄她开心。

而她对他的不舍大概就是从那个时候开始的。

宁子鄢细细回想过去的时光，觉得自己对方堑的好委实不多。她不明白，明明她是这么苛刻又自私的一个人，连笑容都吝啬，为什么方堑还是会这么固执地想要和她在一起。

逃避过，否认过，可眼看着自己时日不多了，也就坦然接受了。

她不想让方堑的心中留有遗憾，只希望自己死后，方堑可以回到原有的生活中去。

这一日宁子鄢醒来已经是下午了，与往常一样，一睁眼就看到了方堑。

方堑坐在床边，笑呵呵看着她道："今日气色不错，我做了鸡蛋羹和白萝卜汤，要不要尝尝？"

宁子鄢说好，洗漱完毕后，坐在了桌边。

方堑给她盛了一碗汤。

宁子鄢喝了一口，神色如常。

方堑问她："味道如何？"

他每天都是如此，看着她吃饭，眼中饱含着期待，仿佛她的一句赞赏能让他高兴一整天。

宁子鄢微微一笑，道："你这个六合小馆的大厨，手艺怎么会差呢？"

她不敢告诉他，其实自己两天前就已经失去味觉了。

今日不知为何，即便没有了味觉，胃口也非常好，不像平日，经常吃几口就觉得累，再美味的食物也难以下咽。

方堑也看出来了，心情大好，问道："还想吃别的吗？我立刻去厨房做。"

"不用了。"宁子鄢拉着方堑的手，"今日天气真好，我想出去走走。"

"好，我陪你去。"

方堑扶着宁子鄢，走至门外，就感觉到阳光晒在身上十分暖和。

宁子鄢道："不用扶着我，又不是老太太。"

方堑便松了手，站在她身边。

宁子鄢道："虽说不是老太太，也已经长成了老太太的样子。好在这里没有人，不然你要被人笑话了。"

方堑道："我才不在乎谁来笑话呢。子鄢，你在我眼里。永远是最好看的。"

"越来越会说话了。"宁子鄢往前走去，脸上带着安宁温和的笑容，"不过，我喜欢听。"

方堑也不禁笑了，但很快，他的笑容就僵在了脸上。

宁子鄢仿佛一棵没有了根的树木，忽然就在他面前倒了下去。

“子鄢！”方堑大叫一声，忙去扶她。宁子鄢脸上带着笑，但已经没有了知觉。

方堑下意识地去摸她的手腕，但手刚放上去，又缩了回来。

他害怕，前所未有的害怕。

方堑将宁子鄢抱回床上，给她盖好被子。

他眼眶酸涩，六神无主，忽然疯了一样地往外跑去。

他跑去烛绽的住所，大叫道：“烛绽前辈！烛绽前辈！”

无寿岛上，他再无其他可以求助的人。

烛绽推开门，见方堑这副三魂丢了七魄的模样，便已经心知肚明，道：“子鄢丫头不行了？”

方堑眼眶通红，点了点头，道：“是指天剑的反噬之力，没想到能持续这么长时间，前辈，你想办法救救她好不好？”

烛绽看了他一会儿，才缓缓问道：“你怎知我就有办法呢？”

方堑道：“我虽然不知道你的本事，但整个瀛洲列岛的人都说你是世外高人。我刚才问你的时候，你停顿了一会儿才回答我，你一定有办法的，是不是？”

烛绽沉默了半晌，道：“办法不在我身上，而在你。”

方堑一喜，道：“求前辈告知！”

烛绽面色有些暗淡，他本不想说，但看着方堑炙热的目光，还是叹了口气道：“这风险，实在太大了……”

方堑道：“我甘愿承受！”

“你以为你一个人就能承受吗？”烛绽的目光落在方堑身上，“魔君再生，生灵涂炭，你以为你一人之力可以阻挡？”

方堑震惊地看着烛绽，道：“你说什么……魔君再生？”

“我所知道的也就只有这一个办法了。”烛绽抬头看着天际，这天与二十年前的毫无二致，他看着看着，就想到了当初。

方堑见烛绽不说话，追问道：“前辈，你能说明白吗？”

烛绽道：“六合历一千三百七十二年，我和万域，前往白头山……”

第九章 生生不离

万域在认识玉笙之前一直是独来独往的，人间孤寂，难得算得上朋友的也就只有烛绽和颜靳了。

万域和玉笙的婚礼定在白头山，邀请的也只有这二人。

在此之前，白头山已经出现过十大神器。世人传说，是万域率领魔族从地底下出来的，而实际上，是魔族见到万域之后才将他认作魔君的。

魔族之主历代传承，到万域，已经经历了上万年，而他在人间也是等待了一百多年才等到了他的亲族们。

这是第二次神魔之战爆发的前夜，万域、玉笙、颜靳和烛绽坐在白头山顶的小亭子里，说好了一醉方休。

当晚，月华如练，新娘子给他们三人倒酒。颜靳一沾酒就满脸通红，万域面色不变，双眼却渐渐朦胧，烛绽倒是三人中酒量最好的。

他趁着酒意问万域："魔族一定要发动战争吗？"

万域醉眼惺忪地看着他，道："烛绽，我也想过安宁的日子，但三界之中的你争我夺，恩怨已久，又岂是我一句话可以平息的？魔族被镇压了那么些年，好不容易见到了阳光，不会轻易善罢甘休的。”

烛绽早知道是这样的回答，却还是忍不住问了，好像要亲耳听到万域说出口，他才能踏实。

颜靳碰了碰烛绽的杯子，道：“怎么，你也要和我们一起，与凡人为敌？”

万域纠正道：“我们的对手不是凡人，而是仙人。”

“我不会加入战争的。”烛绽一口饮尽杯中酒，“到时候，我就找个人烟稀少之地躲起来，你们去打吧，我不掺和，等打完了我再来找你们。”

万域放声大笑，道：“若是我们赢了，就继续把酒言欢，若是我们输了，就回来给我们收尸。”

玉笙听他这般说，蹙眉道：“别说这么不吉利的话。”

“好好好，为夫改正，自罚一杯。”万域说着，又一杯下肚。

烛绽知道万域素来是这么狂放不羁的个性，而他看着玉笙的眼神也实在是温柔，千般疼惜、万般不舍。他事后想想，方才明白过来，其实早在那个时候，万域就已经料定了魔族此战必败。与其将这个生灵涂炭的权利交到别人手里，倒不如自己来把控。

万域也就是在这个晚上拿出了鸿蒙之种，交予玉笙。

这一夜，果然一醉方休。

烛绽醒来之后，三人已经离开了。

很快，三界大乱。

持续了二十四年的战争，烛绽如今回忆起来，却像是一夕之间的事情。

等到战争结束，烛绽从瀛洲列岛赶回中原大地的时候，眼之所见尽是颓败荒芜。

他听闻，万域和颜靳一同被镇压在了六合山下，不知是死是活，玉笙自杀，而她和万域的孩子也在六合山掌门人朔方临死前被诛。

烛绽万分后悔，他来迟了，终究还是连收尸都没有赶上。他相信万域不会活在世上了，如若不然，他绝不会丢下玉笙和孩子。

他打了一壶酒，前往六合山祭拜老友。

在六合山上，烛绽还是搜寻到了万域的一丝亡魂，但是这亡魂已经没有生机，烛绽本事再大，也无法借此复原出一个万域来，只好带在身边，留个念想。

下山之前，烛绽多了个心眼，去内部打探了一番，不料却得到了另一个消息，原来万域和玉笙的孩子并没有被他们找到，放出那个消息只为安抚百姓。

烛绽万分感激上苍留给了他这么一个机会，于是便开始寻找这个孩子。

可是茫茫人海，无迹可寻，十多年来，始终没有音讯。

他只好再次隐居，同时经常去往大海的另一头，以防错过任何关于那孩子的消息。

皇天不负有心人，他终于还是等到了方堑。

方堑听完烛绽的叙述，眼睛雪亮，当即跪下长拜，道："多谢前辈对我父亲的恩义，我将来定为他报答。"

烛绽道："真是傻孩子，我能见到你就已经了了一桩心愿，还谈什么报答。"

方堑依旧神情担忧，他离开的时间也不短了，不知道宁子鄢现在如何。

刚想再问烛绽，对方就已然看出了他的心思，道："我刚才也说了，你父亲的一缕亡魂在我这儿，你不出现，这就永远只是一缕亡魂，但有你在就不一样了，我可以用它再还原出一个魔君来。我所料不差的话，鸿蒙之种和魔君亡魂相结合的刹那，会产生强大的力量，足以与指天剑的反噬之力相抗衡。”

方堑听罢大喜，只要有办法救宁子鄢，他什么都愿意尝试，当即说道：“请前辈动手吧。”

烛绽道：“说动手就动手，你以为这么简单吗？万域魔功深厚，你这小子就是再修炼上一百年也抵不上，到时候，他的魂魄虽然只占一缕，却也可以将你的意识完全吞并。”

“啊！”方堑愣了愣，问道，“就是说，你无法保证重生之后的人是我还是我父亲？”

“没错。”烛绽凝神思索着，“这么做，能不能救回子鄢尚且不是定数，而且这之后你还是不是你也不得而知。所以说，你还是再考虑一下吧。”

“不用考虑了，前辈。”在烛绽说的时候，方堑就一直在飞快地思考，他话没说完，方堑就已经思考出了结果，“我愿意尝试。”

“这可不是尝试，稍有不慎……”

“晚辈知道。”方堑给烛绽磕了个头，一双眸子澄澈如水，“如果我回不来了，烦请前辈给她捎句话，十方世界，仙魔地狱，我会一直等她。”

烛绽叹了口气，看着他一心赴死的模样，知道再怎么劝都已经没有用了。

他拿出一颗药丸，道：“先拿去给子鄢服下，可保她一日无事，今晚子时，你带着她来找我。”

方堑接过药丸，感激地点了点头。

方堑回到小院的时候，宁子鄢微微醒转了。

“我什么时候睡过去的？自己竟然想不起来了。”

她的面色比往常更为苍白，说话也要花费更大的力气，双眼中透着难以言表的忧伤，像是在看着远方，又似空无一物。

方堑道：“累了可不就睡着了。”

他倒了杯水，拿着那颗烛绽给的药丸坐到床边，道：“来，把这个服下。”

宁子鄢被他扶着，慢慢坐了起来，靠在床头。

这段时间以来，她已经吃了很多药丸药汤，对于方堑拿过来的任何东西，她都是问也不问就吃下了。

这次也是如此。但是宁子鄢吃下去没多久，就觉得有些奇怪，问道：“这是什么药？为何我突然觉得力气恢复了许多？”

方堑笑道：“烛绽前辈给的，他说你有救了。”

“他想到办法了？”

“是啊，这不制出了这个药丸。”方堑努力使自己看起来镇定平常，“今晚我们去一趟他那里。”

宁子鄢有些奇怪，她在无寿岛住了这么久了，烛绽也看得出她的症状，但从未说过有法子医治。不过，这话既然是从方堑口中说出的，她也就信了。

方堑道：“饿不饿？想不想吃些什么？”

“不用。”宁子鄢看着方堑，“你坐得近些，我就想看看你。”

方堑握着她的手，靠得更近。

宁子鄢道：“我做了个梦，梦到自己再也不会醒来，再也看不见你了，因为太害怕，就给吓醒了。”

方堑安慰道：“我不会离开的，别忘了，我们之间有‘生生不离’。”

他的手扣着她的手，两个人的掌心中都有一道淡淡的印记。

这印记，说不清，道不明，宛若世上所有的依恋和牵绊。

因为那颗药丸的作用，宁子鄢今夜睡得很沉，方堑一直陪在她身边，看她睡着，眼角眉梢有着柔柔的笑意。

桌上的蜡烛渐渐烧至底部。

方堑看着烛火，对于最近所发生的一切都怀着难言的欢喜。他甚至在想，宁子鄢之所以成全了自己，也只是因为她觉得自己的生命已经走到了尽头。方堑很想问宁子鄢，若你性命无碍，是否还愿意让我陪在身边呢？但他不敢问，生怕一点点的波澜，都会打破现在来之不易的平静。

子时不到，烛绽就带着一个小瓷瓶过来了。

方堑知道，那瓷瓶里装着的就是万域的一缕亡魂。

“准备好了吗？”烛绽看一眼方堑，将手放在了瓶盖上。

方堑点点头，目光始终柔和地注视着宁子鄢，怎么看也看不够，他唯一担忧的就是，如果意外发生，这就是最后一次看她了。

烛绽知他心意已决，也不再多说，放在瓷瓶之上的掌心中出现了一只小玉葫芦。方堑看出来，这玉葫芦是用来引渡亡魂的。

瓷瓶的盖子被顶开了，虽然肉眼看不见，但方堑能感觉到那一抹极淡极淡的来自于父亲的气息。

烛绽屏息凝神。当玉葫芦被放到方堑天灵盖的那一刻，方堑感觉一道冰冷的寒气自头顶灌入，阴柔，但也强悍，他禁不住浑身一颤。

当寒气慢慢往身体里流淌的时候，方堑的脚底忽然生起一团火热，这种感觉太熟悉了，当初脚底的红莲被业火烧尽的时候也是这样。不同的是，那时候身体里并无这股阴冷至极的寒气。

方堑的五脏六腑一一被寒气浸染，冻得眉毛上都结出了霜花，可正在他牙齿打颤的时候，肺腑之间的火热蒸腾而上，像是要压过那缕亡魂。他的脸颊顿时被烧成红色，眉上的霜花化成了水滴。

亡魂至阴，业火至阳，这两者将方堑的身体当作了一个角斗场，不死不休地纠缠着。方堑尝试着用内息去调和，可才一动，身体越发不受控制。他低吼一声，跌坐在地上。

烛绽提醒道：“让它们两者相争就好，你不可轻举妄动。”

方堑想回他一句，但连嘴都张不开，痛苦地在地上打滚。

一连串的响动终于还是惊醒了宁子鄢。她看到房间里的状况，便已经猜到了此事定与自己有关，但方堑这个样子却还是让她匪夷所思。

宁子鄢想要下床去看看方堑，但刚撑起自己的身子，又倒了下去。她根本没有力气。她急道："烛绽前辈，他怎么了？"

烛绽想着现在不是说前因后果的时候，便道："等他醒过来，我再与你细说。"

宁子鄢的目光一直紧随着方堑，他一会儿躲到桌子底下，一会儿又用头去撞墙，看上去痛苦极了。

又过了一会儿，方堑安静了下来，但是已经精疲力尽，躺在地上一动也不动。

宁子鄢看到，他裸露在外的手臂上出现了一道道红色的线条。这些线条交汇缠绕，逐渐显现出一些纹路，那是一朵朵盛开的红莲。

红莲渐渐在空中结成一个红色的半透明结界，将宁子鄢包裹在其中。宁子鄢只觉得周身的血液快速流动，仿佛结界中散发出无穷无尽的力量，正在将她的身体一点点修复。

宁子鄢感觉到法力逐渐回升，而散落在肩膀的头发也变成了乌黑的颜色。她惊道："这是怎么回事？"

她站起身来，发现自己受伤的胳膊也已经恢复原状。

烛绽蹲下身去，探了探方堑的脉搏，道："不要担心，这是正常的现象，鸿蒙之种和魔君残魂本就不易相容……"

"魔君残魂？鸿蒙之种？"宁子鄢脸色发白，心中隐隐猜到了什么，但又不知其所以然，"你们到底做了什么？"

烛绽见反噬之力果然在宁子鄢身上退去了，心中松了口气，解释说道："他为了救你，将魔君的残魂引入了自己的身体里，借着二者相融合的力量，抵御你身上的指天剑之力。"

宁子鄢看着依旧躺在地上、毫无声息的方堑，道："他会付出什么代价？”

烛绽道：“新一代的魔君也会借此之力重生，但是重生后的魔君是方堑还是万域，现在还不知道。”

“你们怎么能这样……”宁子鄢眼眶湿润，语声也哽咽了。

她觉得这个事情太荒唐，也太冒险，如果万域复生，天下岂不是又要大乱？如果为此失去了他，她又情何以堪？但此刻，看着生死未卜的方堑，她一句责备的话也说不出来。他是为了自己才走上这条路的，即便后面会发生什么不可预料的事情，他们也应当一起承担。

方堑完全脱力，他看了看宁子鄢，说不出一个字来，随即慢慢闭上了眼睛。

两道目光在空气中碰撞，只那么一瞬，千言万语没来得及说上一句。

宁子鄢俯下身，用衣袖擦去了方堑额头的汗水，道：“我会等他醒过来的，不管醒来之后他会变成谁，我都会陪在他身边。”

烛绽帮宁子鄢将方堑扶到床上，随后轻轻叹了口气，离开了。他从未想到，多年前对好友的遗憾竟然会以这种方式来弥补。

宁子鄢一直陪着方堑。

他这一睡就睡了小半个月。

宁子鄢经常在床边看着方堑的睡颜，他的肤色很健康，是小麦的颜色，鼻梁英挺，眉如刀削，薄唇紧紧抿着，嘴边也有了淡淡的胡茬。她努力回忆多年前在六合山的正殿见到他的情景，怎么也无法将那个十二岁的孩子和现在的人联系在一起。

方堑的睫毛忽然颤了颤，宁子鄢的心几乎也跟着颤起来，轻声道：“方堑，你醒了吗？”

又过了半晌，他终于缓缓睁开了眼睛，但因为不适应眼前的光线，又眯起了眼睛。

宁子鄢又试探着叫了两声："方堑？方堑？"

这一回，他终于睁开了眼睛，看向她。

但这眼神却让宁子鄢的心中一凉。

这不是方堑看她的眼神。

方堑站起身，从宁子鄢身边走过，一直走到了门外。

宁子鄢追出去，急道："你要去哪里？"

"与你无关。"方堑没有回头看他，以一种极为淡泊的语气说道，"我已经不是你认识的那个人了。"

宁子鄢愣愣地看着他的背影，肩膀微微发抖，道："他竟然没有回来……你是魔君万域？你会让魔族重返地面吗？"

他不答，但沉默已然揭示了一切。

这样的场面，宁子鄢曾经想到过，但真正发生的时候，她却不知该如何应对。

眼看着方堑驾云准备离去，宁子鄢忙跟了上去。

二人在空中急速而行，一前一后。宁子鄢有些吃惊，自己的法力已经差不多恢复，但用尽了全力也只能勉强跟上。烛绽说得没错，万域的能力太可怕了。

方堑看着跟在后面的宁子鄢，微微表现出了不满，道："你跟着我做什么？"

"我不管你是谁，这个身体总归是方堑的。"宁子鄢一说话，距离上就有些落后了，她忙凝神施法，再次紧跟上去，"请实话告诉我，你还有没有属于方堑的记忆？"

他迟疑了一会儿，没有看宁子鄢，但终究还是摇了摇头。

宁子鄢鼻子一酸，不知道老天爷为何要这般折磨她，眼前的人明明还是方堑的长相，一言一行却偏偏再不是那个人。

"给我三天时间好不好？"宁子鄢鼓足勇气，还是说出了这句话，"我和他没有来得及好好告别，这太遗憾了，我只想再看看他，最后一次。”

说完这些话的时候，宁子鄢已经落后了很多。

方堑终于放慢了速度，与宁子鄢保持着不远不近的距离，道：“我可以答应你，但别影响我。”

“好。”

“三天之后，我会开始复兴魔族的计划。”方堑完全没有隐瞒的意思，语气也十分平静，仿佛只是在诉说一件简单的小事。

宁子鄢道：“我虽已不是六合山的掌门，但正道安危，仍不能不顾，届时一定会与你为敌，你为何不现在就杀了我？”

方堑恍若未闻。他的右手一转，突然出现一道红色的光芒，一把血色长剑已然被他握在手中。长剑的光芒渐渐退去的同时，方堑的衣着也发生了变化，一身少年打扮顷刻间变成了红衣长袍，玄纹云袖，眉目如画。

他的脊背直直挺立着，衣袖中灌满了不知从何而来的风，仿佛蕴含着坚不可摧的力量。

“方堑……”

“我已不是。”

宁子鄢心中一凛，记忆之闸重开，一种难以名状的感受从内心升腾而起，仿佛汹涌而至的潮水从地面漫起，从墙壁涌出，将眼前的一切都湮没。

眼前的世界仿佛变成了红色，又终于熄灭成一片沉寂的黑暗。

这是宁子鄢一生中最难以度过的三天，她看着眼前这个红衣如血之人，无边思绪缠绕得她几乎无法呼吸。

第一天，方堑找了个四面挂着铜铃的古旧小亭，喝了一整日酒，宁子鄢在对面的横栏上坐着，听了一整日的风吹铜铃声。

第二天，方堑召唤回鹿蜀，这个本就身为魔族坐骑的神兽丝毫没有感受到主人的陌生，只是和宁子鄢分别的时候有些不舍。

第三天，方堑前往邺城寻找颜靳，日暮沉沉之时，他依旧只留一个背影，没有和宁子鄢说再见。

看着他慢慢走远，宁子鄢终于冲着他的背影说了句话："这个身体是他的，你用的时候小心一点。"

方堑的脚步滞了滞，随即往前走去，敲开了姜家厚重的大门。

宁子鄢站在原地，望着那扇大门开了又关，明明已经看不见方堑的身影了，却还是直直地看着那个方向。

又过了几个月，宁子鄢已经离开了无寿岛，在外游历。

她忽然收到宁微的书信，让她回六合山过冬，说是专为她做了口味不一样的饺子。

宁子鄢将信看完，那只来送信的纸鸢便在空中化作了一道白烟。她微微一笑，看来宁微的法力又增进了。

确实已经离开很久了，宁子鄢决定回去看看。

会仙术的就这点好，驾云而行，不出三日便回到了六合山。

此时已是初冬，山上有了微微的积雪，整个山头看上去都是白色的。

她从桃花盛开时离开，入世走了一遭，山却还是原来的山。

云雾缭绕，一路上都有小童在扫雪，看到宁子鄢走来，纷纷低头行礼。这些都是晚几年入门的孩子，年纪很小，梳着童子髻，宁子鄢对他们都没有什么印象。

宁微和颜玉一早便在凝合殿中等着她，宁子鄢到的时候，酒香已经从殿内飘出来。

颜玉俊脸微红，抱着酒瓶子道："洛城的桃花酿，真是怎么喝都喝不够啊！"

"师姐，你回来了。"宁微先一步看到宁子鄢，站起身道，"我们在这里等你，顺便借了你的凝合殿喝酒。"

宁子鄢闻着清冷空气中的酒香，一时间也有些嘴馋，道：“一起喝吧。”

宁微难得大笑，道：“乐意之至。”

宁子鄢很少喝酒，平日里对酒气有些排斥，可这桃花酿毫无刺鼻之感，入喉温润，几乎一喝就上了瘾。

几口酒下肚，入了愁肠，不经意间就想到了曾经住在对面那个屋子里的人。

宁子鄢笑笑，眼睛沉得睁不开，轻轻吐出一口气，白雾在空气中逐渐氤氲消散。

邺城，姜家。

姜怀音抱琴而坐。几个月的时间，他的眼角已经出现了皱纹，两鬓也微微发白，再不复昔日的意气风发。

颜靳坐在他的对面，笑容中带着一缕轻蔑，道：“你想好没有？”

三天前，颜靳就是在这里跟他说起了丹阳之阵。这是一个需要一百零八人来集结的阵法，对阵中人自身的修为要求不高，姜家的入门子弟都可以做到，配合上颜靳的秘术，就能让他们发挥出极大的威力。

颜靳想用丹阳之阵来对付六合山的众弟子。

姜怀音自然是反对的，因为不论成败，他们姜家自此都会被修道正派所鄙，他万万不想看到那样的局面。

可是，颜靳俨然已经成为姜家的掌权人。此时的姜怀音，名义上顶着姜家凤凰琴的传承者，其实只是一个傀儡。这几天来，他一直抱着凤凰琴，仿佛世界上除此之外，再也没有一样东西是属于他的。

可这也不过是自欺欺人罢了，姜怀音知道，只要颜靳想要，随时都能将凤凰琴拿走。

他思来想去，毫无头绪，只讷讷说道：“我姜家一共也就百余人，如果失败，要我如何向列祖列宗交代？”

颜靳道：“如果姜家上下一夕之间遭人灭门，你一样也不能交代吧？”

姜怀音不禁有些脸色发白。颜靳虽然反客为主，但一直以来对他还算留点面子，这样赤裸裸的威胁，之前是从来没有的。

姜怀音道：“即便我答应你，对付六合山的人容易，那指天剑的结界呢？又岂是轻易就能打开的？”

颜靳目光寒冷，道：“这个我自有安排。”

他的嘴角显而易见地带着嘲笑与不屑，多余的话一句也不愿意多说。

屋外，月影婆娑。

颜靳忽然脸色一变，冷声道：“谁在那里？”

“真是好耳力。”方堑笑着夸了一句，人已然走了进来，“冒昧到访，还望二位见谅。我来此的目的，与你们刚才所商之事有关。”

颜靳一直抿唇看着方堑，从他进来的那一瞬间，就感觉到他的气息发生了巨大的变化，这气息甚至有些微的熟悉。

方堑并不多做解释，只是对颜靳道：“六合山的人都交予你们，指天剑的结界，我可以出一份力。”

颜靳的笑容舒展开来，又有些玩味地看着他，道：“你之前不是不愿意这么做的吗？”

“父命难为。”方堑对此的回答只有这四个字，又转而说道，“烛绽前辈在无寿岛多年了，你若有时间去看望一下，他定然十分高兴。”

颜靳收起了笑容和他那素来轻慢的态度，道：“你见过烛绽？”

方堑点点头，道：“你应该相信，我是愿意与你合作的。”

“合作？”

“是的，只能说是合作。”短暂的沉默之后，方堑微微眯起眼睛道，“我只有一个要求，不要伤六合山任何一人的性命。”

颜靳的嘴角露出一丝笑意，道：“放心，我改一下丹阳之阵的口诀，这一点还是不难做到的。”

方堑点点头，问道：“定好哪天了吗？”

颜靳道：“只要丹阳之阵可结，稍加练习，两月之内便能成事。”

“依你所言，我会提前来找你们的。”

方堑说完，忽然感觉到心中一股异样之情涌出，似忧心，又似痛楚。

他忽然想到了“生生不离”，直觉告诉他，宁子鄢出事了。

六合山又下起了小雪，极目所见，天空如飘着碎玉一般，夜冷凄清，平添了几分森寒。

宁子鄢喝至微醺，觉得身上发烫，走着走着，竟有些迷糊了。

这里怎么出现了一条河呢？难道我已经走出了凝合殿？

颜玉没有告诉她，这桃花酿喝着香甜，却有着很大的后劲。她一喝就喝了大半壶，此刻没有酣然入睡，已经是定力十足了。

宁子鄢又走了几步，想着要往回走，可脚就是不听使唤，好不容易转了个身，身体竟然还往后倒退。

咦？怎么这水里还有个月亮呢？

醉梦之中分不清镜花水月。宁子鄢蹲下身，伸手去捞那月亮，触手可及的是冰冷的水。

这冷意让她微微清醒了些，但很快，脚下没有力气，跌倒在了河边。

看那月亮，近在咫尺，触手可及，她再次伸长了手臂去够。

一次，两次……“扑通”一声，宁子鄢就掉进了水里。

寒冷的水顿时浸透了全身，好在宁子鄢法力深厚，此刻并不觉得寒气入骨。体内散布出去的热气与寒气逐渐抵消，她甚至比刚才舒服了很多，恨不得就在这水中睡过去。

若是清醒的时候，宁子鄢立马就能意识到自己不会水，施展个法术也就上岸了，但此刻，她迷迷糊糊地还想着那月亮，完全都没有想清楚周围到底是什么样的环境。等到她发现自己胸口堵塞、呼吸困难的时候，也不知道如何应对了。

身体在一点点下沉，周围是漆黑的水，混杂着些许暧昧不明的星月之光。

宁子鄢闭上眼睛，觉得身体正在一点点变凉，如果就这样永远地睡过去，也好得很……

上方突然传来了水声，由远及近，很快就有一个力量拖着她的腰，往上游去。

宁子鄢下意识地去推，却摸到一只手，然后是一个胸膛，在这寒冷的水底依然发烫的胸膛。

“别动。”声音透过水传到她的耳中，听来有些飘渺，但是非常坚定。

宁子鄢张了张口，想说话，反而喝了一大口水，呛得胸口疼痛无比。

“别怕，再坚持一会儿。”

那回音无法捉摸，可又无处不在。

他怎么会出现在这里呢？不是已经被另一个人所取代了吗？不是说没有关于她的记忆了吗？

宁子鄢觉得这应该是在做梦，又或者是临死前老天爷对她的眷顾。不管是哪一种，她都觉得彻骨感激。感觉到身边之人的温暖，她伸手搂住他的脖子，将他紧紧抱住。

方堑终于将宁子鄢抱上了岸。

她冻得浑身冰凉，脸色苍白，他知道她冷，但是来不及给她取暖。他稍一犹豫，手掌还是按在了她的胸口。

宁子鄢只觉得一股热气从肺腑间入侵，她忍不住张口，艰难地咳出几口水后，终于可以呼吸到空气。五脏六腑仿佛没有一处是完好的，她疼得都不想睁开眼睛。

方堑问她："能听到我说话吗？"

宁子鄢听到了，没有回他，只是紧紧地抓住了他的手。

如果是在梦中，那就随心所欲好了，她想触碰到他，想感觉他的温度，想轻叩他的手掌，想让他在自己身边，哪怕不说只言片语，也仿佛一生一世。

"能睁开眼睛吗？"

宁子鄢依旧没有回应，只是手指丝毫没有松开的迹象。

方堑无奈，将她拦腰抱起，往凝合殿的方向走去。

他一步步走在这条熟悉的路上，回想昨日，脸上慢慢浮起一个无奈的笑容。也只有在这样夜深人静的时刻，他才敢让自己的表情放松下来。

他说他不记得往日种种，是假的，只为了让她不要再留牵挂。

他说他已经不是她认识的那个人，更是假的，只是不想看到她有丝毫为难。

当日在鸿蒙之种所化的幻境之中，他看到了父亲的影子。

万域从始至终背对着他，因为只有一缕残魂的缘故，就连背影都是模糊的，但他的声音却能十分清晰地传到方堑耳中。

"我从未想过竟能以这种方式与你相见，也算了却一桩遗憾。我们虽然缘分浅薄，但我毕竟还是你的父亲，断没有夺你性命的道理。我正逐渐将残留的法力渗透到鸿蒙之种中，你醒来后能接受多少，就看自己的造化了。"

方堑看着那个背影，"父亲"二字在唇边绕了很久，终究还是没有说出口。这个人，对他而言还是太陌生了。

“我需要为你做什么吗？”半晌，方堑只问出了这句话。

万域的声音轻如梦寐，道：“为颜斬了了那心愿吧。”

方堑大惊，道：“六合山那个结界？不行……那会引得三界大乱的！”

万域道：“以颜斬的能力，三界乱不了，乱了人间却是易如反掌的。你何不尝试一下？也许，真相并不是你所想象的那样。”

“那真相会是什么？”

方堑问完这句话，万域的影子就变得越来越薄，随即消失不见。

他再也无法听到那个答案，除非自己去尝试。

这会冒很大的风险，他也有过犹豫，但是，既然父亲宁愿让自己从这个世间彻底消失也要把他留下来，他也应该选择相信他。

所以，当从幻境中醒过来，当听到宁子鄢和他说话的时候，他就开始编织这个谎言，为的只是不想再让她经历曾经的那种两难抉择。

方堑以为，他伪装得已经够好了，但没想到，“生生不离”还是在这个寒冬深夜，把他带到了她的身边。

生生不离，如果真能这样，该有多好。

第十章 一念之间

方堑将宁子鄢抱进房间，安置妥当后便打算离去。

刚转过身，忽然听见宁子鄢一声呢喃："随遇……"

方堑的脚步停住了，他转过头，看宁子鄢还在睡梦之中，只是睡得不太安稳，一个转身，被子就掉了一半。

方堑走过去，重新将被子盖好，心中不禁猜测着她是不是梦见了从前的事情。

那个时候，他还叫安随遇，安字辈。她取的名，随遇而安，只求一生顺遂。

角落里忽然出现了一点萤火，泛着微微的光。方堑走近一看，竟是一只萤火虫。这个季节，这种小虫子早就灭绝了，但这一只偏偏十分固执地留恋人间。

萤火虫飞在方堑身旁，他用手掌托起，微光呈于掌中，轻盈得没有任何感觉。

方堑此刻忽然觉得，十余年孤仇，自己活得尚且不及这小萤火虫努力。

“那是我养的，叫小萤。”宁子鄢不知何时醒了过来，静静地靠在那里。她从水里出来后，身体的自愈能力飞快，所以片刻功夫就已经清醒了。

方堑将萤火虫放到地上，道：“你用法力延续了它的性命？”

“嗯。”宁子鄢简短地应了，却没有办法告诉方堑，她留这样一个小小的生命在身边是因为太孤单了。她看不到这一生有多长，也不知道今后还会遇到什么人，最近这段时间越发觉得无依无伴的惶恐——不知道是不是因为动过了情，才会觉得身边需要什么生命来陪伴，即便不是人，即便不说话，即便只是这样一只小小的萤火虫。宁子鄢想要的，只是在一个长久的时间里，自己不是孤独一人。

浮生欢愉少，所以更不应有恨，不应有愁，她宁愿自己活得如这小虫一般。

方堑自是不知道，在短短一刹那间，宁子鄢想了那么多，见她微微发愣，还以为是对自己起了怀疑，转身便要离去。

宁子鄢叫住他，道：“你为何出现在这里？”

要躲的还是没躲过，方堑只得故意板着脸，道：“许是因为‘生生不离’的关系，我对你发生的事情有所感应。”

“你觉得我遇到了危险，所以特意赶来了？”宁子鄢诸般头绪交织，道，“你既然不是他，那我的死活又与你何干呢？”

方堑无法辩解，只道：“你就当我没来过吧。”

他说完便往门口走去，刚走了几步，宁子鄢突然下床，赤着脚就追了上来，一把抓住了他的手。

方堑微微惊愕。

宁子鄢看着他，眼中如波光颤动，道：“你骗我的，是不是？你还是方堑，为什么不肯承认？”

方堑的稍一犹豫越发坐实了宁子鄢的说法。

二人相视沉默，就这样在门口站了许久，宁子鄢不松手，方堑也不挣脱。

宁子鄢道："为什么？"

方堑垂衣而立，脸上慢慢露出一丝悲凉，那双沉沉的黑瞳，宁子鄢怎么也看不透。

宁子鄢再次问他："为什么？"

方堑目光垂下，道："我……或者说，方堑不想让你失望。"

他终于承认。

宁子鄢的睫毛轻垂下来，眼中泪光盈盈而动。

"你这样的所作所为，就是不让我失望？"宁子鄢心中又悲又喜，"你实话告诉我，那天在无寿岛究竟发生了什么事情？"

方堑见她这般，知道自己已经无法隐瞒，便将前因后果一一说了。萦绕在两人之间的空气充满了化不开的沉闷与无奈。

宁子鄢蹙着纤秀的眉头，道："你真的已经打算好这么去做？"

方堑点了点头，眼中饱含着对她的不舍。

宁子鄢忽然展颜一笑，道："好，我可以答应你，这段时间就装作我们不认识。"

方堑大为诧异，难以置信地看着她。

宁子鄢道："我不能逼你违背对你父亲的承诺，也不能眼睁睁地看着你犯下弥天大错，这样看来，我们相互装作不认识，毫无顾忌地站在自己的立场去做事，确实是最好的办法了。"

方堑看到了宁子鄢眼中的果决，他知道她是认真的。

权当你我陌路人，各自了却心中事，至于有没有将来，那也等先过了眼前再说。

方堑问道："你真的可以把我当作陌生人？"

宁子鄢答："是。"

“你不会对我手下留情？”

“是。”

“为了心中正道，杀了我也在所不惜？”

“……是。”

“好。”方堑点了点头，“这样就好。”

宁子鄢道：“你亦不可对我心存留恋。”

方堑道：“好。”

“不要再记着以前的事情。”

“好。”

“不用为你我的将来考虑。”

“好。”

宁子鄢先一步转过了身，道：“你走吧。”

方堑在原地站了一会儿，抬起手，将一个诀飞到了角落里的那只萤火虫身上，道：“我下的这道诀，名叫‘如归’，我能活多久，它便能活多久，即便我死了，它也能继续吸收我的法力，你不用每天再想着法子给它续命。”

原来她的想法，他都懂，他希望她身边有生命陪同，越长久越好。

宁子鄢仰头，看着屋顶的雕花，那花纹回环往复，寻不到根源，亦看不见结尾。

她沙哑着声音，最后说了一句：“方堑，你想好了，有去无回。”

跨出这道门，他不是他，她也不是她。

“我想好了。”

话音落，人远去。

宁子鄢一夜无眠，坐在窗边，看了整晚的雪。

很快，就到了除夕夜。真如宁微所说，六合山的厨房做出了口味不一的饺子，据说一共有九十九种味道：茴香、紫菜、茼蒿、豆角、萝卜、南瓜……

问起厨子是谁，辰兮真俏生生地站出来，语调轻描淡写道："这是以前安随遇想出来的法子，但他没来得及做。"

她一直以为自己的好朋友被宁子鄢所杀，对这个冷面冷心的前任掌门人带着些许怨气。

宁子鄢没有理会她，只是心中又起了小小的涟漪。

她已将方堑与颜靳的意图告知宁微。近日，整个六合山门禁森严，即便是除夕夜，弟子们也采用轮岗的方式，一刻也不敢松懈。

宁子鄢吃过东西，觉得室内人多，有些闷热，便走出去透透气。

她御风而行，倏忽之间便已然到了山巅。此时山上已经覆盖着皑皑白雪，放眼望去，漆黑的夜幕下，整个六合山像是发着光一般。

宁子鄢坐在雪地上，将小萤从衣袖里放出来，托在掌心。这小虫子长大了些，有了方堑的一缕气息，竟也变得聪明起来，知道讨好地冲着宁子鄢扇扇翅膀。

世间万物皆有灵性，这是她很小的时候，朔方就说过的话。六合山是个灵气聚集之地，小萤即便是在这里修行成人，也不是什么稀罕事。

往下看去，后山禁地，结界分明，自从上次指天剑被唤醒之后，威力增强了数倍。以宁子鄢的法力，可以看到庞大的浩然之气笼罩着半座山，无论仙妖，不得靠近。她这几日怎么想都想不明白，就算方堑和颜靳能凭借凤凰琴之力，想要打破指天剑的结界也根本不可能实现。

山下，千里冰雪。

颜靳从来没有想过此生会再次回到这个庙宇中的小石室。

他往里走去，看到坐在石桌边的那个黑衣人，低低道："久等了。”

黑衣人在听到颜靳声音的那一刻就开始坐立不安，警惕地看着他，带着些害怕的语气，道：“你究竟想要我做什么？”

颜靳道：“六合山的分布，你很熟悉吧？”

黑衣人点点头，道：“那是自然。”

“山上现在很热闹，忙着过除夕呢。”颜靳笑吟吟地看着黑衣人，“你原本也应该在其中的。”

黑衣人闭着嘴没有说话，但颜靳可以从他的面部表情知道，他此刻正咬紧了牙根。

颜靳道：“我对这破山没什么兴趣，你帮我这次忙，日后，整个六合山，我都可以拱手相让。”

黑衣人道：“这山本来就不是你的。”

“我想要的话……”颜靳气定神闲，却又晦疑莫测，“唾手可得。”

黑衣人很想冷哼一声，但硬生生憋住了，只道：“我暂且相信你。”

除夕之后的两天，山上依旧沉浸在过年的喜庆之中。

颜玉前阵子回了趟自己的老家，这会儿前来拜年，免不了又是和宁微双双大醉。

宁子鄢照例去山巅检查一番，没有什么异动，就回到凝合殿打坐。

平静被打破，是在一个阳光极好的午后，宁微告知宁子鄢，水牢出事了。

宁子鄢此时几乎已经忘记宁铮这个人了，但一听水牢，还是立即就想到了他，问道：“宁铮发生了什么事？”

宁微道：“他逃走不说，还在六合山的整座山头布了个天水凶阵。”

“天水凶阵！”宁子鄢面色一变。

这是一个远古传下的阵法，结阵之后，在阵内的任何地方，随时都会出现从天而降的大水，所以将其称作天水。只是这水，杀伤力极大，会将人包裹在其中，活活溺死。水从何而来、将在何时何地出现，根本无法估算，而这个阵法也只有等到所有人都死后才会终结，所以困在阵中的人，从来就没有逃生的可能。

因为这个阵法太过残忍凶险，早已被禁用多年，现在的修行之人都已不会布阵，只是听说过而已。

宁微一脸肃然，道：“六合山所有人在内，一共四百七十一人，如果这天水之阵真的像传说中那样……包括你我在内，都难寻生机。”

“没有可以破解之法吗……”阳光的阴影在宁子鄢的脸上游弋着，显得捉摸不定。

“没有，小时候你不常与我们在一起，所以有件事情不知道。”宁微回忆道，“师父原本有一张天水之阵的布阵图，有一次大师兄好奇多看了几眼，被师父罚跪了整整三天。那张布阵图，师父是命宁铮将它销毁的。”

宁子鄢道：“如今看来，宁铮非但没有将它销毁，还学以致用了。”

宁微一脸幽凉，道：“如此丧心病狂地屠杀同门，他倒真做得出来！”

宁子鄢道：“此事不宜隐瞒，立即通知所有人，让大家做好准备吧。”

“好。”

宁微话音刚落，就有弟子急匆匆赶来，一脸的仓皇失措，道：“掌门人，之钊师叔他……他在自己的房间里，溺水身亡了！”

安之钊是宁微最喜欢的弟子。

果然，宁微一听这话，面上就露出了难以置信的悲戚之色。

宁子鄢想上前安慰几句，但宁微已然先她一步调整了心情，对那小童说道："你去找一趟安之城，让他通知山上所有人，从现在开始，无论何时何地，都要打开护身结界，如遇到莫名水源，立即呼救。"

"是，掌门人！"

不到一个时辰，六合山上下所有人都知道了他们所面临的绝境，没有人哭喊，也没有人逃跑，但所有人身上都像是笼罩着沉沉的死气。

向来心性豁达的颜玉，此时的脸色也不太好看，但还是尽量保持镇定自若的样子，对宁子鄢劝解道："天下的事不能预料者多，而不如人意者更多。"

宁子鄢的目光若有所思地看着远方，沉思了片刻，才恍然点了点头。

雨雪初霁，万里晴空。

方堑忽然十分想念刚去六合山的那段日子，天气这么好的时候，他就喜欢爬到屋顶上仰天躺着晒太阳。

他这么想着，也这么做了。姜家的房顶不低，但他一跃而上，十分轻巧。

刚躺下，身边就多了一个人。

颜靳身上带着一抹奇异的香气，方堑禁不住打了个喷嚏，看了他一眼，又调转目光看向前方。

颜靳道："我去了一趟无寿岛。"

"烛绽前辈可好？"

"好得很。"

方堑并未多问，上一辈的事情，他没有兴趣了解太多。

颜靳却与他说起了万域，道："你知不知道，为何你父亲明明不喜征伐，却一定要带领魔军战斗？"

方堑想了想，看着前面庭院里一棵枝干笔挺的大树，道：“凡事要以大局为念，即便背负恶名，也要努力为更多人争取利益。”

颜靳笑问：“你现在也是这么想的？”

方堑摇摇头，道：“我没有什么远大的志向，也没有为太多人考虑，只是不得不这么做而已。”

颜靳道：“从无寿岛回来，我还去了一个地方。”

颜靳停顿了一下，方堑等着他说下去。

“六合山。”

方堑转过头去看着他，眼中露出一丝锐利的光，道：“你去那里做什么？不是还没到时候吗？”

颜靳道：“我把宁铮放了出来。”

方堑不解，问道：“你有什么目的？”

“我的目的当然与你一致。”颜靳悠闲地躺了下去，缓缓说道，“我想找个人与我们里应外合，宁铮是最好的人选，他果然不负所望，做得比我预期的更好。”

“他做什么了？”

“他在六合山布下了一个阵法，天水之阵。”

方堑霍然起身，他在瀛洲列岛的时候曾听人说起过这个阵法，知道它凶险诡异，而当时年少，只当是在听一个久远的故事。

颜靳道：“我答应过你不伤他们性命，但谁也预料不到会出现这个变数。”

“我去六合山。”方堑说罢，飞身下了屋顶。

颜靳立即追上去，道：“你现在去做什么？送死？那个阵法可是只进不出的！”

方堑面色冷峻，道：“我不能让他们死在里面。”

“你去了也救不了任何人。”颜靳的嘴角微微挑起一个讥诮的弧度，“事已至此，无力回天。”

方堑凌厉的眼神渐渐隐下去，锁眉思索，道：“提前发动丹阳之阵。”

颜靳神情凝定，道：“你想怎么做？”

方堑道：“还需绰衣助我。”

颜靳怔住。

他理解方堑的意思了。丹阳之阵可以以一敌三，控制人的心神，阵外之人不受阵内天水之阵的控制，只要丹阳之阵中的人可以控制住天水之阵中的人，再有一人进入阵中找到一个缺口，就能将里面的人救出来。

这本是无解之局，因为没有人可以在天水之阵中找到缺口。

人不可以做到的事情，但是琴虫可以。绰衣是一缕琴音，她的来去完全不受天水之阵的控制。

只是此事风险极大，还从未有人尝试过。

颜靳觉得方堑一定是疯了，他身为魔族之首，竟然要以身涉险去救那些修道之人！

“发生任何后果，你都能承担吗？”

“虽死无憾。”

一夜过去，六合山上又死了七人。

宁微将所有人都集中到了正殿，下令任何人从现在开始不得单独行动。

然而就在众人集合的过程中，辰兮真失踪了。辰礼不顾同门反对，说什么也要去找人。

他冲到辰兮真的房间，发现她被一团水柱攻击。那水柱从天而降，来势汹涌，将辰兮真完全包裹在里面。

辰礼二话不说，冲进了水柱。

辰兮真一见到他，大叫道：“你是傻子吗？进来做什么？”

“当然是来救你！”辰礼毫不客气地回过去，“你才是傻子呢，早就让你和我一起走的！”

辰兮真道：“现在说这些有什么用？你就是来送死的！”

辰礼道：“既然早晚都要死，还不如和你死在一起！”他将辰兮真拉到自己身后，横起剑，阻挡了一道扑面而来的水光。

辰兮真顿时红了眼睛，抓起剑，与辰礼背靠着背，对付随时会来的袭击。

约莫半个时辰过去，辰礼和辰兮真几乎已经力竭，水柱的攻击却越来越厉害。

辰兮真以剑抵着地面才得以站稳。

辰礼喘着粗气，道：“你坐下休息吧，我来抵挡一阵。”

辰兮真道：“撑得住。”

又是一道水光扑来，直直打中了二人，辰兮真再也坚持不住，倒在地上。

辰礼上前扶住她，道：“再坚持一会儿，师父一定会来救我们的。”

辰兮真已然气若游丝，道：“不行了，我的护身结界已经完全被破坏，这水越来越冷，再这样下去，我们不累死也会被冻死。”

辰礼一把将她抱紧，道：“你别怕，就算是死，我也和你死在一起。”

辰兮真笑了笑，没有了之前的慌乱无措，什么样的结果，她都认了，辰礼这么一说，她答道：“若是得救，我就嫁给你。”

辰礼道：“就算死在这里了，下辈子你也要嫁给我。”

“好。”

辰兮真说完，就晕了过去。

辰礼将自己所剩无几的护身结界尽数围在她身边，自己背上遭到一个撞击，吐出了一大口鲜血。

他已经准备好接受下一次的撞击，但水柱突然被一个外力攻击，引起了剧烈的震颤，对付辰礼和辰兮真的力道小了大半。

辰礼抬头一看，水柱之外，安之城带着十余个同门组成了剑阵，正在围攻水柱。

“师父！”辰礼大叫，“兮真你醒醒，师父来救我们了！”

除了安之城带去救辰礼和辰兮真的十余人，六合山的其他所有人都集中在大殿之中。宁微与宁子鄢几个法力最高的人一同在大殿之外设下了屏障，只要他们的护身之法不散，大殿中的人就能相安无事。

宁微神情肃穆地看着众人，道：“叛徒宁铮，在山上布下此天水之阵，想要灭我六合一门，罪无可恕。宁微在此发誓，历此一劫，生，则诛杀宁铮；死，则亡魂不休……”

弟子中忽有人大叫一声，举起剑就朝大殿外冲了出去。

周围的人反应过来要去阻拦，却已经来不及了，而紧接着，更多的人像是失去控制一般冲了出去。

宁子鄢从座位上站起来，对宁微道：“事情有些奇怪。”

“他们好像是受到了阵外之人的蛊惑……”

宁微说着，大殿中央突然出现了一团白烟，白烟散尽，绰衣亭亭地站在那里。她看向宁子鄢，道：“是方堑让我来的，他在外面结了丹阳之阵，控制天水之阵里的人。这个阵法外面破不了，但可以从里面打出去。”

宁子鄢心中了然，丹阳之阵不可能这么快就结起来，那就只有一种可能，他们本来就打算用这个阵法来对付六合山。

宁微问道：“我们需要做什么吗？”

绰衣道：“我要借一个灵气聚集的地方作为阵眼，从这个地方打出一个缺口，需要你们为我护法。”

宁子鄢和宁微对视一眼，护法没有问题，但是六合山上灵气最充足的地方是在后山，指天剑的镇压之处。

魔族原本就对那里图谋不轨，若是别的事情，宁微也不敢犯险，但现在关系到整个六合山四百余人的性命，他不得不这么做。

宁微道："师姐，你怎么看？"

宁子鄢道："去后山吧。"

绰衣再一次来到指天剑的镇压之地，发现原本透明不可见的结界，现在竟然变成了彩色，隐隐散发着磅礴之气。

宁微道："事不宜迟，开始吧。"

绰衣点点头，盘腿坐下。

宁子鄢和宁微分别坐在她的两侧。

颜玉与他们一同前往，但以防万一，一直隐藏在暗处，没有现身。

绰衣六指相扣，抵在额头，一道白光从她的头顶发出，与指天剑结界的彩光相结合。

天水之阵感觉到了人为的破坏，顷刻间，所有阵中的水柱都朝着绰衣的方向涌去，带着势不可挡之力。

宁子鄢和宁微全力抵挡，所有法器都飘在空中，与水流击打成一片。

水是至柔之物，但在强大阵法的催动下变得坚不可摧，仿佛可以吞噬万物。

此时，丹阳之阵也已经完全发动，六合山所有弟子的法力都汇聚成一股力量，与宁子鄢和宁微的法力结合在一起。

海浪滔天，整个六合山几乎变成一片海洋。

这场斗争持续了三个时辰，宁子鄢一直拼尽全力，等到她快要支撑不住的时候，浪潮终于缓缓退去。

天水之阵已破，整座六合山幸免于难。

宁微昏倒在地，颜玉已经从暗处走出，将法力渡给宁微。

宁子鄢刚松了口气，却发现情况不对，绰衣丝毫没有停下来的样子。此时天水之阵虽解，但丹阳之阵未破，她想趁所有人筋疲力尽之际拔出指天剑！

“住手！”宁子鄢呵斥道，“我以前可以将你打回原形，现在也可以让你魂飞魄散。”

绰衣面色平静，道：“若是平时，我自然相信你有这个能力，但现在，你怕是没剩下几分力气了。”

“那也不得让你胡作非为！”宁子鄢说罢，飞身而上，一掌打向绰衣。

绰衣一动不动，而在丹阳之阵影响下的六合山弟子，此刻却合力攻击宁子鄢。

宁子鄢无力再敌，眼看着指天剑出现了一丝松动。

天际忽然有人踏云而来，正是方堑和颜靳。

宁子鄢看着落在自己面前的红衣之人，道：“你真的要这么做吗？”

方堑道：“我欠你的，日后再还吧。”

“你不欠我什么，更不用说什么偿还，”宁子鄢站在他和指天剑的中间，“只需从我的尸体上跨过去。”

方堑看了看天空中的阵法结界，结界被撕裂了一个大口子，正在慢慢消失。他道：“漫天洪水正在退去，但天水之阵还没有完全破解，你去看看有没有人受伤吧。”

“我不会离开这里一步。”宁子鄢说着，手中化出长剑，指向方堑，“看来你我当真是不死不休了。”

方堑迎了上去。

一旁的宁微已经悠悠转醒，对颜玉道：“不用管我，去帮师姐。”

“没什么帮不帮的，也是我们家家门不幸。” 颜玉看向颜靳，

“大哥，你若非要如此，今日我们的兄弟情分就此了断。”

颜靳冷哼道：“兄弟情分？不是二十年前就已经了断了吗？”

颜玉拿出乾坤袋的同时，宁微的射日弓也对准了颜靳。

颜靳轻嗤，道：“我倒是忘了，这六合山上还不止一件神器呢。”

物竞天择，弱肉强食，天成神器，自有异相，乾坤袋和射日弓同时出现，指天剑的彩光更甚。

颜玉和宁微一同攻向颜靳，而宁子鄢也和方堑缠斗在一起。

丹阳之阵控制下的六合山众弟子们都在合力触动指天剑的结界。

一时间，整个山头混战成一片，几十把青峰去势如风，天空仿佛下起了星雨。

方堑剑锋所及，宁子鄢的衣袖划出了一道口子，小萤从袖口中飞了出来。宁子鄢怕伤到它，手指一弹，将它送到了魔君结界之中。

她本意只是想保护它，谁料这小虫子一入结界，便似发了疯一般四处啃噬。

宁微回身看到，惊呼：“糟糕！”

结界之内，魔力强盛，小萤被魔气所染，瞬息之间成了魔物，与六合山弟子形成了对结界的内外攻击。它力气虽然不大，只将结界咬出了一个比针尖还小的口子，但就这一个小口，也足以让庞大的结界瞬间土崩瓦解。

一切仿佛冥冥之中的注定，当初因为一念不忍，让方堑存于世间，而今又因为一念不忍，眼见着要将整座六合山夷为平地。

宁子鄢心中震颤：我罪无可恕。

她飞身至结界破口处，决定以身为殉，即使最终也无法阻挡，也要做这个尝试。

“师姐！”宁微猜到她要做什么，想去阻止，却已经来不及了。

宁子鄢的身体被结界包围起来，魔族之力开始吞噬她。

方堑双眼怒红，忽然大吼一声，重重地一掌拍在地上。

地面寸寸碎裂，而在这碎土之中，红线从他的手掌下蔓延而出，结成莲花的形状，飞快地向宁子鄢的方向而去。力量之强大，让颜玉和颜靳等人都摔倒在地。

红莲终于覆盖上结界，宁子鄢在一朵莲花的包裹中缓缓落下。与此同时，结界也随之消散，崩塌之处，熊熊烈火在燃烧。

方堑身上的红莲遇到火焰，如临大敌，往后退缩而去。

指天剑似乎也看到了大势已去，在空中发出一声悲鸣。

颜靳仰天大笑，有恃无恐道："魔君归来，魔族很快就要从地下出现了，六合山？瀛洲列岛？可笑啊……自此世上只有魔道才是正道！"

方堑再次抬头，双眼已经变成赤红的颜色。

红莲正在被业火吞噬，这一切曾经发生过，但这一次，愈演愈烈，势不可挡。

宁子鄢支撑着站起来，缓缓向方堑走去。她此时已经恢复了冷静，说道："你我曾经师徒一场，缘分不浅，却总抵不过造化弄人……"

方堑站在那里，一动不动，双眼猩红地看着宁子鄢。

宁子鄢已然走近，道："你我之间恩恩怨怨、谁是谁非，到现在已经无法定论。我既然阻止不了你，能做的也就是以血换血，用我的命来换你变回原来的你。"

她说完，一手已经扣住了方堑的手腕。

"不！"方堑想要把她推开，但已经来不及了。

红莲似有生命一般，一碰到宁子鄢就向她缠绕过去。顷刻间，宁子鄢的身上就被红莲覆盖了。

两人的距离近在咫尺，方堑看到宁子鄢微微弯起的嘴角，她竟然在笑。

“子鄢，这么做不值得……”

“我别无他法。”宁子鄢感觉到周身的血液正在往外流去，那些红莲得到了养分，再次展现出生机。

她不愿见他成魔，为了唤醒他的良知，宁愿将全身血液作为交换，还他本来面目。

颜靳脸色大变，向着宁子鄢和方堑冲过去，刚要动手就被颜玉拦截住，二人再次打斗起来。

宁微将指天剑抛给颜玉，高呼：“接剑！”

颜玉一把握住剑，人影纵横，青衣翻飞，几个回合之后，单手一反转，将剑锋刺入了颜靳的胸口。

汩汩鲜血往外流出，渗透了外袍。

颜玉脸上的那份从容终于被打破，他强自镇定，道：“我还以为，你的血早就冷了，却不想还是热的。”

“颜玉，别动，让我这将死之人多活片刻。”颜靳眼中闪过一丝不舍，沙哑地说道，“我只是想看看另一个世界是什么样子的。”

“真是疯子。”颜玉说了一句，倒也当真没有再下杀手，但接下来说出的话，却让颜靳后悔多活了这片刻。

颜玉道：“你去见了烛绽，他就没有告诉你，魔族其实已经不会回来了吗？”

颜靳瞪着颜玉，道：“你说什么？这不可能！”

颜玉道：“大千世界，茫茫宇宙，魔族在日以继夜的追寻过程中已经找到了通往另一个天地的路口，这人间，他们早已放弃了。”

“不，我不相信……你骗我，你一定是骗我的！”颜靳激动万分，血肉模糊的伤口再次撕裂，他在震惊不已中断气了。

宁微担心地看了看颜玉，颜玉也回过头看了他一眼，轻轻道：“我没事。”

业火退去，红莲再生。

宁子鄢失血过多，脸色已经惨白。

方堑一直在叫她的名字，但她闭着的眼睛再也没有睁开。

宁子鄢耳中的声音渐渐消散。

这其实才是一个最圆满的结局。她无法将那么多的沉重和悲伤一起承担下来，活着只会时时刻刻如履薄冰。便是在这一刻，她尚且记着那一年的初初相见，而今时今日，此生已无可恋，真真是无可留恋啊。

宁子鄢觉得自己已然死去，却不知为何有一丝神识游离到了天边。

她没有驾云，但却飘在空中，低下头能看见大海。

头顶上方，雾气缭绕，看不真切，只有一道金光在云雾中时隐时现。

一个声音自头顶落下来："心识本无，罪福皆空。诸善如幻，诸恶亦然。"

宁子鄢双手合十，道："我佛慈悲。"

那声音又道："你抬头看，可有看见什么？"

宁子鄢道："只有云雾和佛光。"

"这里还是六合山，舍不得你离去的人也就在旁边。"

宁子鄢茫然四顾，却根本谁也看不见。

那声音道："这世上复杂离奇，有与无一体，无形无质，无具无相。"

宁子鄢恭敬道："子鄢受教。"

"你可还有所求？"

"缘分已尽，多求无益。"宁子鄢心道：三十三天宫，离恨天最高，四百四病，相思病最苦。

"可有怨恨？"

"无怨。"

"可有悔意？"

“不悔。”

“可待来生？”

“如有来生，愿化身为石。”

佛笑而不语。

方堑周身的红莲退了下去，同时，宁子鄢如一张白纸般倒在了他的面前。

“子鄢！”他在悲痛中将宁子鄢抱起，竟然轻得感觉不到重量。

她身上，一滴血都不剩了。

方堑仿佛听见了周围风声里传来难耐的嘶吼，乾坤逆转，天地变色，世间万物，都在这一刻冻结。

第十一章 十方世界

几度红尘几度梦，而今世俗，已不是曾经模样。

百经周折，难逃宿命，几宵醉死，倦了虚生。

六合历二千二百八十一年，仙魔不再，人妖分离，人间进入了以皇帝为尊的天元纪年。

洪荒历和六合历成为上古。

散仙安随遇路过洛城，发现了所寻之人的迹象，一路追寻。

星夜长河，他回忆起往事，觉得那一天仿佛就近在眼前。

当日宁子鄢一死，他生无可恋，举起指天剑自杀，被颜玉阻止，称有办法让宁子鄢转世。

正如当初魔君万域一般，因为法力深厚，宁子鄢残余了一丝魂魄。

他穷尽百年时光，终于在北冥深处找到了一颗补天石，以起死回生之力，让宁子鄢进入了轮回。

转世的时间和地点都不能确定，再世为人的宁子鄢也不会留有曾经的记忆，每次她一转世，他便开始寻找。

这一找便找了数百年，上穷天地，下入黄泉。

世上传言，散仙安随遇持有指天剑，但是从不在人间露面。

白雪覆盖下的冬日褪去，池边杨柳纷纷垂下碧绿的丝绦。

已到了春暮。

安随遇站在洛城水畔，见河水屈曲着流淌，两旁的花树正在渐渐生长。忽然，水中有一袭紫衣漂浮而过。

只是倏忽，便已然被水流冲刷下去了，只听得哗哗之声不绝，冲击着浅岸边的沙石。

安随遇沿着河流一路往下游跑去。

水流一路延伸到幽幽的山谷之中，在这里汇聚成一池清澈的湖泊，湖边落英缤纷、绿草成茵，是个世外桃源般的地方。

安随遇立于岸边，在湖中心见到了宁子鄢。

她横躺在水面上，身下的木筏在激流的冲击下快要坍塌，已经渐渐倾斜，木筏上摆放着无数芙蓉花。宁子鄢置身其中，仿佛花中仙子。

她此刻侧对着安随遇，浓黑的秀发整整齐齐地披散在身下，一身紫衣自是全都湿了，单薄的衣衫下，被水浸湿后若隐若现一具曼妙的娇躯，俏丽鬼魅。

木筏再度倾斜。这一次，尸体随着无数芙蓉花一起落到了水里，柳眉下的双眼紧闭着，安静得像是一朵已然凋零的芳华。

……终究还是来迟了一步，在她身上已经感觉不到任何活人的气息。

洛城一带常见水葬。宁子鄢转世，总是命途多舛，这一世又是年纪轻轻，红颜薄命。

忽然，腰间的瓷瓶子震动起来，这是烛绽死前送给他的锁魂瓶，不料竟真的能用上。

他隐约感觉到，一缕魂魄进入了锁魂瓶。

“子鄢，是你吗？”安随遇禁不住语声发颤。

过了许久才听到她淡淡一句回应：“方堑，好久不见。”

“叫我随遇吧，这几百年来，我用的都是这个名字。”

“好，随遇，你为何将我困于这里？”

安随遇道：“我找了你几百年，好不容易现在魂魄可以聚集了，我这就带你去找宁微师叔，他们能想办法救你！”

“不，”宁子鄢断然拒绝，“生死有命，既然这一世我已经死了，又何必强求。”

安随遇眉色中带着深深的悒郁，沉痛道：“我怕我找不到你。”

“那就不必再见。”宁子鄢十分绝情，“随遇，不要想着逆天改命，为何这么多年过去，你还是没有长进？”

安随遇眼眶发热。他望着湖面良久，突然扬起手，下定决心似的，面色一凛，重重地将那锁魂瓶打碎在地上。

随着瓷器的碎片散落，一缕紫色的烟尘从地上飘忽而起，渐渐形成一个人形的模样。

她看着安随遇，低低叹了口气道：“你终究还是肯放了我。”

安随遇哀痛地看了她一眼，指着湖面道：“你的肉身刚刚沉下去，现在后悔的话，还来得及。”

“随遇啊，你为何还要执迷下去呢？我早就说过，此心已定，今生再无可能变更。若你要的只是那一具肉身，大可以找个无处寄身的灵体……”

安随遇猛然间打断她，道：“我明白你的意思了，我会等你，无论多久，会一直等下去。”

他忽然低笑起来，笑声中夹带着难以言说的悲痛。

紫衣翩跹，长长的衣袂仿似拖着一卷轻风。

安随遇看着平静的湖面，低声问道：“轮回数百年，漂泊不定，你后悔过当初的决定吗？”

宁子鄢在他身前蹲下，虚无的手指抚上他的脸，触碰不到实体，只在空气中勾勒出了他的面貌。

飘渺的声音像是从一个极远极远的深处传来：“知君仙骨，了无寒暑，千载相逢，犹如旦暮。随遇，我纵然错了太多，但从未悔过……”

便见那一袭紫色的身影在渐渐淡去，她的声音也变得愈加飘忽而不可听闻：“你若还忘不了我，那就等我千年，千年后……”

最终的声音消失在初春茫然无际的风里。

身后忽然有个女子说道：“这不是随遇吗？你竟然会出现在这里……”

安随遇转过身，见是欧丝之野的散仙容嫣，论辈分，比他还大上许多。

“我是来此寻人的，容嫣姑姑所为何事？”

容嫣指了指水中的尸体，道：“我来找这个。”

安随遇大惊，道：“要这做什么？”

“难不成这就是你在找的人？刚死不久，真是可惜，可现在魂魄已去，没有办法了。”容嫣见他这个模样，便也猜到了，“你放心，我拿走这尸体是想给一个朋友用的，她为了救人，被打回原形，想借用一下这个身体。当然，你若觉得不妥，我就再找……”

安随遇道：“她若还在世，知道这具身体对你有用，也定会觉得高兴。”

容嫣道：“放心，我会善待。”

转眼又是数百年。

人间处处烟火色，不知不觉，又已是盛夏。

安随遇路过东葛国，看到一群人围在一堵断墙边议论，上前一看，才知道他们是在看一只燕子。

一个老人叹道："不知道怎么回事，一个劲地挖这泥土，都好几个时辰了。"

有人接道："想必这里面是藏着什么东西。"

安随遇向那方向望去，见是一只漂亮的燕子扑打着翅膀，在断壁残垣中寻找什么东西。它的趾爪已经被磨出血来，但依旧没有放弃。妖精对这世间生灵的感知能力要大大高于人类，他看得出那燕子神情悲戚，痛苦万分。

就在此时，一个女子走上前去，轻声道："别怕，我帮你。"

那燕子见她走近，也不躲避，乌黑的眼睛探究似的望过去。

女子摸摸它的脑袋，帮它搬开眼前的石泥瓦砾。

当看见那所埋之物的时候，她忍不住一声惊呼。被这些石块掩埋着的竟然是一只燕子的尸体！

想必是这户人家要重建房屋，房子倒塌的时候，这只燕子来不及逃生，被活生生压死了。

那只活着的飞燕发出一声悲痛的哀鸣，走到它的同伴身边用头去触碰，却怎么也唤不醒躺在地上的燕子。

那女子低低道："小燕子，它已经死了，你不要太难过，我帮你找个地方把它葬了，好不好？"

燕子看了她一眼，眼中竟然有泪。

它突然后退几步，飞了起来，飞快地往那断壁之上撞去。

生则同穴，死则同寝，情之一字，不可被亵渎与冒犯。而以身殉情，其实并不仅仅是古老的传说。

周围的人都惊呼起来。

忽然一阵疾风，白衣闪动，当众人看清楚的时候，安随遇已经站在残垣之上。而刚才那阵疾风，正出自于他手中的指天剑。剑之凌厉，斩断了墙壁，而剑之轻柔，又将飞燕缓缓托起。

安随遇手执长剑，白衣磊落，一头黑发在风中猎猎飞扬。

他游历数百年，看过无数事，但这执意赴死的燕子还是让他不由得轻叹：“莫问何处高远，衔泥只为君愿。东风顾谁言，安知薄翅怅怨。飞燕，飞燕，问谁借得仙颜？”

安随遇带着燕子，御剑而飞，追风逐月。

岂料，刚才那女子竟然追了过来，大声叫他：“神仙！”

安随遇停下来看着她，她有着一张与宁子鄢一模一样的脸，但刚才安随遇就已经发现了，这不是她，这女子的本体是一株人参精。她应当就是容嫣所说的那位被打回原形的朋友。

“我不是神仙。”安随遇双眼望着天空，喃喃道，“飞燕飞燕，你如此真情真性，不知是福是祸。”

那飞燕仿若听懂了他的话，绕着他飞了几圈，似是依依惜别。

安随遇看向那女子，目光窅茫，道：“生命之可贵，有时候并不在于追逐——无论是名利还是真情。名利是欲望，难道真情就不是欲望？”

他一语道破了女子的心事。她刚才没有救那燕子，是觉得真情贵于生命，而如他所说，情，实则与世间任何的执念和欲望如出一辙。

她急切道：“什么才是生命之可贵？要如何才能真正无所欲求？”

安随遇眼波流转，平静的脸上似有微笑，细看又不着痕迹地隐去了，道：“生之贵，只在于生；欲无求，本就是欲。”

……生死其实并没有什么高低之分，生之贵，只在于生，而死之贵，也只在于死。

女子抬头问道：“你究竟是什么人？”

“在下安随遇。”他道出名姓，一袭白衣翩然出尘。

“安随遇，随遇而安？”

他微微一笑，道：“当初为我取这名字的人也是抱着这样的想法。”

安随遇托着在他手掌中扑打着翅膀的燕子，道：“飞燕飞燕，你这般聪明，当知死亦何欢……”他湛然的眼神中瞬息万变，“……求不得，最苦。”

那飞燕再次扑扇了几回翅膀，忽然振翅而起，飞向天空。

忽听得长剑龙吟，竟是安随遇手中的指天剑自行飞出，光芒之盛，灼人眼目。

它呼啸着朝那女子直逼而去，凌厉远胜方才斩断墙根的那一瞬。

女子感觉到这剑所散发出的强劲杀气，连连后退几步，见安随遇神色有变，知道这突如其来的攻击并非他本意。

上古有些神器，在进入天元历后为人所用，变成了收妖神器，持有神器者，便可成为狩妖师，所以指天剑遇到妖精会自行攻击。

安随遇手指微动，收住了剑的力道，也变换了它的方向，但是剑光依旧倏忽而过，剑刃贴着她的脸部划过去，在她脸上留下了一道小口子，顷刻间便有鲜血丝丝渗出，而一缕留在外侧的头发也被削了去，落到地上，变成了一截截短小的人参。

人群响起惊呼声，有人大喊，“妖怪，妖怪啊！”

女子踟蹰难办之际，安随遇忽然上前，将她抱起，对着光剑喝道：“起！”

二人站在指天剑上，由它带着飞了起来，转眼间远离了地面，周身有浮云缭绕。

“神仙，我叫堇荣。”天空中的风很大，她生怕摔下去，紧紧抓住安随遇的衣袖，“你真的是神仙！还是个好神仙！”

安随遇笑道：“不过是图个逍遥，算不上什么神仙。你这人参精胆子倒是不小，见到指天剑都不知道要躲一下。”

他抬手拭去堇荣脸上的血迹，手指轻轻擦过，伤口就自行愈合了。

堇荣一听“指天剑”，脚下一软，差点就摔了下去。

安随遇一把扶住她，道：“怎么？你难道没有看出来这是上古神器之一的指天剑？”

堇荣惊魂未定，问道：“现在站在它身上不要紧吗？它会不会一生气，把我扔下去？”

想着这指天剑可是上古十大神器之首，刚才它闻出了妖气，差点就要拿她祭口。

安随遇淡淡道：“我既是它的主人，自然有所分寸。”

堇荣看他一眼，道：“你们做神仙的，应该不会和我一个小妖精过不去吧？我是个好妖精，不杀人不放火，还知道积德行善，你可别把我收了或者打回原形什么的。其实修炼挺辛苦，不能吃东西不能想心事，拼了命地收集天地精华。”

“我要真想杀你，也不会等到现在了。刚才我看你想救那燕子，为何一出手又收住了？”

堇荣道：“我若想阻止，或许能够救下它的性命，但是……它自己真的愿意吗？它应该宁可承受这一时的痛楚，死去后与相爱的恋人相守，而非孤独地留在这个世界上，形单影只。”

“看不出也是个为情所苦的妖。”

堇荣微微脸红，道：“我喜欢上了一个凡人，可我终究是妖精，不能和他在一起……”

安随遇让指天剑换了个方向，问道：“要不要送你去找他？”

堇荣摇摇头，道：“不不不，我没什么想去的地方，你到哪儿下来，顺便把我搁下就行。”

安随遇微微一怔，继而又恢复如常，道：“你倒是和我差不多，天地之大，任我游心，到哪里其实都没区别。”

堇荣笑道：“这是不是就叫‘白头如新，倾盖如故’？”

他一愣，嘴角却轻轻抿起了笑意，道：“你真是口无遮拦，法力这么浅，若是遇到别的猎妖人，就等着被人拿回去熬汤吧。”

堇荣哈哈大笑。

当晚，安随遇坐在屋顶上看星星。

自从宁子鄢死后，他就经常这样打发时间。

堇荣忽然在他身边坐下，把屋顶上的瓦片踩得咔哧咔哧响，说道：“你也喜欢看星星啊？”

安随遇心中一叹，虽说不是宁子鄢，但这样相同的容貌，他还是容易产生错觉。

堇荣道：“我一看到这漫天的星星，就会想起我和他在洛城的时候，我想要那颗古随珠，他就真的给我了。”

安随遇道：“我听人说起过洛城的桃花酿，你喝过吗？”

堇荣点点头：“很甜很好喝，但容易醉。”

安随遇道：“有机会要尝尝。”

堇荣问道：“神仙，你有爱过什么人吗？”

清亮的月光，皎洁地洒在安随遇的外袍上，似乎融为一体。

若为一人生情，便是竭尽全力，都无法割舍的。

心中长出的东西，横亘在心肺与血脉间，存活在每一口呼吸中，要想根除，除非是将整个的心脏尽数剜了去，碾碎为粉末，零落成尘土……

他吸了口气，眸光淡淡看向堇荣，道：“所有的放下都要经过拿起和放不下。我也有深爱过的人，曾经也想生生世世与她相守，但是……”

“但是怎么样？”

安随遇凝视着天空，缓缓道：“她早已化为白骨，与山水相融了。这世上再也没有她，但是所有的山川、河流，包括日月、星辰，其实都有她。”

他语声淡淡，似是含有无尽的温情，又似在诉说着一件极为平常的事情。

“所以你喜欢游历山水，因为觉得她会时时刻刻都陪在你身边，与你一起喜怒哀乐？”

安随遇摇了摇头，“山水，也只是山水。”

堇荣支着下颌，看了看天上的星辰，闷声道：“但是我还放不下。神仙，你能明白一个小妖精爱上一个人的心情吗？我好想忘记他，但是我又想永远记得他。他误会我，不肯相信我。我好不容易跑了这么远，一听说他遇到危险，又要眼巴巴地赶回去。”

安随遇仰头躺下，“要是还觉得自己放不下，回去看看也好。”

堇荣仰头望着天空，低叹一声：“还是神仙好啊！”

安随遇玩笑道：“不及人间眷侣。”

“真的吗？”

“我不知道。”

很多年后，安随遇才想明白，宁子鄢离去前说的那句话，完整的应该是：“你若还忘不了我，那就等我千年，千年后便能将我忘怀了。”

她让他等一千年，并不是要等她的出现，而是要等到……将她忘记。

他做不到。

千年之期，他终于遇到了初熏。

她长得不是宁子鄢的模样，但安随遇见到她的第一眼就认出了她。

十二岁的初熏时常听长辈们说起上古神器的传说，但当她真正看到指天剑出现在眼前的时候还是吓了一跳。

小姑娘穿着藕粉色袄子，梳两个圆髻，大眼睛忽闪忽闪地看着安随遇，再次确认道："你刚才在天上飞，真不是在戏班里学的法子？"

安随遇道："要是不信，我带你飞上去看看，好不好？"

初熏想了想，鬼精鬼精的，道："你得保证我不会摔下来。"

安随遇道："那是自然的，我保证，不会伤你一根头发丝。"

初熏走上前，一把抓住了他的袖子，道："走吧。"

安随遇把手给他，道："还是牵着我更安全些。"

"好。"初熏说着，握住了安随遇的手。

指天剑倏忽而起，初熏吓得抱住了安随遇，等到再次睁开眼睛的时候，她已经在空中了。

"哇！你没有骗我，你真的会飞！"初熏高兴地大叫，"我要拜你为师！能不能教教我啊？"

"拜我为师？"

"嗯！"

安随遇笑了，时隔千年，他们竟然发生了这样的倒置，当初他上六合山拜师学艺的时候也是十二岁。

"会很辛苦，你怕不怕？"

初熏坚定地摇摇头，道："不怕。"

安随遇道："好，可是你得答应我，不能告诉你的家人，也不能在人前施展。"

"我答应你！"

安随遇忍不住抬起手，摸了摸她的小发髻。

自从收了初熏为徒，安随遇的生活就变得热闹起来了。

上午教心法和口诀，下午先从强身健体入门，安随遇从来没有教过徒弟，所以怎么个教法，自己也在学习，初熏毕竟年纪小，只能慢慢来。

月下的花园中，她反复练习一个动作。

安随遇看她小脸通红，道："先休息一会儿吧。"

初熏道："不行，我昨天和苏洛打架输了，所以我要不停地练，直到再也没有人能欺负我。"

安随遇道："你不想被人欺负很简单，找我就行了。"

初熏道："你又不能保护我一辈子。"

安随遇顿时气结，再一想，不对，她竟然和人打架？

"苏洛是谁？"

"我的同窗，与我一般大。"

"你们小小年纪，又是女孩子，学什么不好……"

"哎呀！"安随遇还没说完，初熏就用力过猛，摔了一跤。

安随遇接下去的话也没有再说了，上前一把抱起她，道："伤到了吗？"

初熏摇摇头，却还惦记着那个招数，道："没有。"

安随遇拍拍她衣裙上的泥土，道："不练了，为师带你去放风筝。"

"放风筝？"初熏一听便来了兴致，"师父你还会放风筝？"

"为师什么不会？"安随遇微微得意。

他恨不得告诉初熏：一样是拜师学艺，看我对你多好啊，哪像你之前，只知道叫我挑水、挑水、挑水……

好景不长，初熏跟着一个神仙师父学仙术的事情很快就被她的家里人知道了。

因为魂魄齐全了，这一世的宁子鄢不像之前几世那样饱受疾苦。初熏的父亲是一个做茶叶的富商，母亲出身名门，虽是下嫁，但夫妻二人素来相敬如宾。初熏还有一个比她年长五岁的大哥，对她也极为疼爱。

初熏的异样就是她大哥初墨发现的。初墨看到初熏手肘上青一块紫一块的，还以为他的宝贝妹妹被谁给欺负了。初熏原本想拿苏洛搪塞，眼见着大哥要去苏洛家问个明白，才忙不迭拉住他，不情不愿地道出实情。

在他们生活的这个年代，所谓仙人、仙术，都已经是上古的传说了，人们只知道有，却谁也没有见过。初熏能遇到这样的机缘，家人也不知是福是祸，但不管怎样，家中唯一的闺女，他们是舍不得见她在外风吹雨打的。

初熏被禁足了三天，哪里也不准去，更见不到安随遇。

第三天晚上，安随遇找到了她。

初熏一见他就哭道："师父，我爹娘和大哥都不让我跟着你学仙术。"

安随遇道："不哭，你若想学，没有人能阻止。我们相处也有几个月了，我只问你，日后，真的愿意跟着我吗？"

初熏坚定地点头。

安随遇道："好，我去与你的家人说。"

第二天，他来到府上，见到初熏的父母，让他们屏退家仆后，对着他们双膝跪下。

这可吓坏了二人，凡人之躯，怎可受仙人之拜？

安随遇道："不瞒二位，初熏虽然还年幼，但我此次前来，当算作是求亲。说来话长，我与她最初相见的时候，她叫宁子鄢，那是在六合历一千三百九十六年……"

这一说就说了一个时辰。

夫妇二人皆是长久的沉默，最终，初熏的父亲对妻子道："罢了，让孩子去吧，他们之间的姻缘又岂是我们能阻挠的。"

初熏不知道安随遇是如何与父母说的，为什么他们突然就答应了，但虚惊一场之后，她自然还是高兴的，问安随遇："以后我是不是就可以不用隐瞒，可以到处锄强扶弱了？”

“你还想锄强扶弱？”安随遇看着她粉团团的样子，不禁笑道，“扶我就好了。”

“师父，你笑话我！”初熏气得直跺脚。

安随遇笑得越发开怀。

有了家人的应允后，初熏便时常可以跟着安随遇离开家，去各种地方游历。他们御剑飞行，去了所有初熏能叫得上名字的地方。

三年的时间倏忽而过，当初的小女孩已经长高了，穿一袭紫衣，面容与安随遇记忆中的一模一样。

下个月就是初熏的及笄礼，在这之前，安随遇说还要带她去一个地方。

初熏所料不差，正是她从安随遇口中听到过的六合山。安随遇从未与她说起过宁子鄢，所以初熏只知道这里是他曾经拜师的地方。

如今的六合山顶，当年的建筑都已经毁坏，百年前新盖起了一座道观，常年有人主持，香火还算旺盛。

门口有道士算卦，初熏好奇道：“我们要去求支签吗？”

安随遇道：“不必。”

他径自往里走去，初熏跟在后面，说道：“师父，你都很少跟我说起你以前的事情。”

安随遇道：“都是千年前的事情了，怕你听来枯燥。”

“才不会呢……”

走进院内，安随遇恭恭敬敬上了三炷香。他内心感谢上苍，不管多少波折，最终，这个人还是站在了他的身边。

他们前往后山，当初镇压魔军结界之地，如今已是一片荒草丛生。

走了几步，忽然听到什么声响，他们往前一看，竟是一群似马非马、头顶白毛的动物。

初熏从未见过这种动物，以为是什么妖怪，当即亮出了护身法器。

安随遇忙制止她，道：“是鹿蜀。”

白毛怪物们一听他说出自己的名字，欢快地围了过来。

初熏觉得这些小家伙可爱，抱起一只在怀里，给它挠痒痒。

安随遇道：“我千年前曾养过一只，料想，它回来找不到我，便在这里安了家，这些应该都是它的后人……”

初熏见怀中的小鹿蜀十分粘人，问道：“我可以抱一只回去吗？”

安随遇道：“可以。”

此时，一只成年鹿蜀向安随遇走去，嘴中叼着一个花花绿绿的东西。

那是一支发簪，已经褪了色，模模糊糊能看出当年的样子。

安随遇接过的一瞬间，便愣在了那里。

初熏诧异道：“师父，你见过这东西？”

安随遇道：“是我送给一个人的……”

他话没说完，初熏已经将那发簪拿过去看，只是一不小心，被簪子划伤了手指，她“啊呀”一声，簪子落在地上，老旧的珠花撒了一地。

初熏忙把地上的珠花捡起来，想着这东西对师父来说应该很重要，却被自己摔坏了，心中十分内疚。

安随遇却只是慌张地拉起她的手，问道：“有没有伤着？”

初熏摇摇头，道：“没事。”

她将手中那一捧东西还给安随遇，道：“对不起，师父，我太不小心了。”

安随遇淡淡一笑，道：“你收着吧，本来就是给你的。”

“给我的？”初熏十分不解，见安随遇也不再准备回答的样子，就想着，这或许是师祖留下的传家宝之类……

离开六合山后，安随遇就把初熏送回了家。

及笄礼在一个渡口边举行，当地年满十五岁的女子一同参与。

安随遇站在一边远远看着，人群中，他一眼就看到了初熏。

渡口有年轻人打马而过，鲜衣怒马，诗酒年华，风景一如旧时。有人荣华一生，有人香车满路，有人的缘分只不过是观音庙前的一个回首。

方堑看着在水边玩耍的初熏，觉得这一生，已然足够。

番外 俗事一了便成仙

（一）潜龙勿用

正午的日光躲匿于云层之间，山风凛冽，苍鹰盘旋。

山谷中回荡出一个年迈的声音："阿烛，基山再向东三百里，就是青丘山了，那里有你要找的东西。"

一个清脆的声音随之而起："师父，你真的不跟我一起去了吗？"

那长者略略停顿了片刻，道："为师年纪大了，还要那东西何用？若是推算得不错，我的命辰会在这一年结束，日后你一个人，切记不可莽撞行事。"

少年很久都没有说话，似是对此已经了然于心。他们是猎妖人，以收妖除魔为己任，而对于自己的性命却并不如一般人来得关心。

在这之前的数千年光阴，被后世的人们称作"洪荒之世"，最大的特征莫过于"人与禽之未别"。而非烛和她师父所处的这个时代，上古的神兽和妖怪们都已经消弭于历史，天上的仙神也极少出没，人们几乎已经感觉得到，新的时代即将来临。

这片古老的土地经历过人畜不分的洪荒历，也经历过人神共存的六合历，如今，已经进入到人间以帝王为尊、神鬼逐渐成为传说的天元历。

但近些年来，有些人不知凭着什么方法找到了上古时代遗留下来的神器，并修缮自身，成为实至名归的持有者。这些器物在正常情况下对人没什么伤害，但是其法力之强盛，即便是神仙都要畏惧三分。对于收妖为生的猎妖人来说，能拥有一件上古神器绝对是至高无上的荣誉，因为上古神器的持有者们在人间还有一个称呼——“狩妖师”，即猎妖人中的最强者。

非烛的愿望就是成为一名狩妖师。

听师父说，上古十件神器在千年前的神魔大战中有过一次聚集，但是之后就分散在人间了，传至现在，补天石和追日靴已毁，玲珑塔和天机镜不知去处。上古仙人颜玉和宁微分别持有乾坤袋和射日弓，但这两人既然说了是上古神仙，断不会出现在人间的。指天剑的持有者据说是个散仙，不知姓名男女、也不在人间露面。凤凰琴和开天斧的持有者都在人间，凤凰琴是邺城姜家的传家之宝，为此他们家名列猎妖人世家之首。而开天斧的持有者乐庄子虽说是前辈，却生性好杀，也是不好相与的。

唯一剩下的就只有封天印。

相传封天印为远古上神所持有的法器，法力无边，可以封印天地，颠覆乾坤，却在神魔大战中，不慎落入万丈冰泉之中。传闻说海底的龙族得到了封天印，因为当时三界大乱，龙族便没有将封天印物归原主，反而是私藏了起来。后来战乱平息，神界侍者前往龙宫索要封天印，找遍龙宫却不得，事情也就这么不了了之了。

直到千年之后，传出了封天印被藏于青丘山的消息。

“师父，我去了，您多保重。”非烛跪下，重重磕了三个头，拿起包袱往东方走去。

她穿着件寻常男子的布衣，身上还背了个小褡裢，长长的青丝用木簪子束了，腰上系着根粗厚的腰带，上面挂着些零碎物件。常年东奔西跑生活不定的缘故，身量竟未长全，乍一看，男女莫辨。

望着那个渐渐走远的身影，老者长长叹了口气，真有点后悔。当初捡了这孩子后不该把她带在身边，应该找个寻常人家寄养，大概也好过这般模样。她似乎从来就不知道性别为何物，若有人问她是男是女，她估摸着也是要想上一想再作答的。

想到这里，老者又是长叹一口气。

这是天元二百五十七年，非烛十六岁，采胤一百一十六岁，而青曜五百六十一岁。

非烛一个人的时候脚程特别快，一天的时间已经走到附近的集市，她买了匹马，稍作休息之后又是连夜赶路。

连着走了无数天，非烛也不知道自己究竟走了多远，拿出罗盘一对，青丘山已经近在眼前了，估计还有一晚上的路程就能到山下。

是夜月明星稀，枣红色的马在暗夜的树林里缓缓行走。非烛有些困了，就把褡裢往马背上一挂，自己双手支着后脑勺，仰面睡了。

马儿的行走速度忽快忽慢，非烛睡得迷迷糊糊，忽然听到一阵铃铛的声响。

她瞬间就从马背上坐起来，警觉地往腰上看去。

一只暗紫色的铃铛系挂在腰间，行了一路也未发出声响，此刻却叮叮当当响个不停，在寂静的树林里显出几分诡异。

这是猎妖人常用的测魂铃，遇到妖精鬼怪的时候才会作响。人类毕竟是肉眼凡胎，若遇到极其善于伪装的妖孽精怪，大多数的猎妖人都无法分辨出来，而这个铃铛正好可以用来帮助分辨。

马儿此时已经走累了，所以速度很慢。非烛环顾四周，隐隐约约地看到左侧方有一点火光。

她不及多想，就勒着缰绳往那个地方缓缓前去。

前方出现了篝火。

还有人群。

一群人中有男有女，约莫十余人，此刻一大半人都已经入睡，未睡着的几个人中，为首的是一个中年男子，看到非烛走近，用怀疑的神色打量她。

中年男子身边有个年轻人，在看到非烛的瞬间就已经站起身来，在他身侧是两个长相一模一样的少女，一个一身红衣，一个一身白衣，这夜深人静之时，要是只看到她们两人，非烛肯定以为是鬼怪。

而坐在这几人对面的是一个面相柔美的少年，他靠着一根树干，眼神似笑非笑地从非烛身上看过，最后落在她腰间的测魂铃上。

“站住，不准再往前了！你是什么人？”

人群中一个怪异的声音响起，非烛循声望去，是一个身材矮小的侏儒，大概只有那个中年首领的一半高，一双透着贼气的小眼睛直勾勾地盯着非烛。

非烛涉世未深，此刻也只知道如实回答，看着这侏儒淡淡说道：“我是猎妖人，你们这里有妖精。”

众人纷纷退开，几番动静之下，原本睡着的人也醒了。

“妖精？哪里有妖精？”

“我早就说了，不要跟这伙人一起走的！”

“说不定是这山林里的鬼怪，你少自乱阵脚！”

非烛从他们的言行中大致分清楚了，这里少说也有四五拨人，每个人都有搭档，唯一一个单独行动的是刚才那个靠着树干的少年。

中年人一伙的红衣少女道：“你说妖精，这里哪来的什么妖精？”

非烛一个个望去，心中也难以断定，这里太多人，一时之间根本分不清楚，而更奇怪的是，她腰中的测魂铃竟然不响了。

……这是从什么时候开始的？似乎是那个侏儒出言喝止的时候，她不由得多看了那个侏儒几眼。

和侏儒一起的一个美艳妇人当下冷了脸，道：“哼！我和他做了十多年夫妻，难不成连他是人是妖都分不清楚？”

非烛摸了摸测魂铃，道：“抱歉，可能是我多虑了。”

也许，那妖精根本不在这群人中，现在已经走了？

她诧异地下了马，问道：“你们都是要上青丘山的？”

此言一出，众人都纷纷转过头来看着她。

一个乞丐模样的人嘲笑道：“就你一个奶娃娃，也想跟我们抢宝藏？”

在他身边一起的五六个人哄哄乱笑起来，显然是不把非烛当回事。

原来封天印的传说已经被很多人知道，只是传言总有失误之处，多数人都误以为那是龙王聚集的宝藏，得到它就能拥有数之不尽的财富，故而这一夜之间，山下就聚集了这么多人。

非烛觉得他们才十分可笑，这些人难道不知道青丘山是狐族的地界？只怕他们这么多人贸贸然上山，还没找到宝藏，就被狐妖们一网打尽了。

却是那单独行动的少年向非烛发出了邀请，道：“姑娘难不成也是为着龙王宝藏而来？我们约定好了，入山之前集体行动，至于到了山上，就各凭各的本事了。姑娘既然也是独自一人，不如和我同行？”

非烛再看他一看，只见火光照耀处，那人的眉目忽而清逸俊朗，忽而又有种奇异的媚态。她眨眨眼，认真再看的时候才确定是自己看错了。

她不动声色地走了过去，在那少年身边坐下。

“我叫采胤。”那少年说着，伸手拨了拨前方不远处的树枝。

一瞬间火烧得更旺，非烛觉得浑身一暖，淡淡道了声谢，也报上自己的名字：“非烛。”

采胤又恢复了刚才那种闲适的姿态，靠在老树干上，低低问道：“你是来找封天印的？”

非烛一怔，原来这些人中竟也有人知道封天印。

见采胤目光湛然，一片坦诚，她默默点了点头。

采胤又道：“这群人虽语焉不详，说是来盗宝，想必也清楚他们要的是什么宝贝，你我二人双拳难敌，不如……联手？”

方才那侏儒突然站起来，指着采胤和非烛：“喂！你们在说什么悄悄话？别以为你们两个小毛头能有什么大作为！臭小子，不好好带路的话，我这就送你去见佛祖！”

非烛冷冷看了那侏儒一眼，这些人中，就数他最让人不舒坦。

却听得采胤只是闲闲说道：“佛祖岂是想见就能见的？你若有这本事，还需要我带你上路？”

“臭小子，你活得不耐烦了！”

那侏儒刚要再说，另一头的白衣少女却道：“邱先生还是先省着些力气吧，用在挖宝的时候也不迟。”

非烛趁着这间隙，已然对采胤微微点头。

她说不清楚为什么，没来由的，就是很信任这个人。

采胤微微一笑，趁着捡起树枝添柴的时候，在非烛耳边道：“我们先想办法摆脱这群人。”说完又靠坐着树干，闭上眼睛打盹。

非烛略一思索，随后尽量顺其自然，也靠上了那根树干。

两人中间隔着棵树，说话的声音对方能听得清楚，而别人却听不到。

非烛问他：“他们要你带路？这里只有你认识路？”

“嗯。”

“为什么不逃？”

“打不过。”

“为什么和我联手？我也打不过他们。”

“你身上有禁魂香。”

非烛吸了口气，好家伙！什么鼻子！禁魂香是师父好不容易才在一个老鬼那里抢来的，这种有助妖精鬼怪修炼的香体对人具有强大的催眠作用，几乎一闻到就会睡着。

非烛问采胤：“你想要我怎么样？”

采胤挑眉道：“这还用说？”

非烛想着他或许是要让自己伺机把禁魂香撒到火堆里，这怎么可以？这么重要的东西决不能用在这个地方……不料下一刻，他就被采胤一个反手拽到一侧，紧接着采胤整个人就扑在她身上。

采胤按着非烛的手，大声叫道：“好你个小偷！竟然敢偷我东西！”

非烛看着一脸愤怒的采胤，顿时找不着北了，慌乱道：“什……什么……”

采胤一脸怒气，道：“还狡辩！你手里拿的是什么！”

非烛毕竟涉世未深，见周围的人都冲她看过来，脸上火辣辣一片，道：“我手里……哪有什么？”

不远处传来冷笑，正是那侏儒邱先生的妻子，道：“还说自己是什么猎妖人，看来就是一个小贼！”

“哈哈哈哈哈……”邱侏儒放肆地大笑起来。

但是不过片刻，他的笑声就戛然而止。

非烛还没想明白到底发生了什么事请，采胤已经一把把她从地上拉起来，然后抓着她的手快步跑向那匹枣红小马。

两人翻身上马，一挥马鞭，不过眨眼功夫，已经离开了刚才的地方。

非烛对这个自说自话又随意霸占了自己半匹马的家伙一肚子气，

推了他一把道："喂，你到底算是什么意思啊？"

"我要是不当机立断，你肯把禁魂香拿出来？我要是不分散他们注意力，哪会有时间逃跑？" 采胤笑得极为得意，他接着说道，"那群人分成四伙，侏儒姓邱，擅奇门五行，和他的妻子刑夫人并称'邱刑二盗'，据说这世上就没有他们盗不了的墓；那三个穿得叫花子似的是逃荒来的亡命之徒，听到宝藏就想着来捞一把；再说那四个站得最远的，是'洛城四煞'，收钱办事从无失误，这次不知道他们背后的雇主是谁；而由红白两个丫头和刀疤青年保护着的，要是我没猜错，是邺城姜家的人。"

非烛大惊，道："姜家都来了，也就是说他们知道青丘山藏的是封天印！姜家不是已经有凤凰琴了？"

采胤笑道："你怎么这么傻？有了凤凰琴就不要封天印了？"

非烛瞪了他一眼，不说话，她随手往腰间一放，顿时脸色大变。"我的禁魂香怎么全都不见了！"下一刻她便狠狠盯着采胤，"一半的量就够迷晕刚才那伙人了，剩下的呢？拿出来还我！"

采胤也立刻变了脸色，道："我刚才就抓了一把撒进了火堆，剩下的都在你那里！"

非烛看他不像是撒谎的样子，咬了咬唇，思索片刻，道："肯定是慌乱中落下了，我回去找！"

她刚要走，被采胤拦住，道："这会儿回去他们都醒了，你不是去找死？"

"他们不会知道刚才发生了什么事情的。"

"你以为那伙人会像你这么笨！"

非烛气急，愤愤地看着采胤，要不是这家伙，她根本没有必要逃跑，或许和那群人一起上山还好一点。

采胤道："先别想那玩意儿了，带着那个指不定招惹到什么东西。我们现在立刻上山，找到封天印，我只要用半年，之后全归你。"

非烛之前还正担心这封天印的归属问题，听他这么一说也就放心了。禁魂香毕竟比不得封天印，当下不再多想，和采胤继续前行。

青丘山上的道路确实难走，树木林立，崎岖不平，非烛一路上转得南北不分，要不是有采胤带路，她肯定走不到这里。

本以为采胤手上有什么地图，但这两天他什么东西都没拿出来过，看样子是全凭着记忆。

到了第三天，非烛实在忍不住问道："你怎么会认识青丘山上的路？"

采胤道："小时候家里有地图，父母逼着我背出来的。"

非烛明白了，敢情他家也是盗墓的。

又走了许久，非烛问道："山上不是说住着狐族吗？为什么我们一路上都没遇到？"

采胤笑笑，道："你要是自己随处乱走，指不定一会儿就能遇上。"

非烛还要再问，采胤突然停下来，指着前面一道石门说："到了。"

非烛顺着那方向看去，只见大片枯藤掩映着一座巨大的石门，若不仔细看，几乎都不会被发现。

采胤走上去几步，将枯藤往外扯开，露出石门。

石门上，一条巨龙盘旋其上，非烛的眼神正好和石门上巨龙的眼神撞上，那威严的眼神透着凌厉的气势，非烛几乎被吓得后退两步。

她再度看向石门，避开那条龙，却见龙的周身有六个奇怪的图形。她仔细辨别，能认出太阳、月亮，还有一个类似于水珠……剩下的三个却是无论如何都看不出是什么。

非烛喃喃说道："看来传说没有错，青丘山上的狐族真的和龙族有着什么牵连。"

正在思索着怎么进去的时候，非烛腰间的测魂铃再一次响起来。

她迅速从腰间拿出一道符，喝道：“妖孽现身！”

不远处的树后传来阵阵女子的轻笑，随后一个柔媚的声音传来：“你这跑了十多年的小东西，终于舍得回来了！”

非烛正欲动手，听采胤在身后急道：“非烛小心！”

下一瞬，非烛只觉得自己的身体被推到一侧，几乎就在同时，一道暗紫色的雾气贴着脸颊一闪而过。

就听采胤道：“姑姑手下留情！她是我的朋友！”

非烛一惊，这出手伤人的妖精竟然是采胤的姑姑！

前方的树枝如水蛇般扭动起来，露出一个通道，通道后走出一个身着紫衫的美貌女子，一双近乎勾魂的眼睛直直地看着非烛，冷声道：“朋友？妖精能和猎妖人成为朋友？”

采胤一脸尴尬，道：“紫芸姑姑……”

他正要解释，非烛的符就朝着他飞去，气愤道：“好你个狐妖！我差点就要被你骗了！”

采胤大急道：“非烛，你听我说！”

紫芸站到采胤身前，道：“有什么好说的？猎妖人，你受死吧！”

正在这时，前方忽然出现一阵声响，随后就听到一个声音从下方传来：“终于爬到这顶上了！抓到那两个，看我不扒了他们的皮！”

紫芸眉色一沉，问道：“怎么来了这么多人？”

“是我们在山下遇到的那群人，我们想办法先进山洞。”采胤说着，转向非烛，“你信我，我不会害你。”

他说罢走至石门前，将手指咬破，鲜血涂抹上龙的眼睛，石门顿时发生了震动。

“我们走！”

石门缓缓向上打开，采胤拉着非烛，和紫芸一道冲进石洞。

非烛本有迟疑，但想着为了封天印，只好冒一冒险了。

采胤靠着石门，道：“好险，真要让那伙人进来可就糟了！”

非烛走远几步，冷哼一声。

早就听闻狐族最是阴险狡诈，她现在认定了采胤深得狐族真传，不想和他说任何话。更何况现在是两个妖精对一个猎妖人，万一有什么差池，倒霉的肯定是自己。

难怪初见之时便觉得他可信，原来从那个时候开始，采胤就对她动用了狐族魅惑人心的妖术！只是非烛不明白，他是怎么镇住测魂铃的？

正想着，听见紫芸问道：“胤儿，接下来怎么走你还记得吗？”

采胤回道：“这里一共有六道门，我只知道如何打开第一道，后面的五处，只能走一步算一步了。”

“那我们往里走吧。”

“嗯。”

非烛跟在他们身后，心中想着，一定要先他们一步拿到封天印！

三人缓缓前行，各自将声音放到最轻，山洞中只剩下轻微的衣料摩擦声。

山洞的两壁是燃烧了上千年的鲛油灯，昏暗的光线更衬得整个山洞里影影绰绰。

千里之外，洛城以西，楼家，人说是荒凉地。

一个锦衣少年独自走在花圃间，低头顾盼寻找着什么，嘴里喃喃自语：“怎么还不开花？怎的连个花骨朵儿都瞧不见？”

月光所照之处，正见他华服在身，那衣服色泽可以说是千奇百怪，搭配在一起却又是说不出的好看。若是在别处，这样花里胡哨的穿着定是要被人笑话的，但这是楼家，一个在深山中隐居了近千年的家族。

据说楼家先祖在神魔之乱的时候也是一方望族，不满于当世混乱，携了一家老小来此避居，自此不问人间世事。因着那家主娶了位能够素手养花的花神，楼家历代以种花为业，竟也累积起了万贯家财。

时过境迁，仙术法术早已无人问津，楼家人也并不如从前那么隐秘避世，倒是所传养花之道，当世无二。传至如今的主人楼千夜，虽只是个弱冠少年，但所植之花精妙绝伦，无人不觉艳羡。

所有花中，楼千夜最爱白茶。

只是不知为何，今年这白茶花迟迟不开，眼下都快过了时节。

今夜，楼千夜又为着这件事辗转反侧，好不容易趁着下人们都睡去了，忙换上衣服来花圃里寻觅。

寻了半天，依旧不见一朵。

正自叹息间，不远处传来一声轻响，似女子微吟。

楼千夜一惊，这夜深人静，分外清冷，他倒也不觉害怕，拾了衣角往花圃深处走去。

楼家的这一花圃聚集了无数天下间绝无仅有的花朵，才一走近，就闻得见隐隐香气飘散于凛冽的风中。

明月高悬于空中，月色依稀在地面洒下点点光影。不远处有一方水池，银白色水痕静静荡漾着，分外柔和。那水池中立着莲花，暗香浮动，池面上烟霭雾笼，正是风景美妙之时。

楼千夜就是在这个夜里，第一次遇到听鸢。

夜色深浓，白衣女子斜斜倒在花坛旁边，乌黑的长发遮住了大半面颊，却还是可以见得那清明如玉面、秋水寒潭眼。她似是受了重伤，一手吃力地想从地面上把自己撑起来，却是徒劳。

楼千夜上前一步道：“姑娘可需要帮助？”

那女子一惊，抬头的瞬间，一双眸子仿佛猝然间萃取了月华，白纱素缟，不惹尘埃。

时间仿佛在一瞬间有了短暂的停歇。

这也是听鸢第一次见到楼千夜，她从来不知道，原来妖界之外竟也会有这般震人心神的容颜。

殊不知，很多年后，世人对千阙楼主楼千夜最直白也最恰当的描述便是近妖。

也同样是在很多年后的洛城千阙楼，有个游历人间的小妖精在初见楼千夜时极为惊艳，后来向听鸢这般描述——

便听珠帘声响，带着一阵澹如的香气，整个房间都变得迷离起来。这喧动纷繁而不杂乱，张狂而不孟浪，浓烈沁脾却又不失清雅。人未至，声先入，那人高笑道："皇天辅德，风云毕会，古有六月之师，九天之锐，今我这小小千阕楼，却未必经得起二位如此锋芒啊。"

顶冠华服，满室清香，来人衣着鲜艳至极，硬是将赤绯、紫白、青黄这诸多色相搭配得相得益彰。绮罗金缕，绫绸染霞，织锦花缎的长袍上，五云玲珑而起，纤巧细致，交衽上的织绣云纹飞腾婉转，欲迷人眼，便是大袖上那只孔雀，都露出轻狂俾睨之神色，惟妙惟肖。这衣着之大胆放肆，早已逾越礼法，可配着这人，却也正合适。他的眉目不可说不清朗，但细看之下，却是令人深陷惊惶。

——这便是很多年后的楼千夜，而现在，这少年还不似那般张狂孟浪。

意致闲雅、形容温润，这是听鸢知道的楼千夜，与后来的世人所述不尽相同。

听鸢先一步回过神来，道："见过这位公子，小女子名听鸢，是花界修炼的白茶花精，不慎为人所伤，路经这片山林，见这花圃之中灵气充溢，便在此逗留了。占用了公子宝地，万望海涵。"

花界精灵极少在人间走动，不晓人情世故。听鸢一见这少年便觉得他是个坦荡可信之人，故而对自己的身份不加隐瞒。若换了一般凡夫俗子，在这夜深人静之时，听对方自报家门说是妖精，定要联想起那说书人口中食人精魂的鬼怪妖物。

好在，听鸢遇到的是楼千夜。

楼千夜乍听对方说自己是妖精，下意识一怔，却也只是片刻，下一刻他便对听鸢一揖，说道："来者是客，姑娘想必身体不适，若不嫌弃，可移驾至陋室。在下姓楼，唤我千夜即可。"

他们一个是方外妖精，一个是深山隐者，虽在书上看过那劳什子男女授受不亲，但此时都觉得，若以此世俗眼光来揣度对方，都是唐突。

听鸢微微点头，"如此，多谢楼公子了。"

楼千夜俯下身，伸手去扶她。

听鸢刚要站起，却忽地脚下一轻，只觉得身子一个飘摇，落在温暖的手掌心里。

原来是听鸢身受重伤，勉强撑到此时，已是精疲力尽，竟然在这个时候变回了原形。

楼千夜看着掌心中娇弱的白茶，心也似乎随之一颤。但让他不解的是，手心中除了这朵白茶花之外，还有一枚不大不小的印。

"听鸢姑娘，你没事吧？"

白茶花瓣轻轻合起，似乎是睡着了。

楼千夜看她没什么大碍，抿嘴一笑，将花朵小心翼翼地护在怀中，往回走去。

（二）见龙在田

青丘，山洞。

三人几乎走成一条直线，非烛兀自想着一会儿要如何先发制人。

只听后面采胤问道：“紫芸姑姑，现在青丘山上情况如何？”

紫芸冷哼一声，道：“自你娘亲去世后，锦璜就一直忙着党同伐异，凡是以往念着先主好的，都被他用各种借口囚禁迫害。好在，他怎么也怀疑不到我身上。这两年他更是变本加厉，青丘一片抵御之声已经响起。我暗中网罗了几方势力，他们都愿意倾力助你，只要拿到封天印，登高一呼，便会从者如云。”

采胤轻轻一揖，道：“辛苦姑姑了。”

他们的声音很轻，非烛却凭着过人的耳力听得一清二楚。她记得师父曾经说起过一百多年前的青丘内乱，好像是青丘国主罗玘和花界花神同时喜欢上了龙神，龙神虽然钟情于罗玘，但他和花神是有婚约的。结果在他们成婚当晚，罗玘大闹龙宫，惹得花神震怒，二女在众目睽睽之下上演了一出争夫的好戏。

最后事情究竟如何谁也不清楚，只知道从此之后罗玘就再也没有出现过，青丘山对外宣称国主已死，首领之位由罗玘的远亲锦璜接任，从此狐族与花界结了个不共戴天的仇怨。

非烛心中冷笑，这些个不知死活的妖精。

她因为身为猎妖人，对所有妖精都有着与生俱来的厌恶，一想起自己现在和两个狐妖走在一起，还不能和他们动手，十分气恼。

殊不知，采胤心中却全然是另一番想法。他觉得这小姑娘孤身一人来到这里，总也是身世凄苦之人，无论如何，也得护她平安离开。

采胤忽然想起一个人，问道："对了姑姑，朔方现在怎么样？"

"他？还是老样子。说来也怪，锦璜对以前亲近国主的人都是冷眼以对的，唯独这个朔方……我说不上来，总之是不一样的。"

紫芸对青丘狐族的现任国主锦璜十分不满，甚至直呼其名，她所说的"国主"自是罗玘。

非烛纳闷的是，这个朔方又是何许人也？她毕竟年幼，对于师傅所说的历史有所耳闻，而对近些年来的人物却是知之甚少。

又走了几步，忽然听见采胤说道："封天印所藏地点机关重重，要是我没记错的话，这个山洞应该有六道门，每一道门都有六条龙的图腾为开关，要是稍微按错一点机关，我们都会有生命危险。"

刚才最外面的那扇门，非烛没有多观察，眼下，正是第二道石门横亘于前，石门上同样盘踞着一条巨龙，非烛仔细看去，似乎和大门口的那条有所不同，但究竟是什么区别，她又说不上来。

听采胤那么说，非烛心神一凛，忍不住脱口而出："你知道机关吗？"

采胤指着石门道："你看这巨龙身边的六个图形，它们分别是日、月、龙牙、水珠、宝鼎和封天印。连起来是一句暗语：在日月交替之时，手持龙牙和避水神珠的人，能在一个宝鼎下找到封天印。"

非烛诧异道："龙牙和避水神珠？这不是龙族的东西吗？"

“没错。”采胤略一点头，“前些日子，我去龙宫盗取了这两样东西，按照时间来算，现在在这石洞外的，除了那群盗宝者，龙族的人也应该到了。”

“什么！”非烛一惊，龙族素来处于神魔之间，是他们猎妖人最不想见到的，即便是狩妖师遇上了，都会远远躲开。没想到这狐妖采胤竟然招惹了龙族的人，还让他们追踪至此。这种情况看来，自己拿到封天印的把握就更小了，这样的结果可不是非烛喜欢的。

采胤似是知道了非烛所想，说道：“你放心，他们没有地图，石洞的六道门一道也过不了。”

非烛这才放下心。

紫芸提醒道：“时间不多了，快点走吧。”

采胤从袖中拿出枚白色的龙牙和一颗晶莹剔透的避水珠，口中低低念了几句，随即，便听轰隆之声响起，石门缓缓向左移动。

三人往里走去，有不知从何而来的风声自耳边吹过。

这石洞比外面的更黑，没有任何照明，三人眼前一片漆黑。非烛心中大呼糟糕，她是肉眼凡胎，在这漆黑的地方，眼力自然比不上狐妖，万一有什么情况发生，吃亏的可绝对是自己。

正想着，脚下一崴，差点就要摔倒，然而身侧的采胤及时腾出手臂，将她往怀中一带，道：“脚下小心，这四周有洞穴，若摔下去，可是要粉身碎骨了。”

非烛刚才胡思乱想，确实没注意脚下。眼下采胤一提醒，她仔细看去，果然有不少一人大小的洞穴，深不见底，而刚才自己差点就要摔下去，好在被采胤拉住了，若非这样的话，自己岂不是死无全尸了？

想到这里，非烛吓得身形一顿，采胤有所知觉，便拉了她的手，道：“这条路危险，我拉着你。”

非烛迟疑了一瞬，却也没有把采胤推开，喃喃道：“谢……谢谢。”

“不客气。”

黑暗之中，隐隐约约可以看见那双漂亮的眼眸，非烛只觉得一种奇异的感觉涌上心头。

紫芸在前面走，采胤护着非烛走在她身后。

非烛身量小，采胤觉得自己似乎是护着只青丘山上的小山羊。

四周漆黑阴森，明显感觉到非烛心中有些害怕，想到这丫头怎么说也是个猎妖人，采胤有几分说不出的得意。

这样走了不知多久，到第六道石门被打开的时候，非烛终于明白石门上的巨龙是怎么回事。那六条巨龙姿势各异，而连在一起，就恰恰是一条巨龙腾云而起的动作。

出乎意料的，最后一扇门后不是预想的漆黑，随着石门缓缓打开，洞内的光线溢出，甚至有些耀眼灼人。

紫芸高兴道：“就是这里了！”

采胤和非烛走进去，见石室内空空荡荡，唯有正中央一尊青铜鼎，顶上悬挂着数盏宫灯。灯内并无烛火，却有光线从中漫出，光华流转之间，非烛看到里面有几颗硕大的果实模样的珠子。

看见非烛一脸新奇的样子，采胤眼中闪过一丝微笑，他对非烛道：“这是青丘山上独有的火琼珠，夜间自明，你若喜欢，拿去便是。”

非烛摇摇头道：“我才不稀罕，快点找封天印吧。”

想起两人的手还牵在一起，非烛忙把自己的手撤回来，撇撇嘴道：“刚才谢谢你了。”

采胤笑道：“小事情。”说着缓缓走向石室中央的青铜鼎，缓缓步上石阶。

非烛和紫芸紧随其后。

走至鼎前，采胤伸手将龙珠和龙牙放到外壁的凹槽处，片刻后，机关声响，上方的宫灯缓缓移动，最大的那盏正好将鼎内照亮。

采胤的目光凝在青铜鼎上，看那口上雕刻着几朵小花，细纹仿若蚊足，花梗栩栩如生，枝蔓盘桓缠绕。

紫芸同样望着那花朵，忽然痛哭出声。

采胤一怔，问道："怎么了，紫芸姑姑？"

紫芸道："这花是你母亲当年亲手所刻，如今再见，忽地就想起往事了。不碍事，好孩子，国主若知你今日终于踏入这石室了，不知要有多高兴。"

非烛见中央最大的一朵花上，用红线绣着一个小小的"昭"字，心中有所疑惑，但看着紫芸这般垂泪、采胤又那般沉默，顿时也有些伤感起来。

真是的，师父怎没说起过，这妖精也是有感情的呢？

紫芸道："好孩子，快拿封天印吧，青丘复族指日可待了。"

采胤答道："是，姑姑。"

灯烛通明，石室亮如白昼，采胤将手伸入鼎中。

然而下一刻，采胤忽的面色剧变，叫道："封天印不在鼎中！"

"什么！"非烛和紫芸同时惊呼。

"轰隆隆"的巨响声传来，整个石室开始晃动。

"胤儿危险！快走！"

洛城楼家，客房。

听鸢一觉醒来，便看见在她床边着急守候着的书童楼放。

"听鸢姑娘你可终于醒了！我这就去叫少爷！"

听鸢从床上坐起来，环顾这个房间，除了必要的桌椅，并无多余装饰，极为简单，但从桌椅上镶嵌的珠玉可见，楼家极富。

轻纱帘子之外，铜兽炉嘴中有袅袅青烟溢出，一缕清冽的香气飘来，沁人心脾。

听鸢试了试自己的法力，还是找不回丝毫，看来这回真的是重伤难愈，不被打成原形已是庆幸。她难过地低下头，盯着脚下锦毡，想起昨夜见到的那人，忽地有了一个主意。

昨夜看来是下了雨，眼下还没停，窗外有淅淅沥沥的雨声，室内长久地沉默后，传来门户的嗒嗒作响声。

楼千夜进门便道："听鸢姑娘可觉得好些？"

听鸢欲起身答谢，楼千夜阻止道："坐着就好。"

听鸢看着眼前之人，笑道："公子实在是个有趣的人。"

"怎么说？"

听鸢道："寻常人若知道我是妖非人，躲还来不及呢，楼公子竟不害怕？"

楼千夜道："我家常年住在这荒山野岭，估计都快被世人认作山精鬼怪了，如此说来我们倒也是同类。"

听鸢奇道："你果真不在意我是个妖精？"

楼千夜道："妖若有情妖非孽，人若无情枉为人。如此简单的道理，听鸢姑娘不会不明白。"

听鸢闻言，微微显出些震惊。

楼千夜又问："你身受重伤，可是遇到仇家？"

听鸢答道："他们并没有追杀我，不会知道我在这里，楼公子不必担心。"

楼千夜道："姑娘误解了，千夜不是贪生怕死之人。"

听鸢听到他这一句，稍有迟疑之后还是问道："公子可否帮我一个忙？"

楼千夜略一点头，道："但说无妨。"

听鸢从腰间拿出一枚乳白色的小印，道："劳烦公子将此送至西翎国，交由四皇子段景易。"

楼千夜接过一看，正是昨天他见到的那枚印，其上无任何刻纹、更不知是什么质地，不禁诧异道："这是？"

听鸢直言道：“封天印。”

楼千夜有些难以置信，但一想对方是那般坦诚的人，断不会拿个传说中的神器来诓骗自己，当下收起了封天印，郑重道：“多谢姑娘信任，千夜定不负姑娘所托。”

山洞内，宝鼎轰然炸响，震耳欲聋，青铜碎片飞迸而出，激越破空。

在这人迹罕至的青丘石洞内乍起惊变，非烛甚至都来不及做出反应，下意识地就往外退去。

她本就离宝鼎最远，再往后跃几步便可出这石洞，但看着前方几乎要踉跄倒地的采胤，心中竟闪过一丝犹豫——他虽说是妖精，却并无害人之心，身世也算凄苦，方才甚至还救了自己，难道就这样不管不顾地离去？

但是……非烛一咬牙，妖就是妖，对他们何须抱有同情！

青衫晃动，非烛急急往后退去，出了石洞，听得里面传出紫芸凄厉的哀嚎。非烛知道因为自己的一念之差没有相救，紫芸此刻多半已经丧命。

她心中一颤，却依旧面无表情地看着即将坍塌的洞口，低低说道：“你们是妖非人，本就是我仇敌，我并非见死不救，而是命运使然。”

她说罢转过身，想到这里的机关暗道定已被人改动，眼下自己也生死难料，得赶快离开这里才是，忙顺着来时的路往回走。

离开了最里面那间石洞，非烛再次置身于黑暗之中。她顺着石道，一步步往外走去。

出了山洞，非烛又隐隐后悔：这样不管不顾地离去，到底是对是错？她回忆起之前在石洞中，采胤一直牢牢抓着自己的手。非烛望着山洞，顿时觉得那只手开始发烫。师傅曾经教导，受人恩惠，当竭力相报，但当这个人变成了妖精，她是不是还应该这么去做呢？

洞内依旧传来坍塌的声音，非烛再也没有多想，往前踏了一步。而就在这时，身后传来一个熟悉的声音：“好啊，果然比我们先来了一步！”

非烛一转头，便看到了那群盗宝者，说话的正是“邱刑二盗”中的邱先生。

邢夫人紧接着道：“你是不是已经拿到了封天印？快交出来！”

非烛道：“我们进山洞之前，封天印已经被盗。”

“洛城四煞”中的一个说道：“你以为这么说我们就会相信？”

他话音刚落，一个鹰爪钩就迎面而来！

非烛身体往后一仰，避过了钩子。她直起身子，摸了摸自己的褡裢，一时间有些慌张：眼前这些人几乎都有武器，而她身上只有对付妖精的东西，却没有对付人的。

正思忖着，盗宝者们已然围了上来，邢夫人下手最重，手执两把短小的匕首，和邱先生的鹰爪钩配合得极好。非烛与他们一交上手就开始躲，根本没有出手的机会，连连后退，招架不住。

此时，那衣着华贵的年轻人说道：“这位姑娘，我们并无杀人之心，你既然打不过，倒不如将东西交出来。”

非烛略一分神，肩膀被邢夫人的匕首所伤，她又是连连后退几步，道：“我说了，不是我拿的。”

邢夫人笑着冷哼道：“姜家少爷何必如此怜香惜玉，杀了她再搜，不就知道有没有了。”

那年轻人微微皱了皱眉，道：“邢夫人既然已经知晓我的身份，那便应该明白，这封天印，我们姜家志在必得。”

“你们姜家？”邱先生大声笑道，“这封天印，是姜家想要还是你姜子尧想要？”

姜子尧面色一沉，道：“邱先生此话何意？”

邱先生道：“谁不知道，你们姜家世代传有上古十大神器之一的凤凰琴，不过这琴，只传给当家的一人。姜家下一任家主是嫡子姜宸益，自然没有你什么份儿了！”

这话恰恰说中了姜子尧的痛处，他沉声道：“胡言乱语之人，岂能让你们活着离开这里！”

姜子尧双手一挥，身后一红一白两个女子身形如鬼魅般地向着邱刑二人了贴过去。

非烛得了喘气的机会，正要择路而逃，却又被洛城四煞拦了下来，这四人出手狠辣，才一交手，非烛身上又添了新伤。

以一敌四，毫无胜算，正当非烛不敌之际，突然听见身后山石碎裂的声音，众人一时间都往她身后看去。

非烛也回头一看，差一点就要惊呼，只见山洞里走出来一个浑身是血的人，周身充斥着骇人的戾气。

正是采胤。

非烛见采胤这般模样，心中已然懊悔不已，喃喃道：“对不起……”

采胤看了她一眼，目光已经不复之前的湛然清澈，而是带着深深的怨恨。

非烛尽力无视他对自己的愤怒，上前几步站在了采胤前面，道：“刚才是我不对，不应该把你们扔下，现在我保证，除非我死了，不会让他们动你分毫！”

采胤怔怔看着她，先前的怨气似是收了些许。

非烛道：“你受了重伤，站在我身后就行。”

“你以为自己很能打？”采胤嗤笑，“何况，我没有站人身后的习惯。” 方才非烛见死不救，他虽然心中痛恨，但眼下强敌面前，他还是选择了与她为伍。

那一头，姜子尧和邱刑夫妇也已经停下来，虎视眈眈地看着二人。他们一个已经重伤，一个缺乏经验，面对众人，根本不是对手。

采胤低沉着声音道："我二人身上真的没有封天印，诸位真的打算赶尽杀绝吗？"

姜子尧道："你一看便是邪佞，替天行道，何错之有！"他从被人识破心机的那一刻起便再也没有翩翩风度了。

采胤道："我是妖没错，但她是猎妖人。"

邢夫人道："与妖精为伍的猎妖人吗？这可真是天下奇谈了！你休要拖延时间，早晚都是要死的！"

邢夫人说完，看了一眼邱先生，邱先生当即举起鹰爪钩，朝着采胤挥了过去。

非烛立即把采胤往边上推去，上前一把抓住了鹰爪钩的绳索，迅速逼至邢夫人面前，扼住了她的喉咙。她本是想以邢夫人逼迫邱先生，制服这二人再说，不料与此同时，"洛城四煞"中有人挥出了一条九节鞭，直逼非烛眼前！

"小心！"采胤大叫一声，手中白光一闪，飞向九节鞭，瞬间将鞭子打成了粉碎。

九节鞭的主人是一个壮年男子，骇然道："这小妖竟还有这等妖力！"

非烛借此机会，欲夺邱先生的鹰爪钩，却不料邢夫人的匕首从背后偷袭，她躲闪不及，反被鹰爪钩捆住。

姜子尧拿出自己的收妖宝器——一把画着金色咒符的折扇，对准了采胤，道："今日，我便要让你魂飞魄散！"

非烛看着那把折扇，心中骤然一紧。她此前也做过很多次同样的事情，作为一个猎妖人，收妖是那么理所当然的事情，但是眼下，一想到采胤就要像以前被自己杀掉的那些小妖一样魂飞魄散了，她就不由得慌张起来。

"采胤，你快跑！"

采胤并未理会他，快速往边上一闪，躲开了姜子尧的攻击。

姜子尧身边一直跟随着的刀疤男子以及红白女子纷纷出动，和姜子尧一起站成了一个正方形，将采胤困在其中。

“狐妖，还不束手就擒！”

眼看着采胤痛苦地蜷缩在地上，非烛试图挣开鹰爪钩，手掌擦过钩子，鲜血淋漓，她大喊：“采胤！采胤！”

采胤即便痛苦万分，却并未发出任何声音，只是将自己缩成了一个越来越小的团子。非烛透过光线，隐约看到他的头上出现了毛茸茸的白色耳朵。

突然，一道金光自天际划破，几乎笼罩了整个山头。

众人大惊：“这是怎么回事？”

姜子尧暂缓了手中的动作，诧异道：“这难道是……龙族？”

非烛想到之前采胤的话，快速说道：“封天印本是龙族之物，你们擅自盗取，不怕引来追杀吗？”

这话当真吓唬到了众人，传说中的龙族可不是谁都可以得罪的。

金光之中，隐隐现出一条巨龙的形状。

姜子尧最先下令：“撤！”

话音刚落，他的三个手下便收回了武器，而一旁的洛城四煞早就不见了人影。

邱刑二人也觉得，这盗取宝物的罪过留给非烛和采胤就行了，也紧随姜家人之后，往山下赶去。

金光越来越强盛，将非烛和采胤笼罩其中。

非烛的眼睛几乎看不见东西，摸索着向采胤的方向慢慢挪过去。

待金光散去，非烛看到一个穿着得繁华烂漫的少年。这是一张宛如精雕细琢的俊美绝伦的脸，棱角分明处又显出不拘一格的洒脱之态，墨黑的长发，衬得他金冠下的面部显出珍珠似的白色光泽。

少年看着二人，嘴角似笑非笑，道：“一只弱小的狐妖，一个更弱小的猎妖人。”

非烛看向采胤，方才还缩成一团的他，现在又恢复了正常的人形，耳朵上的白毛也渐渐褪去。

这龙族少年名为青曜，相传是龙宫中最纨绔不羁的子弟，虽然很早就被选定为下一任继承人，但常年喜欢在外游荡。偏偏龙王就这一个儿子，怎么宠都宠不过来。这一次，他又是寻着了正儿八经的理由，离开了龙宫。

青曜看着采胤，趾高气昂地说道："狐妖，你当知我来是为了什么！"

采胤从怀中掏出龙牙和避水神珠，道："现物归原主，逼不得已，还望见谅。"

"狐妖，你拿走我小妹的乳牙也就算了，为何还要偷走我大嫂的避水珠？"青曜一脸的义愤填膺，"明知我大嫂的本体是飞鸟，你这是要让她淹死吗！"

非烛小声说道："这位……公子，你不是来找封天印的吗？"

"封天印？封天印早就被花妖盗走了，你们这些蠢人才会跑到青丘山来找！"青曜说着又看向采胤，"你跑得倒是快啊，害我追了一路！"

采胤低着头，勉强支撑着自己站起身，往山洞走去。

非烛知道他是要去找紫芸，想了想，还是跟了上去。

山洞中依旧是漆黑一片。

非烛再次见到紫芸，她已经是一具尸体，化身为狐，通体雪白，只是已经被鲜血渗透。

采胤将白狐的尸身抱在怀中，一步一瘸地往更深的洞内走去。

看着悲伤的采胤，非烛一时间忘了人妖之别，青曜也没有再提偷窃之事，反而在手中升起了一团淡淡的柔光，给采胤照路。

采胤在一处平坦的地方挖了小坑，将紫芸的尸体轻轻放进去。

"咣当"一声，紫芸的白毛之中掉出来一个晶莹剔透的小球。

采胤捡起一看，快速地收进了袖子里。

（三）惕龙乾乾

楼千夜按照听鸢嘱托，将封天印送到四皇子段景易手中，已经是半个月后。

他素来不问世事，所以见到段景易的时候几乎吓了一跳，这个四皇子竟然只有十岁出头。

即便如此，段景易也是个性格诡异莫测的人，他收了东西，一句话都没有跟楼千夜说，便下令送客了，连杯茶水都没有招待。

不过，楼千夜对这些礼数也不甚在意，心中惦记着家中的花，早早便收拾东西往回赶路了。

他来的时候非常顺利，中途也没遇到什么事情，但回去的第一天就在客栈中被一个样貌娇俏的女子拦住了。

那女子从他身边走过的时候，轻轻说道："公子身上有白茶花的香气。"

楼千夜一喜，觉得是遇到了同道中人，道："姑娘鼻子可真灵，我家的确种了许多白茶。"

"闻着十分可亲啊，"女子笑着，又靠近了一步，身上竟也有着一股淡淡的香味，"公子可认识一朵名叫听鸢的白茶？"

楼千夜愣了愣，正要回话，一眨眼的功夫，那姑娘却不见了。

他立马追出去看，见青天白日，街道上人来人往，可哪有那女子的影子。

空气中还余留着一缕清香。

楼千夜在客栈休息了一晚，第二天起来的时候却觉得有些不对劲：周遭的空气中，昨日那香味似是愈加浓重了。他问店小二是否闻到一股奇异的花香，店小二却并未闻到。

想来是自己的鼻子比常人敏感，楼千夜这样想着，也没有多虑，继续赶路了。

一路上山清水秀，但他越发觉得和来时的路不太一样了。

鼻尖依旧是萦绕着不肯散去的香气，楼千夜觉得晕晕乎乎。以他对花香的了解，这世上怎还会有他分辨不出的花香呢……无意间抬手一看，他发现，自己的手臂上竟然满是花朵的印记。他抬手去擦，擦不掉，这印记竟像是从自己的身体里长出来的一般。

这样的场景，他倒是曾有所耳闻。

他看书多，很快就怀疑道："难不成是……中了花毒？"

楼千夜看了看周围，确定没人之后，脱下了外衣，又解开单衣，那诡异的花，竟然布满了全身。

他喃喃道："果不其然。"

楼千夜是常年侍花之人，自然明白，花之毒，可轻可重。他认为自己这毒中得或许不轻，但心中倒也坦然，觉得此事应当与客栈中遇到的那个女子有关——至于他究竟是遇上了什么事情，所谓船到桥头自然直，事情总会找上他的。

所以他并不着急，按照原计划，往洛城的方向走去。

又过了一天，楼千夜发现自己迷路了。

他的方向感原本是极好的，但按着原路走，越走越是人烟稀少，但越发的花繁叶茂。直至现在，他仿佛置身于一个巨大的花园中，周遭无人，唯有花香涌动。

似乎……还没有到百花盛放的花季啊。

楼千夜继续往前走了几步，看到不远处竖着一块石碑，走近一看，上面写着两个古篆小字：花界。

花界？

这真的不是……在做梦吗？

前方传来一个声音："看来公子也是心志坚定之人，不然不会走到这里。"

楼千夜抬头，看到的正是前日客栈中的女子。

她款款走来，道："我是侍养水仙的小神若水，引你来此，实在是有不得已的缘故。"

楼千夜道："但说无妨。"

若水见他这般泰然自若，又是一怔，道："中了此种花毒的人是很容易迷失心智的，你竟能如此。"

楼千夜道："我是爱花之人。"

他话刚说完，觉得之前头晕目眩的状况减轻了许多，原本怎么也分辨不出的香味，现在也能分清是水仙。他抬起手臂，那混乱排布的花朵竟也变成了一朵朵可爱的金盏银台。

若水道："公子既然神思清晰了，便随我来吧。"

楼千夜跟着若水，走入了一个更大的花园，姹紫嫣红，花香沉醉。

在一棵巨大无比的银杏树下，花藤缠绕的华丽躺椅上坐着一个红衣女子，微含笑意地看着楼千夜。

若水对楼千夜说道："这位便是百花之神。"

楼千夜长揖道："在下洛城楼千夜，见过上神。"

于濯道："不敢称上神，湮西姐姐被困龙宫，我只是暂代花神之职。"

自从湮西被龙王囚禁，花界便一直由这位牡丹仙子于濯代理花神之位。

"对我一介凡人来说，皆是上神。"楼千夜道，"不知引我来此，所谓何事？"

于濯看着他，直言道："你可认识一个名叫听鸢的白茶花妖？"

楼千夜据实以告："认得。"

"我们找到你，正是因为你身上有听鸢的味道。"于濯继续问道，"她现在身在何处？"

楼千夜道："请恕在下直言，我和听鸢姑娘虽是一面之缘，但相交甚欢，若上神是想将她缉拿归案，我是万万不会将她的行踪告知的。"

于濯的目光冷了下来，道："听鸢背叛花界，投靠了人间帝王，将封天印交给皇子段景易，罪不可赦。"

楼千夜道："此事……在下无能为力。"

"你不用这么快给我答复。"于濯示意若水将人带下去，"我给你时间考虑，你也该相信，即便你只字不提，我也能找到听鸢。"

楼千夜的眼神黯了黯。

"青曜，你究竟还要跟着我们多久？"

采胤终于忍不住发话了。

自从那日下了青丘山，采胤和非烛决定结伴而行，前去寻找封天印，但青曜一直跟着他们，怎么也甩不掉。

青曜道："大路朝天，各走各的，我们只是恰好同路。"

采胤道："那你先走吧。"

青曜微微一笑，道："我正要休息片刻。"

非烛瞪大了眼睛看着他……怎么说也是龙族上神，竟然如此难缠。

采胤走到青曜身边，正色道："青曜，我们把话敞开了说吧，你究竟想怎么样？"

青曜狡黠地一笑，道："你埋葬你紫芸姑姑的时候，她身上掉下来一个梦境。"

采胤面色一寒，道："那也是我自己家的事情，与你何干？"

"是不是你自己家的事情，得看了才知道。"青曜难得一脸严肃，"采胤，当年龙族和狐族的内乱，紫芸是知情者，她死前的话，可不仅仅会关系到狐族。"

采胤将那日的紫芸身上掉落的小球拿出来，非烛大吃一惊，这还是她第一次见到妖精死后用毕生妖力凝结而成的梦境。只是这只球，比当日所见，小了许多。

青曜很快就解答了非烛心中的疑惑："紫芸的法力不强，梦境存在不了多久，你再不看，可就要来不及了。"

采胤低头想了想，将手一抬，那梦境小球被抛到空中，逐渐放大成一个透明的结界，结界中，过往的人与事一一浮现。

一百多年前，龙王青昭与花神堙西定下婚约。

两族通婚，原本是一件值得高兴的事情，但龙王真正深爱的却是青丘山之主，狐族的罗玘仙子。

迫于天界压力，青昭最终还是迎娶了堙西，但就在新婚之夜，青昭与罗玘的孩子出生。

当晚，堙西大闹龙族，场面极其混乱，罗玘羞愤而死，她生下的那个孩子也失踪了。

自此，青丘山大乱，落入锦璜之手，而湮西也被龙王囚禁了起来，花界群龙无首。

带走那孩子的便是曾经受恩于罗玘的紫芸。

紫芸为孩子取名采胤，悉心教导，期盼着有朝一日，他能重回青丘山，拿回属于自己的东西。

结界逐渐散去，冷风中，采胤和非烛、青曜三人静静地站立着。

“其实，我此次前来，不光是为了寻找龙牙和避水珠，”青曜打破了沉默，看向采胤道，“父亲年迈，身体大不如前，对你……甚是惦念。”

采胤冷冷地看过去，道：“你们龙族的事，与我并无半分关系。”

青曜道：“紫芸的话已经很清楚了，龙族和狐族，百年前的恩恩怨怨，至今难分难解。采胤，你是两族结合所生，我是你的哥哥。”

采胤道：“姑姑死后，我在这世上已无亲人，龙族是显贵神族，高高在上，又岂是我们低贱的狐妖可以高攀的。”

他声音低沉，带血的衣服在寒风中飘拂着，有些许阴森之感。

非烛张了张口，想要安慰几句，但话到嘴边，又咽了下去。她提醒自己，你可别忘记自己是一个猎妖人啊。

“叮当，叮当……”

测魂铃骤然响起，非烛一惊。只见那暗紫色的铃铛自行浮在了非烛面前，像是一种指引，告诉她附近有强烈的妖气。

非烛和青曜同时看向采胤。

他衣服上的血迹似乎更红了，明暗交接的天色下，那张本就英俊的脸显现出几分妖媚，仿佛下一秒就要摄人心魄。

“采胤！”青曜上前一步，大惊道，“你万不可冲动，一旦选择了化身为狐，龙族的能力会尽数消失的！”

采胤沉默不语，周身的戾气却清晰可辨。

他的身后，一条雪白的尾巴渐渐长了出来。

测魂铃震动得更为剧烈，非烛将铃铛扯过来，紧紧地系在身上。

她此时才明白过来，之前测魂铃对采胤忽然失灵，是因为他身上还带着龙族的血气，化妖，化神，全凭他一念之间。

“采胤……”非烛忍不住脱口而出道，“你若是变成了狐妖，我们就做不成朋友了啊！”

采胤置若罔闻，眼中充斥着一片可怖的血色。

非烛急道：“青曜，怎么办？”

青曜面色肃然，道：“外力毫无办法，这是他自己的选择。”

非烛不明白，为什么采胤放着龙族皇子不做，要去做一个无家可归的妖精。但是这一刻，她看着痛苦的采胤，心中也难受极了。

若是他真的变成了狐妖，还会是原来的样子吗？我要……杀了他吗？

乌云遮蔽了月亮，天空顿时陷入了一片深沉的漆黑。

非烛看到采胤在几步之遥的地方虚弱地倒了下去。即便看不真切，非烛也知道，采胤现在很痛苦，但是他一点声音都没有发出，安静得十分吓人。

当月光再次从天际透出来的时候，非烛和青曜都知道，已经回天无力了。

采胤跌坐在地上，还是原来的模样，那雪白的尾巴已经看不见了，但周身的妖气分明提示着他已经是一个彻头彻尾的狐妖。

在过去一百一十六年的岁月里，采胤没有选择成神，也没有选择成妖，他觉得十方世界对他而言似乎还隔着一层看不见的屏障。

直到方才紫芸的梦境结界散去，那一层屏障似乎也跟着一起散去了，他看清了这个世界的虚实，为自己铺设下了前路——尽管，这条路更为艰难。

他毫不犹豫地走向了母亲，立誓成妖，与龙族划清界限。

从此之后，没有血缘，只有仇恨。

采胤迎风站立，血衣猎猎而响，一双雪白的耳朵尖尖竖立在发丝中。他和这世间任何一个颠倒众生的妖精没什么区别，一样的桃花眼、柳叶眉，看向非烛的时候，嘴角带着一抹似是而非的笑容，道："你会杀了我吗？猎妖人。"

非烛收起测魂铃的同时，也按下了心中的万般滋味，道："现在不会，但日后的事情……谁又能知道呢？"

他们中间只隔着几步，但夜色沉得仿佛快要看不见彼此。所谓缘分，只限今生，可这一生，偏偏他是妖精，她是猎妖人。

（四）跃龙在渊

采胤变为真正的狐妖之后，非烛和青曜对他的不适应感增多了不少，但二人不约而同地没有离开，组成了一个奇怪的三人组合。

非烛终于忍不住问道："你们一直向西走，是已经知道了封天印的方向？"

采胤并不答话，他已经沉默了很久。

青曜说道："采胤想要拿到封天印，从锦璜手中夺回青丘。我们龙族也想要封天印，是想找回世代相传的宝贝。除此之外，便是花界了。"

非烛想到之前的所见，顿时反应过来，道："你说过封天印被花妖拿走了，原本还以为是胡乱说的呢。花界是要以封天印救出被龙王镇压的花神湮西？"

青曜道："正是。"

非烛看着前方的道路，道："所以，我们是在前往花界的路上？"

“是啊。”青曜笑着看向她，“花界全是花妖，你不害怕？”

非烛道：“我可是猎妖人！”

青曜笑道：“一次能把整个花界都拿下？”

非烛哼了一声，没有说话。

青曜恍悟道：“我差点忘了，你也是有理想的，成为一名狩妖师，是吧？”

非烛挺直了身板，答道：“没错。”

有了青丘山上与盗宝者们交手的经验，非烛决定给自己找一件称手的法器。在路过一个小城的时候，采胤和青曜陪她一起走进了一间兵器铺子。

老板热情欢迎道：“三位小兄弟，想要什么样的武器？”

采胤恍若未闻，径自走了进去。

青曜看一眼非烛，轻咳一声。

不过非烛并未觉得有什么不妥，目光流连于挂满了整个墙壁的武器。

青曜看她一脸懵懂的样子，问道：“非烛，你习惯用什么武器？”

非烛道：“师傅没有教过怎么和人打架，之前都是用镇妖咒的。”

“配一把短剑如何？”青曜指着墙上一把做工精巧的剑，道，“这上面的雕花真好看，一看就是费了心思的。”

非烛看了看，皱眉道：“要好看何用？”

青曜轻叹道：“你是女孩子啊……”

非烛抬手，指尖轻轻滑过摆在桌上的一柄长刀。

老板说道：“这把刀，您怕是拿不起来的……”

他话未说完，非烛手握刀柄，轻轻一提就将刀提了起来。她在老板惊讶的目光中，说道："的确有点重。"

说罢，便把刀放下了。

一转头，见采胤的手里正拿着一把弓弩。

非烛眼中一阵喜色，走过去道："采胤，这个给我看看。"

采胤将弓弩递过去。

这是一把通体暗红的弓弩，看似偏小于一般的弓弩，但非烛拿在手中觉得大小正好合适。

"我要这个。"她未做多想，就快速决定了。

老板问道："不用再看看别的吗？"

"不用了。"非烛觉得，第一眼看中的就很好。

付了钱，将弓弩往身上一背，走出兵器铺的时候，非烛顿觉神清气爽。

非烛、采胤和青曜一路西行，走到六七天的时候，遇到了一个猎妖人，还有一只妖精。

那是一只猫妖，通体黑色，从他们身边仓皇而过的时候，非烛身上的测魂铃响了。她立即警觉起来，一手按上了背后的弓弩。

自从采胤对测魂铃做了点手脚之后，即便是和他走得非常近，铃铛也不响了。非烛已经很久没有听到铃声，原以为它失灵了，但现在看来，仅仅是对采胤失灵。

猫妖似乎受了伤，一只脚带着血，没走几步便重重地跌在地上。

非烛原本还想试试自己的新武器，一看都不需要出手，还微微有些沮丧。

那猫妖被测魂铃所惊，忽然之间变成了一个女子，向他们哀求道："三位高人饶命，我从未做过坏事，你们放过我吧……"

她化成人形的样子极为美貌，此刻双眼含泪，我见犹怜。

"你受了伤？"非烛看了看她的脚，很明显，那是被猎妖人的法器所伤。

猫妖道："是……是我自己不小心……"

"伤你的人呢？"

那猫妖一副泫然欲泣的样子，道："被他的师傅带走了。"

青曜立即看出了些趣味，道："他不忍杀你？"

猫妖看了看青曜，眸中带着一抹悲伤，她点了点头，泪水从脸庞滑落。

"啧啧啧，要是早到一会儿，便能看一出好戏了。"青曜一脸可惜，看了看身边的采胤道，"你说是不是啊？"

猫妖这才注意到采胤，一看之下，震惊道："你……你也是妖？"

采胤微微点了点头。

猫妖道："你们为何可以同路？"

青曜道："那个猎妖人不也留了你的性命吗？"

人妖殊途是这世间不可打破的定论，可偏就会有人以身涉险。

青曜看向非烛，道："这也是个可怜的妖精，放过她吧。"

非烛不置可否，站在那里沉思。

这个猫妖，少说也有三五百年的修行，若不是眼下受了重伤，非烛根本不会是她的对手——可就因为这样，放走她似乎有些可惜。

采胤眸光轻蔑地笑了笑。

就在此时，后方的树林里，传来一个中年男子的声音："把那猫妖留给我！"

那猫妖浑身一颤，下意识地蜷起了身子。

待那人走近，众人看到，这是一个三十多岁的虬髯男子，面目粗犷，手持一把巨斧。

青曜一看那样式古朴的巨斧，就忍不住惊呼道："开天斧！你是乐庄子！"

非烛心中也是一惊，虽然一直听人说起上古神器，但今天却是第一次见到。

“不错，正是在下。”乐庄子的目光落在猫妖身上，“这畜生竟然敢勾引我的徒儿，今日，我便要她魂飞魄散！”

上古神器的持有者们在猎妖人中都是耳熟能详的，非烛记得，这个乐庄子，最声名远播的特点是嗜杀。

乐庄子巨斧一抬，一道镇妖咒便朝着猫妖盖了过去！

猫妖在这一刻竟然没有了恐惧，面露凄惶之色，绝望地闭上了眼睛。

非烛心中竟也生出一丝不忍，但她也只是站在那里，静候着一切的发生。

然而，那道镇妖咒并没有落到猫妖身上，只见一道暗紫色的光芒飞快地射向符咒，从正中间穿堂而过，将符咒击落在地。

那道光芒正是来自于采胤。

乐庄子看到采胤，反而高兴起来，道：“竟然还有一只狐妖，你隐藏得倒是好，我险些就没有看到！”

采胤看着他，目光沉静。

乐庄子道：“那就先收拾了你！”

非烛骤然一惊。乐庄子要杀猫妖，她管不着，但要杀采胤，她可就不能坐视不管了。她走到采胤身前，道：“乐前辈，这只妖精是我的！”

乐庄子道：“你一个小娃娃，也有胆子敢跟我抢猎物？”

非烛一听便知这是个不讲道理的人，气道：“总要讲究先来后到吧。”

乐庄子道：“我看你与这狐妖相处得十分融洽，并不像要收了他的样子。”

非烛面色一顿，道：“那也是我自己的事情。”

“人妖为伍，扰乱纲纪，可不是你自己的事情了！”乐庄子说着，往前走了一步，“让开，不然就连你一起杀了！”

采胤在非烛身后，淡淡说道：“让开，我的生死又与你何干？”

非烛站在他前面，没有动。

乐庄子怒道：“不知好歹，找死！”

开天斧在他手中放出强光，向着非烛和采胤横劈而来，果然带着劈开天与地的强劲气势。

青曜迅速出手，在眼前结出一个金光闪闪的球体，将非烛和采胤包裹在其中，又闪身来到他们前面，拿出了自己的法器。

那是一串并未串起来的七彩珍珠，十多颗小球在他的控制下在空中一闪而过，仿佛一道彩虹。

七彩珠将开天斧牢牢地束缚住，像是绳索一般。

乐庄子大骇：“你是龙族！”

青曜道：“你学艺不精，所以开天斧才会被我的七彩珠所困，若是再不走，我就废了你狩妖师的身份！”

他说完，收回了七彩珠，开天斧应声落地。

乐庄子不甘地看了他一眼，却是再也不敢说一句话，捡起开天斧后，快速离开。

采胤看向那猫妖，道：“走吧，日后再也不要接近人了。”

“多谢恩公。”那猫妖向他们跪了下来，磕了三个头后，化为原形，消失在树林里。

非烛看看青曜，道：“谢谢你出手相救。”

青曜鼓了鼓腮帮子，笑道：“我救你们也不是头一回了，以后说不定还要经常救，所以谢谢就免了吧。”

采胤目视前方，淡淡说道：“我们一行，一人，一妖，一龙，都是想拿封天印的，真到了那时，归谁？”

非烛心中也是一顿，这也是她思考了许久的问题。自她得知采胤和青曜的真实身份，又听他们说起龙族和狐族的往事之后，便觉得采胤是一只可怜的妖精，心中决定帮他，于是在不知不觉中模糊了种族不同的概念。

但是真到了封天印出现的那一日，她能眼睁睁地拱手让人？而采胤，也根本不是青曜的对手……

青曜对这个问题似乎早有想法，提议道："采胤既然要夺回青丘山，那就先把封天印给他用，这之后的十年，归非烛所有，十年后，我再将封天印带回龙族。你们觉得这样可好？"

三人都不铢锱必较，很快就达成了一致。

非烛不由得感叹，道："我这一辈子，都没有几个十年，那么漫长的时间，对你们而言，却好像只是一瞬。"

采胤道："人类之所以憎恶妖精，有一部分原因就是因为嫉妒吧。"

"妖精有什么好嫉妒的？"非烛不满道，"若真那么好，为何会有那么多妖精想要修成人？"

采胤轻蔑地笑了笑，道："活得久了，就会胡思乱想，却不知人世艰难，倒不如活在当下。"

听鸢在楼家等了许久，一直没有等到任何关于楼千夜的消息，她担惊受怕了好一阵子，养好了伤后，便决定亲自前去西翎国。

她原本以为楼千夜并没有将封天印带到西翎国，出乎意料的是，段景易拿着楼千夜带回的封天印向她问罪：为何她派人送来的，会是一块假印！

听鸢听后，也是又惊又怒。她不知道是自己从青丘山拿回来的封天印本就是假的，还是楼千夜暗中掉包了。思来想去，还是觉得后者的可能性居多——若是楼千夜没有从中作梗，他又为何迟迟不回洛城呢？

段景易道："由你带路，我要亲自去一趟花界。"

听鸢一惊，道："王爷，此去恐怕凶险……"

段景易道："你觉得我没有和花界抗衡的能力？"

"听鸢不敢，"她低头认错道，"听鸢遵命，追随王爷。"

段景易满意地笑了笑，说道："你放心，待事情都做完了，你想要的东西，本王自会给你的。"

"多谢王爷！"

因为没有正确的指引方向，去花界的路口十分难寻，非烛三人结伴，这一走就走了两个月。

这两个月中发生了很多事情。

在路经一个偏远村落的时候，他们发现了怪异。

采胤最先闻到了妖气，道："这村落看着就不正常，分明是白天，却莫名地安静。"

青曜环顾四周，道："我也这么觉得，不如我们今晚就在这儿住下，看看到底有什么古怪。"

当晚，他们便在一个老伯伯家借宿。

午夜时分，阴风呼啸。

非烛从床上翻身而起，拿起自己的弓弩，走出了房间。

她没有叫醒采胤和青曜，想要独自去看看发生了什么，因为自从和他们结伴以来，有什么事情都是他们二人出手，自己的能力都明显下降了。

非烛跟随着测魂铃的指引，一路快步而行，来到了村庄正中心的一间老宅。

测魂铃显示，这里的确有妖精。

非烛将弓弩拿在手中，另一只手在空中画了一道符，随后隐去了测魂铃的声音，缓缓往里走去。

古宅内没有任何多余的装饰，一个身受重伤的男子躺在简陋的床榻上。他的身侧，一个女子正将一缕白烟缓缓注入他的体内。

非烛第一眼就认了出来，这女子正是之前遇见过的猫妖，而那一缕白烟竟是人的魂魄！

非烛大声呵斥："你在做什么！"

那猫妖看见她，顿时一惊，但手上的动作并未停下，反而是加快了速度。

非烛怒道："我们当日看你可怜，放你一马，不料你竟然敢生食人的魂魄！"

"我是为了救人！"猫妖将最后一丝白烟注入了男子的嘴中，转过身来面向非烛，"这是乐庄子的徒弟，名叫夏生，他为了救我，被乐庄子伤成了这样，我不能不救他。"

非烛走近一看，这个名叫夏生的男子原本只剩下一口气，但因为身体在慢慢吸收别人的精魄，竟有了还魂之势。

她曾经有所耳闻，以魂补魂可以起死回生，但是却要消耗别人大量的魂魄。

非烛死死盯着猫妖，道："你杀了多少人？"

猫妖惨笑，道："我不记得了……我只知道，夏生快要活过来了。"

"看来当日放了你，果然是做错了！"非烛抬起手，将弓弩对准了猫妖。

猫妖眼中毫无惧色，道："就你一人吗？怕不是我的对手。"

非烛冷笑道："那我可要试试看！"

她快速射出一支箭，箭尖带着符咒，向猫妖射去。

猫妖站在那里没有动，一抬手，衣袂翻飞，制止住了向她射去的箭，斩断成两截。她对非烛道："我五百年修行，你真的不是我的对手，原本念在你们上次救我一命，我可以放过你，但你既然这样固执，倒不如拿你的魂魄，一起喂了夏生。"

正欲动手，他身后那男子虚弱开口：“樱华……你在做什么？”

这名为樱华的猫妖顿时停下了手中的动作，转过身蹲坐在夏生边上，喜道：“你终于醒了！”

“我醒了许久了，”夏生吃力道，“所以，你刚才说的话，我都听见了。”

樱华面色一白，慌张地解释道：“我是为了救你。”

夏生的手，缓缓握住了身边的剑，道：“我说过，若伤人性命，我必不会饶你。”

樱华惨然道：“你真的要杀了我？”

夏生闭眼，横剑。

下一刻，那把剑便刺入了樱华的心脏，似是裹挟着西漠极寒的风，从鲜血迸溢的刀口直灌而入，一寸寸漫延过她的血脉、骨肉和心脏。

樱华抬起头，目光从这把熟悉的古剑一点点往上移去，停驻在这张脸上——这是多么让她迷恋的一张脸啊，这个人曾与她携手走过西漠的都城，笑说欲将海底的夜明珠作为迎娶她的聘礼。

她竟也真的信了，将身份尽数告知，却不料换来了今后数年的东躲西藏。

她未料到他会为了自己险些死在乐庄子的手中，更未料到，这柄她从雪域拿回来送他的剑，此刻竟然毫不犹豫地穿透了她的身体。

非烛看着眼前的一切，震惊地说不出话来。

她的身后，采胤和青曜站在大门口。

他们一早便到了，只是非烛没有察觉到。

樱华在遇到夏生之前便一直住在这个村落里修行。

白日，她住在一个老奶奶家里，陪老奶奶悠闲地晒着太阳。

夜晚，她来到寂静的树林，在月光下吸收天地精华、修缮自身。

这样的日子持续了很多年，直到老奶奶死去，她决定开始去人间游历。

樱华走了很多地方，也遇到过很多人，对人间俗世都看得极淡，直到在西漠，她遇到了同样在修行的夏生。

他对她动过杀念，但终究还是不忍。

她对他起了念头，一路缠着他，有恃无恐。

夏生最终还是妥协了。

他们有过一段很美好的日子，但是很快便被乐庄子知晓了。

乐庄子亲自动手，几乎要了夏生的性命，随后又告诉樱华，以魄补魄可以起死回生。

从那时候起，樱华便知道了，乐庄子是想让夏生亲手杀了她。这样，不用他自己动手就能杀了她，还能为自己的徒儿度过一个劫数。

明知这是乐庄子的计谋，但樱华还是这么做了。

她不能眼睁睁地看着夏生死去。

果不其然，夏生在醒来的一刻，听闻她的所作所为，便毫不犹豫地杀了她。

樱华死前甚至在想，他这般毫不犹豫，是不是怕多想一刻，便要不忍杀她。她看着夏生笑了，喃喃道："即便知道是这样的结局，我也没有后悔过。"

她断了气，化为黑猫，死在夏生怀里。

离开了那个村落后，非烛一路的情绪都很低落。

青曜在旁刺激她，道："你是不是觉得，妖精也不全是坏的，当一个猎妖人，其实很为难？"

非烛哼了一声，没有说话。

不过在心底里，她确实很早就开始反思了：妖精和人一样，其实都是有好有坏的。

所以，在遇到听鸢的时候，非烛并没有动杀念。

那是在他们快抵达花界的时候，青曜正在给二人解说花界的知识。花界的特殊之处在于，妖仙共存，掌花的皆为小仙，其余的才是妖。所以一般而言，即便花界妖精众多，猎妖人也不会贸贸然进入的。

至于花界之外的小花妖，那就听凭处置了。

非烛看到听鸢，是在一家茶肆。

她一闻便知道了，这是一只十分罕见的白茶花妖。

青曜似乎是看出了非烛的心思，道："这里距离花界已经不远了，这只花妖很可能是要回去的，我们别轻举妄动，跟着他们。"

非烛道："好。"

快到花界入口的时候，段景易告诉听鸢，他们被人跟踪了。

听鸢问道："要不要甩掉他们？"

段景易想了想，道："不必，这几人虽不知道是什么势力，但肯定不会帮着花界的，到时候，越混乱越好。"

听鸢点点头，道："我明白了。"

于是，这两路人一前一后地来到了花界。

这是一个暗无天日的水牢。

楼千夜不知道自己在这里被困了多久，他只觉得越来越虚弱，而身上的花香也越来越重。

如果能这样死去，也是很好的呢……这几日，他时常这般想着。

想着想着，便看见了听鸢。

楼千夜以为自己是出现了幻觉，轻轻说道："想不到临死前还会出现你的幻影。"

听鸢在见到楼千夜的那一刻，便知道自己错了，她本以为楼千夜欺骗了她，但见到这副模样的他，她当即便心疼了。

"这不是幻觉，真的是我。"听鸢走至楼千夜身边，道，"你前去西翎国的路上有没有遇到什么奇怪的人？"

楼千夜道："不曾。"

听鸢急道："那封天印怎么会变成假的呢？"

楼千夜虚弱地摇了摇头。

"我在这里不可久留，但你放心，我会想办法救你出去的。"听鸢摸了摸楼千夜消瘦的脸，道，"封天印很有可能就藏在花界，若是你有了消息，想办法告诉我，西翎国绝不会亏待你的。"

楼千夜道："我本以为你只是一个单纯善良的花妖。"

"每个人都有自己想要的东西，妖精也有。"听鸢的眼神依旧清澈，看着楼千夜问道，"你是不是，后悔当初与我结交了？"

楼千夜摇了摇头，道："世上本无后悔之路。"

听鸢正色道："你放心，不管怎样，你是因为我才被囚禁在这里的，我会想办法救你出去的。"

楼千夜闻到她身上的白茶花香，微弱地笑了笑。

于濯坐在她的躺椅上，听完了木仙嘉瑶呈上的部署，满意地点了点头。

"嘉瑶，你一直做得很好，"于濯摆弄着手中的牡丹花，"待我成功坐上花神之位，定少不了你的好处。"

多年来，于濯表面上急于寻找湮西，实际上却想把这个位子名正言顺地坐下去。

所以，湮西必须死。

花界支持于濯的那一半势力一直在谋划着一个惊天的秘密：借助封天印，以人为药引，布下花阵。即便湮西远在龙宫，也一样能杀她于无形。而杀了湮西之后，于濯就能拿掉代理二字，成为名至实归的花神了。

木仙嘉瑶一身素衣，目光沉静，谦卑地说道："您坐这花神之位，本就比谁都合适，花界在您的治理下比任何时候都好。"

于濯一脸得意，道：“可不只是花界，只要花阵能够成功，我今后的目标就是整个妖界！”

嘉瑶跪下长拜，道：“这一日很快便会到来的。”

（五）飞龙在天

非烛等人暗中跟随听鸢，到了水牢之后就迷失了方向。

他们看到水牢中囚禁着一个人，那人穿着华丽的衣服，虽然脚上被锁链禁锢了，但姿态依旧娴雅。

三人看周围没有看守的人，便缓缓走了过去。

楼千夜听到脚步声，刚好从噩梦中惊醒过来，他抬头看向来人，鬓发微乱。

青曜问道："你是什么人？为何被关在这里？"

"在下洛城楼千夜，"他沙哑着声音，"为朋友办事，却不慎中了花毒，我也不知道她们将我关押在此有什么目的。"

采胤一眼便看见了他手背上黑色的花纹，道："你的花毒中得极深，若是常人，此刻早就命丧黄泉了。"

楼千夜道："想来是我自小就开始种花的缘故，对这花毒竟也不觉得抗拒……"

"不，"青曜看着楼千夜，缓缓说道，"如果我的猜测是对的，她们是想用你做药引。”

非烛诧异道：“药引？什么药引？”

“你很快就知道了，”一个声音从后面传来，“把他们全都抓起来，喂上花毒，一同用作药引。”

“是！”

来人正是于濯，她一下令，身边的花妖们顿时便围了过来。

楼千夜之前原本在想，为什么自己被留在花界这么久却一直没有被杀死，现在终于知道原因了。原来自己已经成了药引。

非烛三人之前两个月的确遇到过一些小小的危机，能力也有所提升，但面对整个花界的势力，他们绝然不是对手。

非烛轻声问青曜：“现在该怎么办？”

青曜道：“我用尽全力，出去是没问题，但也会两败俱伤，更何况，我很想搞清楚，这个于濯究竟想做什么。”

采胤道：“好，我就陪你们做一回药引。”

他们有意留下来查探情况，所以故意示弱，很快就被花妖们擒住了。

将三人一同扔进水牢后，于濯对嘉瑶吩咐道：“这件事情就交给你了，别忘了最终的日期。”

嘉瑶恭敬地应道：“遵命。”

于濯走后，嘉瑶让所有人都退了下去。

她走至青曜面前，盈盈拜道：“木仙嘉瑶，参见上神。”

青曜微微惊愕，道：“不必多礼，你是如何看出我的身份的？”

嘉瑶答道：“上神怕您的朋友们中毒，将避水珠给了他们，虽然动作做得极为隐秘，但我素来目明，还是看见了。”

青曜点点头，道：“你倒是敏锐。”

嘉瑶道：“冒犯上神，实属无心，嘉瑶定会想办法将你们放出去，但也恳请上神答应我一件事。”

青曜来了兴致，笑道：“你是要和我谈交换条件吗？”

“不敢。”嘉瑶道，“请问上神，花神湮西是否还被困龙宫之中？”

青曜说道：“湮西在龙宫中不错，却不是被困。”

嘉瑶一惊，追问道：“不是被困？”

青曜道：“她是自己不愿意离开的。”

“这是为何？”

青曜道：“是何原因，你自己见到她当面问问不就行了。”

嘉瑶惊道：“我能见到湮西？”

青曜道：“你都要把我们放出去了，这么一个小小的要求，我难道还能不答应吗？”

“多谢上神！”

青曜道：“这是小事，不必言谢，但你还得告诉我，这个于濯究竟想要做什么？”

嘉瑶想了想，并未隐瞒，如实相告，道：“最强的花毒能在千里之外杀人于无形，于濯想杀死湮西后成为真正的花神。”

青曜冷哼：“她倒也是费尽心机。”

嘉瑶道：“不仅如此，于濯还想染指三界。”

“真是胆大妄为！”青曜气得一把拍在铁门上，“小小花神还想掀起什么大风大浪，太不自量力了！”

嘉瑶道：“于濯的确是在异想天开，但花界众生并非都有这种想法，望上神知情，饶恕其他花妖。”

青曜道：“饶不饶恕，当由天界来做这个定论，但我会将你的意思禀明天界的。”

嘉瑶感激地说道：“那我先代花界谢过上神。之后的几天，需要各位与我一同演一出戏了。”

接下来的半个月，非烛、采胤、青曜和木仙嘉瑶联合起来，让于濯误以为这些人的确已经没有能力，只能任凭她作为药引，在这里等死。

待到花毒已成，于濯就准备开始她的计划了。

水牢中的日子分外无趣。

非烛想法子和其他三人讲话，见采胤一脸冷漠，楼千夜身体虚弱，她只好把目光放在了青曜身上。

“青曜，你们上神是不是挺看不起妖界和人界的？”

“你们人类才会觉得三界有尊卑之分呢，在我看来，这并不是尊卑，只是秩序而已。”青曜道，“你知道三界是如何形成的吗？”

非烛回忆起以前师傅给她看的书中内容，道：“太虚之初，天地日月未具，浑沌玄黄，有盘古大神居其中，历一万八千年，开辟鸿蒙，阳清为天，天上至清之气便形成仙界，阴浊为地，地下至浊之气则形成魔界，而天地之间为凡界，三界始成。盘古大神开天辟地，耗尽心血而亡，肌体化为山川河海，眼睛化为日月，发髭化为星辰，皮毛化为草木虫兽，而心脏则化为昆仑。”

青曜道：“可有论孰尊孰卑？”

“倒是没有。”

“盘古大神开辟鸿蒙，只是为了开始一个秩序，三界众生皆能生存，这才是他的最终目的。”

非烛点点头，仿佛有些明白了。

与此同时，想救出楼千夜的听鸢也在与段景易协商。

段景易虽然小小年纪，已经知道如何与人做交换，面无表情地看着听鸢，道：“你凭什么觉得楼千夜会对我有用？”

听鸢道：“他能在花毒的侵蚀下活那么久，一定……一定有过人的本领。”

段景易笑道：“听鸢，以后说出口的话，想要说服我，首先要说服你自己。”

听鸢红了脸。

段景易看着她：“好了，不碍事的话，我会顺手救他。”

听鸢正要说话，便听段景易冷冷的声音问道：“你这么紧张这个人，不会是对他动情了吧？”

“不……这怎么可能呢……”听鸢心中却是想着，你这个十岁出头的小孩，即便再聪明，能知道情是什么吗？

段景易道：“你知道不可能就好，收好心思，好好为我办事。”

听鸢道：“是。”

终于到了于濯所说的最后的日子。

非烛四人被带出了水牢，到了一个高高的祭台上。

非烛问采胤：“于濯究竟想做什么？要把我们都烧了？”

采胤道：“静观其变。”

“你倒是真沉得住气。”

“我相信嘉瑶已经安排好了。”

于濯带着人站在不远处，满意地看着他们四人，对身边的花妖说了一句什么。

那花妖随即带着人走过来，手中带着尖锐的长刀。

非烛轻声道：“她们不会是要放我们的血吧？类似于……祭祀的那种？”

“我看就是这样。”青曜的目光紧盯着来人，道，“别担心，要是真到了万不得已的时候，我也是有办法的。”

有了青曜这句话，非烛的确不担心了。

就当这个花妖要给他们放血的时候，嘉瑶突然带着另一批花妖从大门口冲了进来，与此同时，听鸢也带着一队人从后门进入，一时间场面混乱。

于濯一看即知，嘉瑶和听鸢一同背叛了，她犀利的目光看着众人，道："你们都要与花界为敌吗？"

嘉瑶朗声道："你一人也可代表花界吗？你以下犯上，甚至想用花毒害死真正的花神，你才是花界的叛徒！"

"嘉瑶，你隐藏得倒是很深，我之前竟然一点都没有发现。"于濯冷笑道，"所以，你们还勾结了凡人，来扰乱花界秩序？"

"花界在你的管理下本来就已经没有秩序了！"嘉瑶厉声呵斥，"于濯，放弃吧，我们都不想看到自相残杀的那一幕。"

"放弃？你觉得可能吗？我苦心经营的一切绝不可能毁在你们的手上！"于濯忽然看见听鸢身边站着一人，眼中顿时透出了寒光，"你竟然还找来了猎妖人！"

听鸢身边是一个身穿长袍的老者，缓缓说道："在下无彦，奉人间帝王之命，前来襄助花界一统。"

于濯怒道："就凭你！"

无彦的手中凭空出现了一个白色的瓷瓶。

于濯大惊，猜测道："这是魂瓶？"

无彦道："不错。"

魂瓶，又称葬魂瓶，是猎妖人中非常强大的法器，越是法力高强的妖精就越是容易被它吸进去，而妖精一旦进入魂瓶，就会顿时魂飞魄散，永世不得超生。

别说于濯，就是一旁的非烛等人也惊讶于凡间皇室已经掌握了如此厉害的法器。

青曜喃喃道："这个段景易……不简单啊。"

非烛道："他是真的要帮助花界吗？还是另外有什么阴谋？"

采胤皱眉道："帮助花界那种鬼话，你会相信吗？"

非烛摇了摇头。

青曜道："静观其变吧，总会知道结果的。"

于濯誓不放弃自己的野心，于是，一向平静的花界有了有史以来最大规模的一次内斗。

最终，嘉瑶和听鸢双方相互配合，再加上无彦道长的魂瓶相助，他们成功击败了于濯和她的手下。

花界死伤无数，于濯在混乱中被几个心腹掩护着顺利逃脱——但自此，她也彻底和花界决裂了。

在众人的一致推崇下，木仙嘉瑶代为管理花界，她在祭坛前发下重誓，只要在位一日，便必定全力以赴，迎回花神湮西。

内乱平息后，听鸢向嘉瑶说明，段景易之所以会帮助花界，是为了封天印。

嘉瑶大惊："封天印怎么会在花界？于濯一直说，是你从青丘山偷走了那东西，所以之前她就一直在找你。"

听鸢道："的确是，但其实，我拿了封天印之后，怕被一路追杀，就先偷偷回了一趟花界，将封天印藏在了水牢之中。"

嘉瑶问道："所以你给楼千夜的也是假的？"

听鸢点头道："没错，希望嘉瑶姐姐能让我把它带走。"

嘉瑶想了想，道："而今花界重创，若被人得知我们还私藏了这上古神器，恐怕越发不得安宁了。你们对花界都有恩，于情于理，我都会答应的。"

听鸢喜道："那我这就去水牢拿东西！"

听鸢再次回来的时候，手中就捧着那一方封天印。

而出人意料的是，她竟然要将封天印交给非烛一行人。

非烛道："你这是什么意思？"

听鸢道："我也只是奉命行事。"

青曜认为机不可失，人家既然都送上门了，又哪有不要的道理呢。

三人接受了封天印，心中高兴，自不必说。

离开花界的时候，青曜也向嘉瑶承诺，他会回到龙族，劝诫父王早日将湮西送回。

段景易已经早一步率众离开，而听鸢此时也明白了，自己根本不喜欢这种与人争斗的生活，她愿意和楼千夜一起回洛城，专心养花。

非烛低声问采胤："我还是觉得非常奇怪，段景易费了这么大功夫，好不容易得手，为何不要封天印了呢？"

采胤沉思着，道："我也认为事有蹊跷。"

非烛三人带着封天印，分为两路，非烛和采胤前往青丘山，而青曜回龙族向龙神禀明情况。

在路上，非烛和采胤终于解开了之前的疑问：段景易给他们的封天印竟然是假的！

非烛气鼓鼓道："难怪他这么轻易就拱手相让呢！原来一早就知道这是假的！"

采胤点头道："真正的封天印一定已经被他拿走了，所以他才会那么有恃无恐地离开了。"

非烛问道："那我们要不要去西翎国找他？"

采胤道："当然要。"

非烛和采胤一路急赶，几乎是和段景易一前一后来到了西翎国。

他们深夜翻入宫墙，找到了段景易的房间，不料无彦早就在此埋伏。

对于他的魂瓶，非烛和采胤是见识过的，所以对付起来分外小心。而让他们怎么也没有想到的是，无彦手上还有比魂瓶更厉害的法器。

那是一面看似普通的镜子，在光线折射之下，攻击力极强。

采胤在被光束照射到眼睛的那一瞬间，有片刻的迷茫，随即他低声道：“这是……天机镜……”

传说中失踪了的天机镜！又一件上古神器！

非烛知道，猎妖人手中的神器对妖精而言有着致命的杀伤力，因此她想也不想，就站到了采胤身前。

采胤心中一动，见那天机镜的光线朝着非烛倏忽而去，瞬间上前一步，将非烛拉开。

“非烛，你先走！”

“不，我不能扔下你！”

无彦面露寒霜，道：“你们倒是情谊深厚，难道不知道人妖相伴绝不会有好结果吗？”

非烛道：“我听过很多这样的话，但采胤从来没有伤害过我！”

无彦不再说话，天机镜照耀之下，采胤几乎无处可躲。

采胤为救非烛，最终还是被无彦所伤，非烛眼看着采胤的耳朵后面长出白毛，抱着他从宫墙上跳了下去。

出乎意料的，无彦并没有追来。

但是采胤的身体渐渐变小，最终化成了一只白狐。

非烛想起紫芸死前就是化成了白狐，吓得急忙摸向采胤的心脏。

还好，有心跳。还好，是热的。

夜色深沉，非烛带着昏迷不醒的采胤，她想寻医救助，但放眼望去，所有的店铺都是关着的——即便没有关，她也不敢去敲门。谁能救助一只妖精呢？

非烛想起无彦道士人妖不能为伍的话，想起从小到大对于妖精的认知，想起师父曾经的教诲，想起自己之前所怀有的梦想……心中烦乱，不由得大哭起来。

“采胤，你醒醒！醒醒啊！”

“你再不醒，我就不管你了，把你丢在这里！”

“采胤，采胤……”

非烛跪坐在地上，十分绝望。

就在此时，前方出现了一个白衣飘飘的男子。

非烛可以确定，这条街道刚才绝对没有任何人，所以他是凭空出现在这里的！她的第一反应是：妖精！下意识去摸腰间的测魂铃，但铃铛十分安静地挂在那里，没有任何异动。

非烛大声道：“你是什么人！”

来人走近了，剑眉星目，五官好看得像是雕像一般。

他答道：“宁微。”

非烛心中骤然炸开了一朵花，宁微，传说中上古神器射日弓的持有者、散仙宁微！

非烛问道：“你不是散仙吗？为何会在这里？”

宁微笑道：“我常年在人间走动，遇到有趣的事情就会来插一脚。”

有趣的事情……

宁微看了一眼昏迷不醒的采胤，道：“我可以传授你绝世医术，医什么都行。”

非烛一喜，道：“真的吗！”

“但是有一个要求，你这一生都不能再与妖精为伍。”

非烛的笑容退了下去，问道：“为什么？”

宁微道：“没有原因，你只需回答，答应或者不答应。”

非烛咬咬牙，道：“我答应！”

她怎么可以不答应，不答应的话，采胤就要死了……

“好，我答应你，但是你要帮我救采胤！”

宁微说到做到，果然将一身医学传与非烛，随后飘然离去。

非烛用他教的方法，试用于采胤，果然，采胤又恢复了人形，慢慢转醒。

在采胤彻底醒来之前，非烛含着泪，起身离开。

她走入夜风中，知道自此又要一个人踏上了未知的前路了。

非烛自然不会看到，在不远处的一个街角，宁微面前站着一个容姿绝世的美男子，似笑非笑看着宁微，道："这次打赌，不知道谁输谁赢呢。"

宁微皱皱眉，道："颜玉，你总是喜欢玩这种小把戏。"

"是看你太无无趣了，才想法子解闷的呀！"颜玉笑起来，星辰都跟着颤动，"那小丫头一定还会去找那小狐狸的，你就等着输吧！"

此人，正是上古神器乾坤袋的持有者。

青曜回到龙族，龙王青昭的病更重了。

他请安之后，便告罪道："父王，我找到小弟了，但还是没能把他带回来。"

青昭已经没有了力气，躺在榻上，微微睁着眼睛，道："他实在不想回来……那也就算了吧……"

青曜道："我会继续去说服他的。父王，孩儿这次出去，还遇到了些人，牵扯到花界和我族的往事。"

他将花界发生的内乱以及嘉瑶的请求告知了青昭，青昭长叹道："但是龙宫从来就没有囚禁过湮西啊。"

原来，自那一日大婚之乱后，湮西也觉得罗玘之死与自己大有关系，加之他对青昭早已情根深种，便自愿留在龙族，以赎罪为名，自我禁锢。

在外人看来却成了青昭不肯放过湮西。

这么多年来，二人从未相见，但也是一种沉默的陪伴。

青昭叹息道："你临走前，去劝劝湮西吧。"

"是。"

采胤醒来，发现自己正躺在一个小亭子里，非烛却已经不见了踪迹。

他不由得想：难道是她又带着对妖精的偏见把我扔下了？

采胤觉得有些伤感，却也认为她这么做是理所应当。前有乐庄子，后有无彦，他自己都不知道接下来还会遇到什么样的危险……她不在身边了，也好，反正一直以来就是这样孑然一身的。

采胤在西翎国待了两天，把身体养得差不多了之后，和青曜汇合了。

青曜给他带来一个消息：青丘之乱再起，锦璜已经知道采胤的存在，正派人前来杀他。

采胤道："我这就回去，你要一同前去吗？"

青曜点头道："当然。"

此去青丘山，又是半月有余的路程。

青丘山上，霸占了国主之位多年的锦璜终于与采胤直面。

采胤用母亲传授的狐族秘术证明了自己才是青丘山的继承人。

一时，狐族内乱。

（六）亢龙有悔

非烛听闻青丘山上发生的事情，已经是在半个月之后。

据说，狐族真正的继承人采胤回归之际却遭到了青丘山主锦璜的强烈反对。

整个青丘山陷入了前所未有的混乱，各大长老们开始商议如何解决此事。他们中一半支持采胤，另一半支持锦璜，但即便这样，采胤和锦璜的实力还是非常悬殊的，因为狐族的兵力尽在锦璜之手。

也就是说，采胤根本毫无胜算。

非烛独自在西翎国游荡了很久，心里想着，即便不能再与采胤同路，将封天印偷偷借给他，能帮助他度过这一危机，也是好的。

于是，她决定潜入西翎皇宫，接近段景易，借机偷出封天印。

非烛在宫外观察了几天之后，扮作宫女，混入了宫中。

洛城，楼家。

听鸢在洛城陪伴了楼千夜许久，他们每天都在花圃中研究新花的品种，终于种出了世间罕有的花。

那花朵有掌心那么大小，重瓣，每一片花瓣的颜色都不一样。

楼千夜道："我们给这花取一个名字吧？"

"好啊，"听鸢一脸欣喜地看着花朵，"我想想啊，它的每一瓣颜色都不一样，要不就叫……"

听鸢说到这里，忽然面色一僵，一手抚上了额头。

楼千夜道："你怎么了？"

听鸢闭了闭眼睛，十分痛苦的样子，道："我忽然觉得浑身都很难受，可不知道是怎么回事。"

楼千夜道："可是吃了什么异样的东西？"

"没有啊……"

"难道是着凉了？还是太累了？"

妖精才不会有这样的困扰呢……听鸢摇摇头，心中忽然被一丝恐惧萦绕，道："难道是……段景易？"

很快，听鸢发现自己得了重病。她思前想后，终于明白过来：原来段景易曾给她喂药，如果发生背叛，药效会让她惨死，且永世不得超生。

因为听鸢的病，楼千夜的面色也染上了一层悲伤，终日守着她。没多久，新种出来的花就枯萎了。

听鸢不想让楼千夜担心，也觉得不能拖累于他，便偷偷离开了洛城，她决定回到西翎皇宫，完成她应该完成的事情。

西翎皇宫，四皇子段景易刚上完一堂课，送走了先生。

段景易苦于封天印在自己手中无法发挥作用，无彦推算下来发现，近日，一个对他来说大有帮助的人，就要出现了。

此时，扮作宫女模样的非烛正低头端着茶水，来到了段景易的宫殿外。她路过一座假山的时候，忽然听到一个声音叫住了她。

非烛转过头一看，见是听鸢。

非烛诧异道：“听鸢，你不是和楼千夜回洛城了吗？”

听鸢道：“段景易给我下过毒，我不能背叛。”

非烛怒道：“这人竟然如此狠毒……那你现在回来，他会交出解药吗？”

听鸢一脸愁苦之色，道：“怕是不会这么容易如愿，我之前已经探听到是什么毒，但解药放在一个不容易接近的地方……”

非烛道：“知道是什么解药就好，反正我也是来偷东西的，顺道把你的解药一起偷了。”

听鸢一惊：“你是来偷东西的？”

“是啊，不然我为何要穿成这样？这个段景易，之前假惺惺给我们封天印，原来是假的！”

听鸢恍然大悟，道：“原来我之前给他的是真的！他骗我说那块才是假的，我当时也奇怪，他为何要将好不容易到手的东西拱手相让……”

非烛道：“不管什么原因，反正这次我一定会拿到封天印的！”

是夜，非烛偷偷来到了段景易的书房。

按照听鸢的说法，她将墙壁上画轴后的一个机关按下，暗格便被打开了。

那是一道狭长的通道，两边的烛火透着幽暗的光芒。

非烛一排排看过去，终于拿到了听鸢的解药。

她快速走回到通道口，然而，还没走出去，就听到一个声音冷冷传来：“非烛，你知道不问自取，是什么意思吗？”

非烛稳步往前走去，看到书房的灯已经亮起，段景易正坐在主桌前，淡淡看着她。

非烛也看向段景易，道：“四皇子，你把假的封天印给我们，又是什么意思？是为了让天下人都知道封天印在我们手上，你便可以高枕无忧了？”

“你不用这么剑拔弩张的。”段景易笑了笑，道，“非烛，我们来做一个交易吧？”

非烛皱眉，问道：“交易？”

段景易解释道：“如果你能收服封天印，我便将它送给你。”

非烛一脸不屑的样子，有过前车之鉴，她根本不相信段景易的话。

段景易拍了拍手，无彦道长捧着一个木盒子走了进来。

无彦道长将木盒子放到桌上，段景易打开盒盖的瞬间，整个书房都被金光洒满。

非烛看着木盒中的那一方青铜印，心跳都加快了。

段景易道：“上古神器择主，我试了多次，但我手下根本没有能掌控它的人。所以，我想让你试试看。”

非烛看了看段景易，目光又落到了封天印上，她深吸口气，往书桌走了过去。

她缓缓地伸出手，在触碰到封天印的那一刻，书房内的金光忽然都被收了起来。段景易和无彦都惊讶地看着眼前的一切，就连非烛自己都难以置信。

当金光全都收拢起来后，非烛一手托起封天印，她看到自己的手腕上，出现了一个淡淡的痕迹——正是封天印。

段景易微微笑起来，道：“看来，你才是它真正选中的主人。”

非烛心中起伏万千，问道：“你真的愿意和我做交易？”

“你都已经拿到东西了，还觉得我会骗你吗？”段景易对无彦道，“你说的那个对我大有益处的人，应当就是她了。”

非烛警惕道：“可是，我能帮你做什么？”

段景易道：“一个有能力收服封天印的人，她的能力自然不在封天印之下。所以我将封天印赠与你，而我要你答应我的是，有生之年帮我做三件事。”

非烛道：“任何事吗？”

“任何事情。”段景易见非烛不太友善的眼神，又补充道，“但你放心，你所能分清的大是大非，我也是分得清的。”

非烛爽快地说道：“好，我答应你。”

非烛得到了封天印，从今往后就是一个狩妖师了——这个多年以来的愿望竟然这么轻易就实现了，她到了第二天还是难以置信。但手腕上的印记告诉她，这一切都是真的。

知道采胤的事情很紧急，她把听鸢的解药给了之后，又拜托她把封天印拿去青丘山，转交给采胤——因为神器已经认了主人，这一次，不必再担心会有什么意外。

听鸢带着封天印上路了，不料第二天，意想不到的事情就发生了。

不知是因为之前的波折，还是因为听鸢花妖的身份，原本被非烛下的封印突然自动解开了，听鸢作为一个小花妖，无法驾驭封天印的神力，当下就被弹出了很远。

听鸢试图用自己的法力去压制，结果反而更糟，她被封天印的力量重伤，倒在地上昏迷了过去。

与此同时，远在洛城的楼千夜，看到花圃中的白茶花一夜之间全部凋零。楼千夜误以为听鸢已死，伤心至极。

非烛感应到封天印的事情，知道听鸢的魂魄被封天印所囚禁，不得已追赶了过去。她想将听鸢的魂魄救出，但与神器之间的磨合度不够，怎么也做不到，无奈之下只好带着封天印，往青丘山的方向走去。

青丘山上，站在采胤那一边的长老们暗中商议，要去别的地方为采胤借兵。

而就在这时，锦璜先发制人，快速对他们发动了一场血洗，想要将所有怀有二心的人都赶尽杀绝。

采胤联合了部分狐族，与锦璜对抗，一时间整个青丘山尸横遍野，狐族死伤惨重。

锦璜看着采胤，道："你就和你那愚蠢的母亲的一样，根本不适合掌管青丘山，你看你一来，这好好的地方成了什么样子！"

采胤道："我只是要拿回原本属于我的东西。"

"属于你的？"锦璜大笑起来，"狂妄小儿，那我就再告诉你一件事，你母亲当年之所以会死，是因为我的暗中设计！怎么样，是不是心里更难受了？恨不得过来杀了我？"

采胤身受重伤，虽然心中嫉妒愤怒，但他知道自己终究还是无法同锦璜抵抗——但无论如何，能这样死去，也对得起母亲了。

他闭上眼睛，等待着死亡的来临。

狐妖的死亡就代表着灰飞烟灭。

他忽然就想起了非烛，想着如果死前能再见一眼她的话，就会少一些遗憾。

采胤这么想着的时候，非烛就真的出现了。他心中苦笑：果然是进入弥留之际了吗……

然而，他很快发现，眼前的这个非烛并不是自己假想出来的。

非烛带着封天印出现，封天印所到之处，金光闪闪。

被光芒照射到的狐妖纷纷现出原形。

非烛对采胤道："神器在我手中，只能收妖，不能救妖。采胤，你还撑得住吗？要不要我先把封天印收起来。"

她担心封天印力量太大，会连着采胤一起伤害。

采胤此时心中只想着替母亲报仇，根本不顾及自己的身体，即便疼痛难忍，他也强行坚持着人形，道："我没事，你意念所动，就能影响到封天印，你只要想着，让除了我之外的其他妖精都去死，我就会没事。”

非烛信以为真，答应道：“好！”

非烛按照采胤的说法，果然将锦璜一众狐妖全部收住。

采胤倒在地上，虽然看似虚弱，但依旧看着她微笑。

非烛想着自己违反了承诺，不知道会受到什么样的天谴，但是一想到自己和采胤前嫌尽消，还是长舒了口气。

不料，采胤还没来得及说话，就化身为狐，晕了过去。

非烛大惊，跑过去蹲在他身边，大喊道：“采胤，你醒醒！”

采胤躺在血泊里，毫无生气。

非烛想起他上一次这样的时候自己说的话，没想到这样的情况这么快就重演了。

她此刻才确信，自己是被骗了。原来封天印的力量太大，而且是针对在场所有妖族的，采胤本就身受重伤，根本无法抵挡。

非烛一想到自己将采胤伤成了这样，就忍不住哭起来，哽咽道：“你这个笨蛋！”

非烛抱着奄奄一息的采胤，没有办法，只能去找到当初帮助过自己的半个师傅——宁微。

宁微连连叹气，道：“三界之中，生灵的命数早已注定。”

他早就看出非烛和采胤之间会发生这样的事情，所以当初才出言提点，不料悲剧还是发生了，他并无逆转之力。

非烛感受到怀中小兽断了气，身体渐渐冰凉。

她杀了自己的好朋友，这个事实已然无从改变。

非烛极为痛苦，她在青丘山下埋葬了采胤，将封天印交给青曜，然后朝着一个方向走去。

不知道走了多少天，久到她已经忘记了自己是一个狩妖师。

终于，她来到了一个洛城以西的无人之地，往东是繁华的洛城，往西是荒无人烟的乱葬岗。

非烛就在这活人和死人的交界处开始长期闭关。

青曜不知道青丘山上到底发生了什么事情，打听清楚之后才追悔莫及，原来自己竟然错过了这么多事情。他也十分悔恨，若当初一直陪在采胤身边，就决计不会是现在这样的结果。

他得了封天印，发现其中竟然镇压着一只白茶花妖的魂魄，正是听鸢。

青曜想办法将听鸢的魂魄从封天印中引出，但此时的听鸢已经变成了最初的形态——一颗花种。

她没有了知觉，更没有了情感。

青曜亲自前去将花种交给楼千夜，原本还沉浸在悲痛之中的楼千夜终于找到了新的人生目标——他开始培育新的花种，打算将听鸢“种”出来。

转眼多年过去。

世人皆知，洛城以西有一个脾气古怪的神医非烛，她出手从无失误，但性情冷淡，不轻易见人。

非烛出关后，面目消瘦，身形清寒，她长高了许多，穿着件薄薄的绿衣，不仔细看倒像是个男子。她心中已经接受了过往痛苦的事实。她再也没有伤害过一个妖精，但最最看不惯的事情便是人与妖为伍，因为，那不会有好结果。

段景易终于交给了她第一个任务，以他常年佩戴的玉佩为信物，去洛城首富云家照顾云家大少爷云若萱，那是段景易的表兄。

非烛前往城中，找到这个少年，暗中保护。

洛城是个繁华且安宁的城市，作为云家大少爷，云若萱身边总是围着一大群仆从，除了身体不太好之外，也实在没有什么需要非烛操心的地方了。

闲来无事的时候，她就在城中闲逛。

一日，她在一个卖鱼的摊位前看到一只白狐。

非烛几乎心跳都漏了一拍，生怕那狐狸跑了，赶紧追上去。

那是一只幼年白狐，黑溜溜的眼睛就盯着眼前的肥鱼，见到人也不害怕。

非烛买了两条鱼，对小狐狸道："你是不是想吃鱼？跟我来吧。"

那小狐狸竟然通人性，非烛这么一说，它就跟着非烛走了。

非烛不会做饭，但她知道有一个人会。

洛城楼家，富可敌国。

楼千夜还在等待着听鸢的苏醒，日复一日，不知疲倦。

当非烛带着小狐狸过来，要求他做一顿鱼的时候，他没有拒绝。

非烛问他："你还在等吗？"

楼千夜答："是。"

人妖相恋，没有结果，非烛脑海中又冒出这样一句生硬的话，但没有说出来。

楼千夜亲自下厨，鱼做好了，就端到了小狐狸面前。

小狐狸埋头，吃得意犹未尽。

非烛向楼千夜道："你觉不觉得它长得很像采胤？"

楼千夜答不知，他只见过采胤人形的样子，而狐狸都长一个样。他心中认为，采胤死于封天印，狐族又没有永世的灵魂，他根本不可能转世。

小狐狸吃完，看了他们几眼，算是道谢了。

非烛放不下心中疑惑，跟着他一起出城了。

小狐狸选择的方向十分熟悉。

非烛心中有一种越来越笃定的想法：这只小狐狸是采胤的转世。

她也想说服自己这不可能，但无论如何，这样的想法就是挥之不去。

他们果然来到了青丘山。

非烛放眼望去，这和记忆中的已然不是同一个地方。以前的青丘山景物繁盛，在经历了那一场内乱之后，到现在都没有恢复。

小狐狸没有名字，也无父无母，神识未开，不能化成人形，只终日在山上玩耍。

非烛顿悟，其实这一切只是命数，和所谓的人妖之别没有关系。比如楼千夜，虽然他还没有等到听鸾，但日日与茶花为伴，他活得十分安逸平和。

有了这样的认知，非烛在青丘山下搭了个草棚子，为那小狐狸取名采胤，传授他法术、帮助他幻化成人。

采胤渐渐长大，在非烛的教育下成了一个秉性正直的狐妖，被任命为下一届的青丘山主人。

楼千夜在洛城中央造了一栋楼，名为千阙。

他打算日后每年举办白茶花会，即便听鸾依旧没有回来，他的世界里也已经处处都是她的影子。

楼千夜特意邀请了非烛前来参加，然而在白茶花会结束的当天，非烛就不告而别了。她打算去游历人间，出发的第一天就遇到了因不愿继承龙神之位而逃出龙族的青曜。

非烛笑他："你怎么一点责任心都没有？"

青曜道："我父亲竟然故意装病来骗我，换作是你，你生不生气？”

非烛道：“我从来没有亲人，不知道这是什么感觉。”

青曜道：“你今后有什么打算？”

非烛道：“没有。”

“那太好了。”青曜道，“我也没有。”

二人最后去看望了采胤，后结伴而行，漫无目的地开始游走。

人间很大。

半年后，非烛再次遇到宁微。

他依旧白衣飘飘，问非烛：“你是否还记得当初的心愿？”

非烛笑说：“前尘旧事，已然模糊。”

她若仔细想，自然是能想起来，以前有个小小的孩子，一心想成为降妖除魔的猎妖师。师傅说，等你有了强大的法力之后就能羽化登仙。

但是非烛不愿意多想了，觉得眼下的每一天就是自己想过的日子。

宁微叹息道：“我想收个弟子，原本觉得你很合适，想点化一下的，谁料短短几年，身心皆变了。”

非烛无所谓地笑笑，回答得十分豁达：“我身依旧，然心已成仙。”

宁微有一瞬间的错愕。

再回神，看到的就只是非烛的背影了。

非烛看着前方，竟然就是她和采胤初次相遇的那片树林。

即便最初与最终都是惊人的相似，她也没有想要回到那初见之时，只要想一想就可以了。

那个月明星稀的夜，她在枣红色的马背上，测魂铃一刻不停地响着，而他，坐在树底下，笑盈盈地看了过来。

图书在版编目(CIP)数据

十方一念/天爱著. — 上海:上海社会科学院出版社, - 2018

ISBN 978-7-5520-2267-4

Ⅰ. ①十… Ⅱ. ①天… Ⅲ. ①长篇小说－中国－当代

Ⅳ. ①I247.5

中国版本图书馆CIP数据核字(2018)第064261号

十方一念

著　　者：天爱
责任编辑：冯亚男
封面设计：主语
出版发行：上海社会科学院出版社
　　　　　上海顺昌路622号　邮编 200025
　　　　　电话总机 021-63315900 销售热线 021-53063735
　　　　　http://www.sassp.org.cn E-mail:sassp@sass.org.cn
照　　排：燕十三
印　　刷：上海市崇明堡港印刷厂
开　　本：890x1240毫米　1/32开
印　　张：9.25
字　　数：236千字
版　　次：2018年5月第一版　2018年5月第一次印刷

ISBN 978-7-5520-2267-4/I・278　　　定价：39.80元